La Isla del Cundeamor

La Isla del Cundeamor

René Vázquez Díaz

ALFAGUARA

© 1993, René Vázquez Díaz
© De esta edición:
1995, Santillana, S. A.
Juan Bravo, 38. 28006 Madrid
Teléfono (91) 322 47 00
Telefax   (91) 322 47 71

• Aguilar, Altea, Taurus, Alfaguara S. A.
Beazley 3860. 1437 Buenos Aires
• Aguilar, Altea, Taurus, Alfaguara S. A. de C. V.
Avda. Universidad, 767, Col. del Valle,
México, D.F. C. P. 03100

ISBN: 84-204-8150-5
Depósito legal: M. 24.250-1995
Diseño:
Proyecto de Enric Satué
© Ilustración de cubierta:
Merja Vázquez Díaz

© Foto: Merja Vázquez Díaz

PRIMERA EDICIÓN: ENERO 1995
SEGUNDA EDICIÓN: ABRIL 1995
TERCERA EDICIÓN: JULIO 1995

Impreso en España

*This edition is distribuited in the United States
by Vintage Books, a division of Random House,
Inc., New York, and in Canada by Random House
of Canada Limited, Toronto.*

Dijo Caín a Abel, su hermano:
«Vamos al campo.»

GÉNESIS, 4-8

¿Qué es lo exterior en el hombre?

LEZAMA LIMA

Decían que yo no venía, ¡y aquí usted me ve!

BENNY MORÉ

1

Alguien cantaba en las calles de Miami Beach y Betty Boop, cosa extraña, se despertó sin la menor sensación de desamparo. Paseó la vista por la penumbra de la habitación y observó que todavía faltaba una hora, toda una hora, nada menos que una bendita hora, para que el despertador sonara. Entonces notó que había dormido la noche entera con las pestañas postizas puestas.

—Cosas de vieja —y la voz le salió cavernosa, con mal aliento y resentida.

¿Pero quién podría estar cantando, a esa hora, en las calles soñolientas de Miami Beach?

—Es una voz melancólica y fuerte —bostezó Betty Boop.

Betty solía despertarse, en medio de la noche, con mal sabor en la boca y mucho miedo. Coros de voces roncas irrumpían en su sueño para cantarle noticias tristes. Esas noticias siempre tenían dos temas: Fuñío y Cuba. En realidad eran dos temas que quería borrar para siempre de su humanidad, pero se le adherían a las raíces velludas del alma, se desprendían de noche y subían como burbujas hediondas en el estanque de su conciencia: que habían hallado muerto a Fuñío; que en Cuba se había producido una rebelión popular; que había vuelto Fuñío; que Cuba se había hundido en el mar. A veces veía, justo antes de despertarse, una mano de guante blanco que la llamaba desde la oscuridad. Ella, como una mentecata, obedecía al llamado y se acercaba dócilmente. Entonces la mano enguantada le señalaba un rincón donde ella y Fuñío yacían, abrazados, en estado de amasijo putrefacto mientras su hijo ausente los miraba vengativamente desde una ventana. Otras veces veía un palmar azotado por un ventarrón violáceo y ella, completamente desnuda, sola y gritando, corría entre las palmas a lo largo de una guardarraya interminable asediada desde el cielo proceloso por miles de auras tiñosas que se lanzaban en picada para devorarle los ojos, las tetas y, cosas de sueños, los dedos de los pies.

Pero ahora no la había despertado una pesadilla, ni el teléfono con la noticia fatal que incesantemente esperaba sobre el destino de Fuñío, sino una melodía que trazaba, a capela, garabatos dulces en la felpa húmeda de la madrugada; algo a medio camino entre la canción de cuna y el jazz, y Betty Boop se sintió agradecida por aquella voz del alba.

Percibió entonces el mal sabor en la boca y el sudor pringoso de vivir en un apartamentico de mala muerte, sin aire acondicionado. La desazón corporal la indujo a pensar en el crimen que ese día iba a cometer, y no sintió miedo. Aquel día crucial había comenzado bajo un signo favorable. A Betty le gustaba tener tiempo suficiente, antes de irse al trabajo, para ducharse, perfumarse, entalcarse y maquillarse sin prisa. Además regaba las plantas y conversaba con ellas, le dejaba el desayuno listo a Fuñío (cuando estaba en casa), y de ese modo se acostumbraba a la irremediabilidad de tener que cargar, un día más de su vida, con su desaliento y su mala estrella. Desnuda ante el espejo, solía inventariar las despreciables victorias de la vejez («de la madurez», se rectificaba) sobre su vientre y su cuello, sus muslos y su cara. Sobre todo el vientre se le estaba desplomando en un cinturón (todavía no muy voluminoso) de una humillante grasa fláccida que, si no se le oponía resistencia, no tardaría en caérsele sobre la manigua púbica. Pero Betty, no sin un íntimo regodeo, inventariaba también, una a una, las grandes derrotas de la vejez (de la madurez) en su pérfido asedio sobre sus tetas y sus nalgas y sus muslos, todavía acariciables, y sus bellos brazos y su porte de reina.

Sentada en la cama, miró la almohada de Fuñío.

—¿No será mejor que lo acaben de encontrar muerto en cualquier esquina? —Betty se persignó y añadió:

—¡Solavaya! —y se tapó con la sábana ácida de sudor—. Dios todopoderoso que estás en todas partes: lo único que te suplico es que tenga una muerte sin dolor.

De nuevo se oyó la voz en la calle, tierna y vigorosa. Era una voz de mujer. Había como un júbilo languidecido en aquella melodía y Betty aguzó el oído; de entrada no le prestó atención a la letra, como siempre que oía algo en inglés, sino que se concentró en la melodía, que en ciertos compases se hacía cortante para ramificarse luego en cadencias cálidas, casi piadosas. Las síncopas entraban ahora con más fidelidad por las persianas abiertas, diluidas en el calor salobre de Miami Beach.

Papa says it's too much for me
to try to go to school
and look after everything, too.
In the summer I do everything.
Oh, I do every, everything.

Radiante voz. ¡Cosas de la vida! Despertarse aquel día aciago de su existencia, al compás de aquella canción.

All the washing, cooking and minding
the children. I don't mind, oh, I don't mind.
Mama taught us all to work
before she died.
Oh god, before she died.

Su bata rosa de dormir, de acrílico que se electrizaba pegajosamente, tenía unas florecillas otrora amarillas y unos encajes en los bordes, bastante raídos, que le daban un aspecto de adolescente haragana y pobre. Ahora la bata, con el sudor, se le empegostaba en los pechos que eran, en efecto, sorprendentemente redondos y atractivos a pesar de las ofensas de la edad, o de la madurez. Betty suspiró, se apretó los senos y exclamó:

—¡Cuán ufana no está esta cubana de sus tetas!

Pero el sudor le daba asco.

El sudor de cada día. ¿Qué misterio tenía el sudor de Miami que resultaba tan cochino? Era el sudor del exilio, contaminado, intoxicado, estresado y repugnante. Porque en Cuba se transpiraba de una forma más amena, reposada, decorosa y civilizada. Sólo los negros tenían peste a grajo en Cuba, los pobrecitos (Betty hizo una mueca de compasión), pero no por la influencia del clima sino por ignorancia, ya que no sabían convertir con baños, talcos, perfumes y desodorantes, lo balsámico, virginal e incorrupto de las transpiraciones insulares en olores de sabrosura. Porque en Cuba, recordó Betty Boop, el sudor salía del cuerpo como el agua de un manantial, vaya, como agua mineral sin gas. ¿O acaso los hombres no les lamían, narcotizados de lujuria y durante horas enteras de éxtasis y de furia, los sudores más secretos a sus hembras? ¡Cómo no iban a mamar insaciablemente si aquello era sudor de isla bonita perfumada por los vientos! Los americanos, en cambio, eran muy organizados y ricos, eran capaces de cubrir todo el cielo de Latinoamérica con aviones preñados de bombas, pero eran incapaces de sudar humanamente. Qué asco, pensó Betty Boop, haber tenido que dejar aquella isla de ensueño, para venir a engranujarse en los sudores de Miami. Aunque, pensándolo bien, ¿no habría Fidel Castro, en contubernio con el comunismo internacional, trastornado también la tradición de sudar rico de los cubanos? Porque los rusos —prosiguió Betty sus disquisiciones mentales-matutinales—... ¿no padecen todos y cada uno de ellos, Gorbachov incluido y también el mismo Lenin en su Mausoleo, de una peste a grajo cochinísima y crónica?

—Ahora tienes que levantarte —dijo Betty con dureza.

Pero no se movió de la cama.

Con saña masoquista empezó a seguir, sin abrir los ojos para imaginarse el itinerario, las gotas de sudor que le corrían por el vientre hasta perderse, viscosamente, en los vapores del pubis pelambroso. Era el peor de los sudores imaginables: además de miamense, *sudor de agosto*. Y no sólo eso: sudor de incertidumbre doble, por el apuñalamiento que cometería dentro de unas horas, y por desconocer el paradero de Fuñío. ¿Se lo entregarían al fin muerto, atropellado quizás por un auto, o maltratado mortalmente en alguna avenida despiadada? ¡Pobre Fuñío! ¡Asesinado tal vez el infeliz por alguno de los trillones de degenerados que pululaban en Miami!

Pero lo que más horror le inspiraba era que se lo devolvieran ahogado. ¡Hinchado, amoratado, reventado como un puerco y podrido tras pasar varios días en un recodo pantanoso del Miami River, o trabado en cualquier matojo del Indian Creek! ¿Tendría que ir a la morgue y reconocerlo?

—Qué Dios te ampare, Fuñío —rogó Betty Boop.

Betty y Fuñío vivían en un apartamento de una sola pieza. La cocina era un rinconcito sin mucha dignidad pero que resultaba funcional. Tenía ducha con agua caliente y fría, cosa imprescindible ya que Betty se duchaba varias veces al día. La humildad de aquel hogar sólo podía compararse con su limpieza y pulcritud, rayanas en lo enfermizo. El orden minucioso de todos los objetos le daba un toque de miseria al ámbito. En las paredes colgaban figuritas de cerámica pintadas o de porcelana: bailarinas regordetas haciendo piruetas de perfil, galgos y tigrecillos descascarados, payasos llorosos algo descoloridos y gatitos con cara de orfandad. En un cuadro de marco dorado sonreían, desde la niebla del tiempo perdido, los recién casados Fuñío y Betty. También había macetas con plantas y búcaros con flores artificiales, de plástico y de papel de China, sin un miligramo de polvo en los finos pétalos.

Detrás de la puerta estaba la maleta llena de ropa y artículos de primera necesidad que Fuñío, desde que la demencia senil lo trastornara prematuramente hacía ya más de dos años, tenía preparada para regresar instantáneamente a Cuba en cuanto el régimen de Castro (¡al fin!) se cayera estrepitosamente. Pero, pese a que ya no había comunismo internacional ni Muro de Berlín, pese a que ya no existía «el campo socialista» ni la ex Unión de Repúblicas Socialistas Soviéticas, Fidel Castro seguía en el poder como en virtud de un prodigio siniestro. Cuando la URSS se diluyó como un terrón de azúcar en el agua de la Perestroika, Fuñío empaquetó desaforadamente un montón de basuras, se puso una corbata que tenía guardada desde 1962 y gritó:

—¡Ahora sí que volvemos, coño! ¡Ahora sí que se jodió Fidel!

Pero la caída de Castro demoraba más de lo que la salud de Fuñío toleraba. Allí seguía detrás de la puerta, sola y añorante, la maleta lista mientras Fuñío se ponía cada día más esclerótico y loco. Por largos periodos se olvidaba de su nombre, de su dirección, de su mujer y del sitio donde se encontraba. Unas veces aseguraba que se había pasado todo el día trabajando en Luyanó; otras, que después de almorzar en una fonda del Paseo del Prado había visto un choque de dos guaguas en el Malecón.

—Por favor, mi vida, vuelve a la realidad —le imploraba Betty—; mira que no estamos en La Habana. ¡Esto es Miami!

—¡Pero qué coño dices —le replicaba Fuñío—, si acabo de recorrer todo el Malecón desde el Hotel Nacional hasta el Prado, y después subí por todo San Lázaro hasta la Universidad! Qué Miami ni qué carajo, aquí todo el mundo está obsesionado con Miami.

Lo que Fuñío no olvidaba jamás, curiosamente, era su nacionalidad. Hasta allí, por ahora, no habían llegado las polillas de la senilidad.

—¡Yo sí que soy cubano, carajo —vociferaba sin ton ni son en cualquier sitio—, y a mí hay que respetarme porque a los cubanos sí que nos roncan los cojones!

Mientras decía esto, Fuñío se aferraba, con las dos manos, a su muy menguada virilidad.

Por suerte Betty le había colgado al cuello una chapita de calamina (hubiese querido que fuese de oro pero no estaba su situación para esos lujos y, por otra parte, alguien se la hubiera arrancado impunemente), con su nombre, apellidos, fecha de nacimiento, dirección y número de teléfono. Gracias a eso la policía lo encontraba una y otra vez, extraviado como un perrito faldero, en los lugares más insólitos. Unas veces llamaban para que Betty lo fuera a recoger; otras lo traían en un patrullero. En una ocasión Fuñío fue a parar a Disney World. Allí lo hallaron, cagado y meado y profundamente dormido, en el interior del palacio de la reina mala del cuento de Blanca Nieves. Otra vez lo sacaron, empapado y temblando y también con hedor a mierda vieja en los pantalones, de una de las muy ruidosas y aparatosas fuentes del centro comercial de Coconut Grove. En su demencia y desconcierto, Fuñío gritaba haciendo grandes gestos:

—¡No me toquen porque yo sí que le formo una guantanamera al más pinto!

Y mientras los guardias lo botaban de allí a empellones, Fuñío los ofendía:

—¡Yo a los americanos me los paso por la pinga y todos me quedan chiquitos!

Esperando por la policía, los guardias trataban de que se calmara pero Fuñío arremetía con furia:

—¡Porque nosotros los cubanos, con Fidel al frente, sí que hemos tenido como a veinte presidentes de Este País con la cabeza metida dentro de un cubo de mierda!

Y cuando ya se lo llevaban:

—¡Cuba sí, yankis no! ¡Viva Cuba, carajo!

Esas blasfemias de Fuñío aterrorizaban y confundían a Betty Boop porque le daban la medida exacta de la demencia de su marido. Era incomprensible que Fuñío corriera esos riesgos elogiando públicamente a Castro y su revolución, él, que desde el primer momento fue su acérrimo enemigo. Una vez provocó un escándalo en el curso del cual por poco lo linchan. Fue en la *Plaza de la Cubanidad,* en Flagler y 17. Fuñío las entró a golpes, sin que nadie se metiera con él, contra un grupo de viejos cubanos que chachareaban sentimentalmente acerca del destino de la Patria bajo el cartel martiano que preside la Plaza: *Las palmas son novias que esperan...*

—¡Caterva de comemierdas! —los increpó temerariamente Fuñío—. ¡Dejen ya de atragantarse de celajes, coño, que Castro es eterno! ¡Jódanse todos! ¡Por pendejos, arrastrapanzas y hueleculos de los yankis ya nunca más podrán volver a Cubita bella!

Los viejos agarraron al pobre Fuñío por el pescuezo y lo zarandearon, le escupieron la cara y le propinaron un aguacero de cocotazos y bofetones mientras gritaban:

—¡Delen cuatro patadas en el culo a ese ñángara infiltrado!

—¡Furrumalla, gusanera, batistianos! —se defendió Fuñío antes de que le taparan la boca con una trompada.

Los viejos ofendidos tenían a Fuñío como un miserable bagazo de caña: aplastado y listo para la hoguera. Entonces ocurrió lo peor. Fuñío se defecó de pronto torrencialmente y la turba enardecida lo soltó al unísono, llena de asco, cayendo el pobre viejo en la acera empapado, de la cintura para abajo en diarrea, y de allí para arriba en la sangre que le manaba de un golpe que se dio en la cabeza. Alguien llamó entonces una ambulancia.

—Ayúdenlo, caballeros —sugirió con sensatez uno de los señores zaheridos—, que el tipo está *tocao del queso.*

Envuelto en gasa le devolvieron el marido a Betty. Aquella machacadura lo retuvo algún tiempo en casa, ella lo curó con mucho amor y le leyó la misma cartilla de siempre, que se tranquilizara, que se quedara por el amor de Dios en casa, reposando, y que se dejara de desafiar el amor propio del exilio defendiendo una revolución que tanto daño les había hecho a ambos.

—¿Defender a Castro yo? ¿Yo? ¿YO? ¿YO? —y se desplayaba en invectivas contra la revolución.

Hasta que un día, hacía ahora más de tres meses, Betty regresó del trabajo y Fuñío no estaba. Desde entonces no había vuelto a saber de él. Era como si el exilio se lo hubiera tragado.

En Cuba, Betty había sido feliz con Fuñío. Vivían en un pueblecito de campo cercano a Villalona, en una bella casona cercada de franchipanis, palmas reales, buganvillas y naranjales. En aquellos tiempos deliciosos disfrutaban de una posición económica que los hacía acreedores del respeto de todos, y la considerable diferencia de edad entre ella y Fuñío no se hacía sentir tanto. Todos los años se iban unos días a La Habana, se hospedaban en el Hotel Nacional e imitaban la vida de la gente rica.

—Nos divertíamos fastuosamente —dijo en la cama Betty Boop—, pero siempre gracias a mí, porque Fuñío no supo nunca cómo divertirse. Él ponía el dinero, pobrecito.

Por aquel entonces bajó Fidel mesiánicamente de las lomas con su retahíla de barbudos, y todo se deshizo tan rápido.

—Hasta los hijos quisieron arrebatarle a uno...

Betty pensó en su hijo, su único hijo, su varoncito consentido, el heredero de Fuñío, el hombrecito de la casa, la vida entera de padre y madre.

No había cumplido doce años el niño cuando ellos lo enviaron, totalmente solo, a los EE UU. En los primeros años de la revolución se corrió la voz de que

Castro les iba a quitar la Patria Potestad a todos los padres de la isla —en especial a los burgueses, esas *lacras del pasado*— para enviarlos masivamente «a Rusia». Allí los adoctrinarían, les lavarían el cerebro y los convertirían en máquinas marxistas-leninistas. Los potentes aparatos de propaganda norteamericana inflaron tremendamente el globo de aquel disparate y un pánico general cundió en la isla. Presas de la inseguridad y la histeria, miles y miles de familias, al no poder conseguir visados para todos sus miembros, se apresuraron a enviar a sus hijos a EE UU para así salvarlos desesperadamente de un terrible destino en los laboratorios de adoctrinamiento de Siberia y de Moscú. El gobierno norteamericano alentó y promovió aquellas salidas de niños solitarios, y uno de los primeros exiliados infantiles fue el hijo de Fuñío y Betty Boop. Al comienzo fue internado en un campamento; después de unos meses fue acogido por una familia norteamericana de Tampa que recibía, según el plan de ayuda gubernamental, una mensualidad por encargarse del pequeño huérfano temporal. Dos años y medio pasó el niño en el seno de aquella familia extraña.

—Yo siempre he pensado —dijo Betty con resignación— que cuando nos reunificamos ya el niño estaba echado a perder. Si el niño no se hubiera degenerado, ahora viviríamos dignamente con su ayuda, como muchas otras familias.

—Pero el exilio lo volvió loco. ¡Loco! O al menos bien que lo finge el muy malagradecido.

En los últimos diez años, Betty no había tenido ni una sola noticia del paradero de su hijo. La última vez que vino a verlos insultó a Fuñío, llamó perra a Betty y tiró un fajo de dólares por la ventana para humillarlos. El pobre Fuñío casi se lanza por la ventana en pos del dinero. Que ellos supieran, el hijo no tenía residencia fija y se dedicaba, cuando no estaba ingresado en algún manicomio, al robo y la delincuencia. Alguien les había dado el chisme, para colmo, de que el muchacho «era comunista», y que había viajado varias veces a Cuba en no se sabía bien qué «brigada Antonio Maceo» o algo por el estilo, nada menos que a cortar caña voluntariamente y a recoger las sucias malangas de los comunistas, lo cual confirmaba la versión de su demencia (de su esquizofrenia) y por añadidura de su perversidad, pues aquel rumor había sumido a Fuñío en el paroxismo de la desesperación. Después se supo que era mentira y que el muchacho jamás había estado en Cuba con la Brigada Antonio Maceo pero que, no obstante, a todo el mundo le hacía el cuento, en su locura, de que lo había hecho.

—Si se hubiera quedado en Miami, en su ambiente, se habría hecho un cubanito decente, trabajador y anticomunista como su padre —dijo Betty—. Pero nos cogió inquina por haberlo hecho sufrir tanto separado de nosotros porque parece que en aquella familia de Tampa *lo maltrataron:* cuando cumplió los diecisiete se volvió «esquizofrénico», dijeron los médicos, y después vinieron el manicomio, las fugas, la cárcel, la delincuencia. «Mentira —decía Fuñío amargamente—, no es loco ni un carajo, es un depravado.» Se nos fue a Chicago el pobrecito y después a Nueva York, y aquellos fríos lo pervirtieron.

—Sí —enfatizó Betty Boop—: aquí el que pierde sus reflejos cubanos se pervierte y se pudre.

El exilio había sido para ellos un penoso camino hacia la ruina. En Cuba, Fuñío había sido tenedor de libros. Llevaba la contabilidad de varios almacenes de ropa en la provincia y parte de la contabilidad de un cantral azucarero.

—Vivíamos de panza —suspiró Betty—, sobre todo yo que no tenía que trabajar. Dos criadas tenía yo y éramos la crema, la nata y el helado de mamey del pueblo y los alrededores.

Betty sintió una ligera picazón en el pubis. Estuvo a punto de levantarse para acabar de ducharse e irse al trabajo, pero permaneció en la cama. Se rascó suavemente la pelambrera húmeda y aguzó el oído. La voz melodiosa se había callado y ahora se hacía cada vez más fuerte el ruido del tráfico que llegaba de la Collins Ave.

—O sea, que en rigor —sintetizó Betty Boop como queriendo comprender mejor su situación—, la preparación profesional de Fuñío nos hubiera dado un futuro luminoso en este país. Pero se apendejó, se acomplejó y se achicó hasta que se borró él mismo de la existencia. Le cogió miedo al inglés y nunca lo llegó a aprender. Y después la letanía de que «aquello» era cosa de meses, que «aquello» se caía de un momento a otro y en esta ciudad, para salvarse, había y hay que tener decenas de miles de colmillos, agallas y espuelas. Aquí había y hay que imponerse a cojón blindado. Aquí hicieron dinero, por un lado, los luchadores y los emprendedores. Y por el otro los vividores y los sabrosones.

Durante años, mientras Betty se las arreglaba donde podía, en la Tomatera, en algún almacén de víveres, en un restaurante, Fuñío se perfumaba cada tarde, se aplastaba el pelo con brillantina e iba a dar largos paseos, muy erecto y con porte señorial, por la Calle Ocho. Pero siempre regresaba taciturno y compungido. Lo consternaba la irrespetuosidad de la gente chabacana con que se topaba. Ni siquiera cuando iba a Coral Gables (a fingir que compraba cosas caras en Miracle Mile) le parecía que era digno de consideración. Nadie lo saludaba reverencialmente, nadie se le acercaba para pedirle un favor, nadie le decía:

—Buenas tardes, don Fuñío.

—¡Gusanos de mierda! —rezongaba al volver a casa—. ¡Se merecen miles de fideles y de comunismos internacionales! Son unos maleducados de mierda.

Morosamente, Betty se quitó al fin la bata rosada de acrílico electrizado. Estaba empapada y sólo entonces se percató de que había dormido con el ventilador apagado. Se apresuró a encenderlo y expuso su cuerpo desnudo al flujo de aire aterciopelado. Cerró los ojos sensualmente, se alzó la cabellera con ambas manos y dejó que el airecito algodonoso le refrescara las axilas perfectamente depiladas. Luego se levantó con ternura los grandes y pesados senos, de pezones frescos como los de una quinceañera. Se volteó lentamente. Ahora el ventilador le acariciaba la nuca y la blanca espalda pegajosa. Miró hacia las persianas pues la melodía de la calle era otra vez tan clara y diáfana que le parecía ver la voz entrando en su cuarto. Betty empezó a ponerle atención a la letra:

> *Light brown is the best color of all.*
> *It's just pretty...*
> *Light brown. So pretty.*
> *I'd rather be any color but black.*
> *It is nasty looking.*
> *Light brown is the best color of all.*

Los versos se repetían sin un orden aparente. La reiteración de palabras, y por momentos de sílabas, creaban un ritmo sugerente. Ya se estaba quedando embelesada, arrobada por el manoseo de la brisa del ventilador y por aquel canto matinal, cuando sonó el despertador.

—¡Carajo! —gritó Betty Boop.

Era un despertador capaz de poner en pie a todo un escuadrón. Lo había comprado Fuñío en Sears hacía como diez años y ya tenía aspecto de objeto de museo. A su sonar, Betty se transformó en una autómata: se levantó velozmente y con movimientos precisos tendió la cama, regó los pelargonios de la ventana, las arecas de los tiestos situados en la «sala» (todo era el mismo espacio diminuto) y por último las vicarias que tenía a ambos lados de la cómoda.

De pronto se acordó de la atrocidad que iba a cometer y dijo:

—Adiós para siempre, queridas flores, en caso de que me agarre la mano larga de la justicia.

Se quitó las bragas con los humores púbicos nocturnos y las tiró, después de olfatearlas como una perra curiosa, en la canasta de la ropa sucia. Se cepilló los dientes. Preparó el café del desayuno y metió dos rebanadas de pan en la tostadora. Entonces se metió en la ducha. Primero se enjabonó ferozmente, como si luchara contra una suciedad inaccesible, restregándose las carnes —sobre todo las nalgas, pues le producía un placer urticante— con un estropajo. Luego pasó a la etapa de la ricura, el lento masajeo deleitoso, disfrutando a ojos cerrados con cada deslizamiento del jabón. Repartió la espuma por los pliegues y las protuberancias del cuerpo y después, con la ducha de mano, retiró la espuma tratando de que los chorritos la acariciaran tan groseramente como el vientecito del ventilador. Sabía que no tenía tiempo para aquel goce, pero era como si el agua la venciera con su lascivia dócil.

Cuando se hubo secado, se perfumó y se entalcó. Se secó la cabellera con un secador eléctrico que siempre se pasaba varias veces por el pubis, de arriba abajo, de abajo arriba y por detrás. Era un vaho rugiente y ardoroso que le activaba los huecos más íntimos y le removía la negra vellosidad boscosa, como un cicloncito tropical amaestrado.

Después de peinarse, desayunó. Después de desayunar, se cepilló otra vez los dientes y entonces se miró al espejo. Estaba fea. Inmerecidamente maltratada por la existencia. Hizo un esfuerzo por descubrir, exactamente, en qué parte de su rostro se parapetaba el odio pues lo necesitaba para nutrir su agresividad. Pero no había odio en sus bellos ojos negros. Tampoco en su boca, bien formada todavía. No había resentimiento en las arrugas de su frente. No había rencor en sus hombros altivos ni tampoco en sus orejas.

—Quizás no sea odio lo que siento —dijo Betty Boop.

No. Ni una sola mancha de odio opacaba su semblante. Entonces se crispó y puso cara de odiosa, a ver si algún tipo de virulencia le afloraba al rostro. Pero no le salió bien. Puso cara de iracunda. Nada. De chusma. Nada. De traidora. Nada. De asesina... Eso, de homicida... Pensó intensamente en Burruchaga y se puso de perfil, mirándose de soslayo, fríamente y con perfidia, como si fuera a él a quien estuviera escrutando. Pero le siguió pareciendo un rotundo fracaso.

Betty salió del baño sin haber localizado su odio, y eso la alarmó un poco.

Se vistió. Eligió una blusa de varios matices de amarillo y una falda azul. Cuando se miró al espejo se dio cuenta de algo:

—¡Amarillo y azul! —exclamó—, esa combinación significa *conformidad*. Nada de eso.

Betty creía ciegamente en el significado oculto de los colores. Se cambió la saya azul por una negra.

—Amarillo y negro: *pesadumbre*.

Se puso las dos cadenas de oro con las medallas de la Virgen de la Caridad y Santa Bárbara. Cuando se la llevaran presa (una vez cometido el crimen, Betty no tenía la más mínima intención de huir) los policías, que seguramente serían cubanos, la tratarían con especial benevolencia por llevar al cuello aquellas santas benditas.

Se maquilló sobriamente. La falta de dinero le impedía adquirir cosméticos de calidad y eso le dolía. Betty no era de las que se embadurnaban con cualquier producto de quincallería. Lancôme, Saint Laurent, Helena Rubinstein, Revlon, Clinique, Pierre Cardin...

Oyó de nuevo la voz en la calle y se asomó a la ventana. Primero miró hacia Ocean Drive; en el pedacito de playa que veía se movían varios ancianos, seguramente algunos de los pocos judíos que aún quedaban en los hoteles cercanos, camino de Lumus Park a hacer calistenia o hacia el océano, a darse sus bañitos en el agua virgen de la mañana. El sol ascendía, flamígero en su enorme redondez, prometiendo un día reverberante. Un crucero blanco, quizá camino de Bahamas, flotaba como en el vacío. Betty bajó la vista y vio al fin a la mujer que cantaba.

—¡Dios mío, pero si es la Bag Lady!

Se trataba de una pordiosera negra, gorda y de edad inadivinable. Su pelo era una maraña de pasas retintas, desteñidas por el viento, el sol y la mugre. Estaba sentada plácidamente en la acera, junto a los latones de basura de la trastienda del hotelito de la esquina. «Tal vez haya dormido allí —pensó Betty—, o quizás hiciera un alto en su vagabundeo para desayunar.» La mujer estaba rodeada de las bolsas que siempre llevaba a todas partes, arrastrándolas en un carrito de metal o colgando de su cuerpo voluminoso con cuerdas de colores. Betty la veía a veces deambulando por Miami Beach, sin mirar ni pedirle nunca nada a nadie y hablando consigo misma. Inescrutablemente sola en el mundo, la Bag Lady andaba siempre erguida y con la frente en alto, como si su destino de vagabunda afectara al resto de la humanidad y no a ella, como si ya ninguna atrocidad pudiera entrar en los recintos de su locura. Se estaba comiendo un dulce o un bocadillo quizás, acompañado de cocacola que bebía de un botellón de dos litros, y Betty se compadeció de ella:

—Ay, la pobrecita —dijo verdaderamente conmovida—, tomar cocacola a esta hora de Dios.

La Bag Lady dejó de comer y se puso a cantar otra vez:

> *I just hate white people.*
> *Don't like them at all.*
> *Oh I just hate white people.*
> *I'm like my auntie.*
> *She hates them, too.*

La visión de la Bag Lady le infundió fuerza y espíritu de contradicción. Sintió ganas de desafiar al mundo. Acción, ahora lo que hacía falta era *acción*. Se acordó de la nota que la noche anterior, huracanada por un ataque de nervios, de desesperanza y de rabia, había escrito. La encontró debajo del búcaro de hortensias de papel de China. Eran unas líneas que parecían haber sido redactadas a corrientazos.

Si Fuñío aparece muerto:
1. Regreso a Cuba a pesar de Castro.
2. Me retiro de este mundo y me convierto
en una pordiosera.
3. Me doy candela y pa'l carajo.
¡Ojo! Aparezca o no aparezca Fuñío,
voy a matar a Burruchaga.

Releyó aquello y quedó profundamente asombrada. La letra era caótica y garabateada pero el mensaje estaba clarito, había presencia de ánimo y coherencia mental en aquellos planes que ya casi daba como póstumos. Leyó la nota en alta voz y, curiosamente, lo único que no recordaba haber escrito era eso de «a pesar de Castro». Tuvo que haberlo escrito automáticamente. Lo tachó. Cogió el lápiz y, después de la posibilidad de regresar a Cuba, añadió una nueva:

Vendo todo lo que poseo y me voy a vivir a un hotelito
de Ocean Drive, como una judía.
Cuando se me acabe el dinero: entran en vigor
las alternativas 2 y 3.

Se sintió satisfecha y, aunque observó que ya el tiempo se le hacía corto y que iba a llegar tarde al trabajo, todavía le quedaban dos cosas impostergables por hacer: limpiar espiritualmente su hogar —por si regresaba, y si no, para dejarlo purificado—, y orar a los santos de su altar.

En un plato hondo, puso agua fresca. Le añadió vino blanco, siete gotas del *Perfume de los siete machos,* otras siete de anís, un clavo de canela, una siempreviva amarilla (que tenía en el congelador ya que no se le daban en tiestos y *tenía* que ser algo que se pareciera lo más posible a una siempreviva fresca) y, por último, nueve granos de maíz que habían permanecido nueve días a los venerables pies de Santa Bárbara. Cogió el plato e hizo un litúrgico recorrido por el cuartico, rociando los rincones con aquel líquido y murmurando: «Que con la misma devoción ferviente que roció este hogar, se hagan realidad mis ansias de felicidad y prosperidad. Que estas gotas sirvan de protección a mi hogar. Que las radiaciones hostiles, las influencias funestas y las tendencias negativas salgan ahora mismo de mi casa. Que sea vencido entre estas paredes todo espíritu del mal.»

Esto último lo repitió nueve veces.

Cuando hubo concluido el rito de la higienización espiritual, percibió en toda su carne el mariposeo chispeante de la angustia. Generalmente sentía inquietud antes de irse al trabajo; era como cuando, de niña, empezaba un curso nuevo en el colegio después de las vacaciones o como cuando llegaban los exámenes: desasosiego y miedo. Quizá fuera por el amor odioso que le inspiraba Burruchaga y porque ella no había nacido para venderse como camarera, sirviendo a los demás, para que un manganzón se enriqueciera a su costa.

—Quién sabe si hoy viva el último día de mi vida. De todos modos, ahora tengo que orar. Luego me acabo de largar y que sea lo que Dios quiera.

En el diminuto altar, situado en una repisa cerca de la ventana, una estatuilla de San Lázaro y otra de Santa Bárbara custodiaban a una virgen de la Caridad del Cobre cuya cara, si se la miraba bien, guardaba un sorprendente parecido con la de Betty Boop. Tal vez se debiera a sus grandes ojos negros de pestañas postizas y a su expresión de inocencia seductora. Lamentablemente el sol de Miami se colaba por las rendijas de la ventana, descolorando la faz de la virgen de modo que daba la impresión de que padecía de vitilico. La piel de Santa Bárbara, en cambio, permanecía intacta, piel canela de santa mestiza acostumbrada a los rigores del clima tropical. Pero la Santa Bárbara de Betty tenía el semblante despistado, con una expresión que oscilaba entre el ofuscamiento y la bobería. El humilde artesano que le moldeó y le pintó la cara, pensaba Betty, tuvo que haber estado borracho cuando trazó sus ojos, y sobre todo aquella boca de retrasada mental que parecía que iba a babear. O quizás hubiese estado estresado el pobrecito ya que, mientras más santos pintara, más le pagarían. Y la Caridad del Cobre, en realidad, le había quedado un poco bizca. Pero casi no se le notaba a causa de la maravillosa majestad de su infinita ternura. En cambio las innumerables pústulas, furúnculos purulentos, llagas ensangrentadas y cicatrices medio podridas de San Lázaro, habían sido pintadas con admirable realismo. El problema del San Lázaro del altar de Betty era más bien que tenía una cabeza demasiado pequeña de calvo innoble y suspicaz. Eso le dolía mucho a Betty, que veneraba a San Lázaro y, por mirarlo durante prolongadas sesiones de rezos, ya le conocía hasta el más mínimo detalle del rostro, cuya expresión de inequívoca socarronería no compaginaba con la piadosa santidad de sus muletas ni con la graciosa expresión de estupidez de los lindísimos perritos que sin cesar le lamían la carroña de sus mataduras. Mil veces se lo había reprochado Betty a Fuñío: ése era el peligro (y la vergüenza) de comprar santos de segunda mano, pues todos habían sido adquiridos en una tienda de cachivaches de la Washington Ave.

Pero, a pesar de sus deformaciones, Betty se contentaba con tener bien cerca la protección y el cariño divino de sus santos; ella los mimaba, les era profundamente fiel y les hacía ofrendas y juramentos. Ellos le retribuían su fe amparándola en medio de los quebrantos de la vida.

Betty se arrodilló y oró de esta manera:

—Ustedes, santos gloriosos míos, patronos de mi existencia, objetos de mi fe y testigos de mi humildad; ustedes, santos plenos de cariño, clarividencia y misericordia, custodios celestiales de mi vida fracasada y sin salida: iluminen y enderecen mis caminos, pues cada vez dan más vueltas sin llevarme a ningún sitio; oriéntenme en las encrucijadas y ayúdenme a encontrar a Fuñío aunque sea muerto. Auxílienme en este día definitivo, de acción agresiva y bíblica venganza. Recuerden que prefiero mil veces la cárcel que ir al *welfare* y mendigar ayuda a las autoridades sociales. Eso no lo soportaría mi honor de hembra bien nacida, ni mi orgullo de cubana indomable. Por último te pido a ti, Santa Bárbara bendita, que en el momento supremo de las puñaladas que le daré sujetes con firmeza mi mano para que no se me afloje ante ese hijo de puta que es Burruchaga. Amén.

Antes de salir Betty fue a la cocina y sacó de una gaveta todos los cuchillos que tenía. Los inspeccionó uno a uno y una sensación de espanto le heló la punta de los dedos. En el interior de los muslos y a lo largo de la espalda registró un tumultuario movimiento de alacranes y alimañas. Los cuchillos. Las hojas de metal fino y largo atravesando entrañas, cortando intestinos y venas, la sangre en un chorro sobre su mano, en el piso, en sus ropas. Todos los cuchillos le parecieron desmesuradamente salvajes, irreales, y de pronto dejó de *verlos*. Empezó a probarlos, en un acceso de espasmos caóticos, contra la estantería de la cocina. Se contuvo. No, ninguno le cabía debajo del vestido de modo que pudiera ocultarlo. Fue al baño y le echó mano a la navaja de afeitar de Fuñío. Era una navaja barbera de hoja pulida, muy afilada y el mango con cachas de carey, viejísima, pues a Fuñío le gustaba afeitarse «como lo hacía mi barbero en Cuba». Betty abrió la navaja ante el espejo y se la pasó con suavidad por el cuello. Allí... allí palpitaban las venas grandotas, regordetas de sangre fresca. Allí había que tasajear con rapidez. Cerró la navaja con decisión y se la escondió en el ajustador, bien apretadita contra la teta izquierda ya que ésa era —Betty tenía una idea muy exacta de la densidad y el volumen de sus senos— un poquito menor que la otra. Además, de allí podría sacarla velozmente con la mano derecha.

Y Betty salió al fin, con la frente muy alta, a las calles soleadas de Miami Beach.

—*Te repito que era ella y te digo que les serví, con estas manos que han hecho de todo en la vida, por lo menos cinco daiquirís en aquella mesa del rincón.*

—*¿No la habrás confundido con otra?*

—*Era ella. Inequívocamente ella.*

—*Imposible. Esa muchacha es más tranquila que una jicotea.*

—*Era ella.*

—*Que no, que esa muchacha es y ha sido siempre una mujer respetable y de su casa.*

—*Pues será muy tranquila y respetable cuando está en su casa. Afuera es bastante sata y depravada.*

—*¿Depravada?*

—*Con estas orejas que han oído de todo en la vida, oí que ella le decía al hombre que la acompañaba: «Me gustas más que él, mil veces más que él; te juro que es un tipo insufrible. Tú le hablas y él te mira, pero no te escucha, no te oye, tú no le interesas, él no es del reino de este mundo, él siempre está en otra parte, él no existe. Llévame a tu casa, que quiero acostarme contigo.»*

—*Oye, no me vengas con jodederas... Mira que es muy, muy grave lo que me estás contando. Esa muchacha es como una hermana para mí.*

—*Mucha gente tiene hermanas depravadas. Yo he visto de todo en la vida.*

—*No puede ser. ¡No puede ser!*

—*¡Y dale Juana con la canasta! Qué testarudo eres, Guarapito...Yo a esa chiquilla la podría reconocer entre un millón. Muchas han sido las veces que la he visto aquí con* todos ustedes, la tía Ulalume incluida, Nicotiano, tú mismo y el finlandés misterioso ése. Y te aseguro con buen cuño que la que vi aquí con otro macho era ella, ella y no otra.

—Basta, compadre, ya basta.

—Y por cierto que mucho que se besuquearon y se manosearon en aquella mesa del rincón...

—Bien, gracias, ya basta.

—... porque los vi yo con estos ojos que han visto de todo en la vida.

2.

Aquella noche me la pasé toda en vela, revolviéndome en la cama con ojos de cocuyo en lo oscuro.

—Que el desenlace llegue pronto —repetía cada vez que miraba el reloj—, que sea todo lo triste que tiene que ser pero que no sea cruento y que no pase el día de mañana sin que esto se resuelva.

Ojerosa y con paso de sonámbula, me levanté antes de que saliera el sol. Tenía un sabor a pétalos podridos en la boca.

—Ojalá que sea ella misma quien le cuente la verdad —murmuré ya en el jardín.

El sol ganaba altura, todavía ojeroso como yo y medio trabado en la calima del océano más allá de la bahía, tras los hoteles de Miami Beach. ¡Qué noche llena de sobresaltos! Aspiré el aire fragante del mar silencioso y de mis flores. En la vegetación, las sombras en retirada y la luz todavía escasa jugaban a los escondidos. A mi paso, interrumpían su serenata los grillos. La Isla del Cundeamor dormía.

Como siempre en las madrugadas, salí descalza para sentir el masaje limpio de la hierba húmeda, bien cortada por Cocorioco, en la planta de los pies. No me bañé ni me peiné, ni siquiera tomé café. Llevaba puesta mi bata de casa de seda brillosa que Hetkinen me trajera de Hawai. En aquella isla pasó mi marido una temporada realizando una de sus investigaciones con la Crabb Company, y me trajo la bata como presente. En aquella ocasión estuvieron espiando a una señorita, hija de una prominente familia del exilio cubano cuyo padre —un rico político y comerciante— sospechaba que la niña tenía amoríos con un mexicano. Para el padre de aquella niña rica y cubana era inaceptable el mexicanito, quien, además de no tener donde caerse muerto, tenía todos los caracteres somáticos de un miembro de la corte de Moctezuma. ¡Horror! La cubanita restregándose con un indio. La parentela estaba profundamente repugnada. Pero la chiquilla practicaba el mestizaje con habilidad de espía, y era difícil agarrarla con las manos en la maza del mexicano. Cuando a la muchacha se le metió en la cabeza irse de veraneo a Hawai, el padre sospechó que no lo haría solita y contrató los buenos oficios de Hetkinen y la Crabb Company Investigations, para que documentara la eventual transgresión cubano-mexicana en Wikiki y la hija descarriada se diera cuenta de que todo se sabe en este mundo. Casos similares resolvían Hetkinen y los muchachos a menudo; eran los más simples, no presentaban peligros serios y resultaban sobremanera lucrativos.

El caso es que gracias al fisgoneo erótico-detectivesco contra aquella señorita recibí yo la hermosa bata de casa que llevaba puesta aquella mañana.

Pero sucedió que la bata de seda me parecía incompleta; era de color entero, de un sobrio y nostálgico azul turquí pero un poco pobre de contrastes. Por eso se la entregué a Maribarbola, que se la pasó a Bartolo quien, a su vez, se la entregó a un mulato amigo suyo, marielito y pintor y medio ñáñigo, para que la decorase con toda libertad artística. El resultado fue nada menos que una Santa Bárbara medio erotizada, rutilante y monumental que se extendía, majestuosa, desde mi nuca hasta mis calcañales. Enseguida la bautizamos como *La Santa Bárbara de Wikiki*.

Si yo meneaba las nalgas, La Santa Bárbara de Wikiki meneaba las caderas. Si yo movía los hombros, a ella le cimbreaban las tetas. Si yo me inclinaba hacia adelante, ella subía la vista al cielo.

Haciendo un esfuerzo por no pensar en Mireya y con el paso amodorrado de quien no ha dormido, me dirigí hacia mis matas de aguacate. Yo todas las mañanas sopesaba los aguacates que colgaban a la altura de mi cabeza. Conversaba con ellos y los pellizcaba con esmerado deleite. Aún no estaban maduros, pero se hinchaban visible y sabrosamente. Me metí en la fronda oscura y palpé, delicadamente, las rugosidades de la cáscara. Calibré su densidad, su dureza y su peso. Si alguien que no me conociera hubiera presenciado aquel manoseo, habría pensado que yo sobaba obscenamente a mis aguacates. Y quién sabe si con razón, pues yo los acariciaba con una solicitud que era casi magreo y placer sexual.

—Los cojones verdes de la tierra —murmuré.

Oí ruidos. Provenían del taller de mi sobrino y empecé a caminar hacia allá, despacio, entre los árboles. El taller de Nicotiano era un galpón enorme, con un techo a dos aguas, de grandes ventanales y un moderno sistema de grúas que permitían mover a gusto los bloques de piedra y las esculturas, muchas de ellas monumentales. Los camiones que llegaban con el suministro de piedras entraban desde la calle hasta el interior mismo del taller, para ser descargados con la grúa. El amplio estudio estaba engastado en la maraña de mi vegetación: los jagüeyes gigantes con sus madejas de raíces aéreas, verdaderas cortinas de látigos ligeramente pubescentes; los chorros de buganvilla, las jabillas trepadoras con sus entrecruzamientos de ramas y hojas verdiamarillas, mangos y matas de güira y papaya, los bambúes con su misteriosa estructura de verticalidades, como si entre ellos se cobijaran misterios sagrados. Siempre he necesitado, para sentirme viva, esa presencia exudante, intrincada y profusa, perfecta en su salvaje desorden, de la vegetación insular con la exclusividad de sus olores recónditos y obscenos, repugnantes y apetecibles como la entrepierna de una diosa verde que se fecunda a sí misma. En Cuba siempre me dio lástima la

gente de La Habana, tan lejos de las emanaciones ence-
bolladas de la resina, los perfumes sin nombre de la tierra y los milagros de la fotosíntesis. En el exilio me
daban pena los cubanos que fueron a parar a las frialda-
des de Nueva Jersey o de Madrid, donde los seres humanos no pueden hacer otra cosa (aunque no se den cuenta)
que esterilizarse empotrados (y postrados) en la soledad
de sus apartamentos.

Efectivamente: Nicotiano estaba esculpiendo
en el taller.

—Se ha pasado la noche entera trabajando.
Como si nada, como si no se le estuviera agrietando el
suelo bajo los pies. ¿Será posible que no se dé cuenta de
la tempestad que se le viene encima?

A veces pasaban semanas enteras y Nicotiano no
salía del galpón de sus esculturas. Se levantaba antes del
alba, desayunaba cualquier cosa y se ponía a trabajar.
Allí cincelaba, cortaba, barrenaba y pulía la piedra, en
compañía de su entrañable Cocorioco, hasta el medio-
día. Si Cocorioco no se lo recordaba, se olvidaba de
comer. En las pausas se tiraba a la piscina y nadaba como
un cetáceo encerrado, de un extremo a otro de la piscina,
y a ese intenso nadar lo llamaba él descanso. Cuando se
le veía nadar pausadamente, disfrutando de cada bracea-
da, era que estaba exhausto o excepcionalmente satisfecho con su labor. No era extraño que trabajara varias
noches seguidas, como si estuviera hipnotizado, y según
Cocorioco apenas hablaba. Hetkinen y yo garantizába-
mos —gracias a una complicada red de abastecedores—
que siempre hubiera una cantidad suficiente de masas
de piedra a su disposición. Sobre todo granito, alabastro
y mármol. Yo era también, con la ayuda de Mireya, la
que comercializaba las esculturas en coordinación con
Mr. Doublestein. Era una ocupación difícil pero apasio-
nante, dada la rara naturaleza de las esculturas (el motivo era siempre el mismo: cangrejos) y no menos por la
renuencia de Nicotiano a presentarse públicamente, *en*

vivo, como autor de las esculturas. Pese a la semianonimidad del artífice, era un negocio tremendamente rentable. Entre Doublestein y yo les sacábamos unos precios muy buenos a los crustáceos de mi sobrino. En periodos de mucha creatividad, sus esculturas nos proporcionaban ingresos incluso mayores que los de la Crabb Company.

Cocorioco, que además hacía las veces de jardinero, se contagiaba con el fanatismo de Nicotiano y entonces no comía en las horas fijas, no se encargaba del jardín y la hierba se tomaba libertades de asalto.

—Cocorioco —lo amonestaba yo—, la hierba se está envalentonando. Además, te veo demacrado y flacucho. ¡Deja solo a Nicotiano y regresa a la vida normal!

—¡Qué flores ni qué ocho cuartos! —respondía el buen hombre—. ¿No ves que estamos terminando un cangrejón de mármol *Rosa Aurora*? Ya habrá tiempo para comidas y otras boberías.

Nunca me gustó que se pusieran tan huraños y ausentes, casi siniestros cuando se sumergían en el trabajo. No se podía entablar una conversación normal con ellos, las formas cangrejiles que emergían de las piedras los hechizaban y los enajenaban. El bueno de Cocorioco, por lo demás proverbialmente afable, se ponía lacónico y hasta un poco agresivo, como si fuera depositario de algún secreto sobrehumano. Sin embargo, cuando la Crabb Company tenía alguna necesidad urgente de personal, por ejemplo alguna misión particularmente peligrosa o que exigiera vigilancia permanente en muchos puntos simultáneamente, Nicotiano abandonaba sin chistar su taller y se ponía a las órdenes de Hetkinen. Yo siempre tuve la impresión de que esas interrupciones le hacían bien. Cocorioco acudía entonces al jardín y volvía a ser el mismo viejo jovial y dulce de siempre, aunque cierta cantidad de hurañería no se la quitara ni Dios.

En los periodos de normalidad, cuando Nicotiano no sentía la necesidad compulsiva de esculpir y la cangrejería del galpón adquiría un ritmo más humano, era una delicia tratarlo. Participaba en las sobremesas, salía a pasear conmigo o nos sentábamos a leer juntos, bebiendo largos tragos de ron en la pérgola o junto a la piscina. Era en esos lapsos de normalidad que su relación con Mireya parecía ser más amorosa que nunca. Agarraban el yate, nuestro maravilloso *Villalona,* y se iban juntos a pescar en los cayos de la Florida, a vagar por las aguas del Golfo o a descubrir alguna porción de isla desierta en las Bahamas.

Ya casi junto a la entrada del taller, me detuve. Tenía ganas de hablar con Nicotiano pero temía que la angustia se me notara. Era imprescindible ocultarle lo que yo sabía pero, al mismo tiempo, el deseo de revelárselo todo de un tirón me estaba exprimiendo la lengua como si fuera una bayeta de limpiar pisos. Ahora bien, revelarle, ¿qué? ¿Sospechas, indicios, rumores? No. Hasta que no tuviéramos pruebas concretas e incontestables no se le informaría nada a mi sobrino.

De pronto salió Kafka de entre mis arecas.

Mi querido Kafka, silencioso como una pluma de águila, fuerte y ágil como un león y sagaz como un agente secreto. Guardián fiel de nuestra casa, comandante en jefe de nuestra jauría centinela.

Los otros dos perros que teníamos eran Gotero y Montaver, ambos de raza más sumisa y de ferocidad más impredecible. Su misión consistía en responder ladrando, terroríficamente, ante ciertos estímulos muy bien interiorizados. También estaban escrupulosamente adiestrados para perseguir, acosar y asestar dentelladas mortíferas cuando se les ordenara que lo hicieran. Entre las obligaciones de Kafka estaba el tenerlos a raya y el comandarlos cuando fuera necesario. Gotero era experto en la detección, aun a larga distancia, de elementos extraños, así como de todo tipo de estupefacientes, explosivos y venenos. Montaver era el encargado de hacer los trabajos sucios de la Crabb Company. Todo lo que se le ordenaba a ese perro era tan secreto, todo lo que hacía era tan inconfesable, que ni siquiera yo lo sabía y por eso no puedo decirlo ahora. Por su sometimiento absoluto y su actitud desinteresada ante el deber, los servicios de Gotero y Montaver eran muy apreciados en la Crabb Company.

Pero Kafka era otra cosa.

Sigiloso y reflexivo, taciturno y de un señorío natural, paseaba Kafka su humanidad perruna por los recovecos de la casa. En sus ojazos tristes se reflejaba su sentido de la responsabilidad, y mi cariño hacia él era sólo comparable al que sentía por Nicotiano. Aunque no lo aparentara, en realidad Kafka era una criatura de alta peligrosidad. Era un perro que tenía mucho de felino. ¿Puede acaso existir una mezcla más peligrosa? Un híbrido de lobo y puma. Sus agresiones eran terribles. Pero lo admirable era su conocimiento de cuándo había que actuar y cómo. Una vez, el hijo menor de los McIntire saltó imprudentemente, en busca de una pelota de béisbol, la valla cubierta de cundeamor que nos separaba del mundo exterior. Montaver y Gotero se aprestaron a desguazarlo en medio de unos ladridos que petrificaron al pobre chico. Por suerte Kafka, gracias a su indiscutible autoridad y su capacidad de discernimiento, le salvó la vida.

Ahora Kafka estaba junto a mí, tranquilo y madrugador.

Decidí no entrar al taller. Ya el sol empezaba a echar adelante la mañana, descubriendo matices de verdor en las imbricaciones de las palmacanas y produciendo destellos en el rocío de las enramadas, pero yo tenía la penosa sensación de que aquel día los minutos iban a durar meses. Revisé mis mangos. Estaban cada día más ruborizados, fragantes en sus colgajeras. Las matas de mango son muy provechosas. Además de la exquisitez de los frutos, con aguardiente y miel la corteza del mango en cocimiento es buena para la bronquitis. Pasé después al reino de mis matas de papaya. ¡Qué nombre tan sonoro y jugoso! Papaya, papayita, papayona. ¿A quién no se le llena de saliva la boca pronunciando esas palabras? Papaya es carnosidad pulposa, es la más obscena de las delicadezas.

—¿Verdad, queridas papayitas? Míralas qué relamidas, Kafka: parecen muchachas altas y demasiado flacas, exhibiendo sus tetonas verdes sin ajustadores. Y si se las abre de un machetazo, lo que sale de esas tetas es pura pendejera de semillitas negras, sudorosas y lubricadas en medio de la pulpa incitante.

Kafka me seguía como si admirase, con una expresión quizás un poco socarrona, los colores ahora manchados de rocío de la Santa Bárbara de Wikiki: incandescencias naranja-violeta, verdes amarillentos y algún que otro rojo sangriento. Y sus ojos: hechicerescos, irradiando un poder malsano. El sol oceánico campeaba ya por su respeto en el cielo y en las pupilas de la Santa Bárbara de Wikiki.

—A Mireya se le dio todo en esta casa: comodidades, cariño, consideración y confianza absoluta. Pero no me dejaré llevar por la pasión. Dime, Kafka, tú que eres tan ecuánime y clarividente aun en los momentos de mayor estrés: ¿quién puede saber lo que ocurre en la intimidad de una pareja? Nadie, chico, nadie. Son mecanismos de atracción y rechazo, son brevajes de repugnancia y dulzura. Es el poder y la impotencia, es el querer y el no querer en una misma cama, en una misma mesa, entre los mismos cuatro ojos, dos lenguas y cuatro manos, son ritos y expectativas que los años rutinizan. Pero mira esos tomates, Kafka. Cocorioco ya no les presta atención. Están creciendo a la buena de Dios. Los más sabrosos son estos chiquiticos. Tomates cimarrones. Dulcísimos. En Cuba son todavía más dulces, casi como guindas. Los españoles, que aprendieron a comer tomates de los aztecas, le atribuían propiedades afrodisíacas al tomate. Yo también se las atribuyo. Observa que los franceses los llaman «pomme d'amour».

Me encaminé hacia los garajes para ver si estaba el auto de Mireya. No estaba; seguramente no había dormido en casa. Y Nicotiano ni cuenta se daba. Fui a la valla cubierta de cundeamores que nos separaba de la realidad del sueño de Miami, a saludar a Gotero y a Montaver. Su misión era permanecer junto a la valla y la verja de entrada; a veces Kafka los llevaba a patrullar nuestro pedazo de costa, el muelle donde atracaba el *Villalona* y la vegetación boscosa del patio. Kafka era el único autorizado a entrar en la casa y a bañarse en la piscina. Por lo demás, sus atribuciones eran plenipotenciarias.

—¿Cómo es Nicotiano con Mireya? —le pregunté a Kafka—. ¿Desaprensivo, injusto, soso? ¿Y en el plano sexual? Todo esto es muy complejo, Kafka, en el fondo no sabemos nada y no en balde dice el proverbio que entre marido y mujer nadie se debe meter... Al sexo hay que salpimentarlo y engolosinarlo para que no se petrifique. Incluso cierto nivel de perversión debe existir en la pareja; de lo contrario, el sexo se burocratiza. Cuando una pareja tiene la carne satisfecha eso se les nota hasta en la forma de reñir y de eructar.

Junto a la verja había un cartel que decía:

¡PELIGRO!
CUÍDENSE DE LAS OPINIONES DE NUESTROS PERROS.

Dos hileras de palmas reales flanqueaban el camino de entrada a la casona. Las observé con cierta melancolía y me parecieron gráciles en la brisita de la mañana. Un cardumen de pajaritos picoteaba las semillitas rojas del cundeamor.

—Los pajaritos son los peces del aire.

Fue entonces que se me ocurrió levantar la mirada hacia la casa de los McIntire, y vi al hombre de pie en la azotea, apuntándome con un fusil. Como una imbécil me quedé mirándolo mientras trataba de reconocer al tipo que, dentro de unos segundos, probablemente empezaría a disparar contra mí. Pero lo que me dejó tiesa no fue el miedo, sino primero la curiosidad y después la indignación.

—¡Hijo de puta! —grité y me agaché, desapareciendo del campo de visión de mi agresor.

Me mantuve inmóvil y por un instante tuve deseos de tirarle una pedrada o una trompetilla. ¡Era el ridículo de McIntire! Las casas, o mejor dicho los jardines de nuestras casas, estaban separados por una calle que daba al mar. La cerca nuestra tendría unos tres metros de altura y estaba poblada por una maraña de buganvillas, campanillas, jazmineros, cundeamores y otras enredaderas cerriles, que trepaban por todas partes incluidos los postes del alumbrado público. Agazapada, con Kafka tenso a mi lado, veía yo moverse a McIntire con el arma al hombro. De nuevo se puso en posición de disparar, oteando en mi búsqueda con lo que supuse era una mira telescópica. No sé por qué me dio la impresión de que estaba borracho.

—Kafka: sube inmediatamente y cuéntale a Maribarbola lo que está pasando. ¡Rápido!

El animal partió como un silbido. Lo que McIntire tenía en la mano, pensé, era una ametralladora o algo similar. De pronto, me puse de pie fingiendo que no había advertido la amenaza. Él me apuntó y yo, como si estuviera recogiendo cundeamores junto a la cerca, volví a agacharme.

«Pobre McIntire», pensé. Muchas gestiones había hecho el muy bruto para que nosotros abandonáramos La Isla del Cundeamor. Le daba envidia que tuviéramos más dinero que él, que nuestra casa fuera más grande y bella que la suya, que poseyéramos un yate más cómodo y lujoso, más veloz y marinero que el de él. Le molestaba la bandera cubana que tenía yo siempre izada en un asta más alta que la bandera americana que ondeaba en su patio, y yo sé que rumiaba:

—Esos *cubans* de mierda se han apoderado de nuestra ciudad, ya no hay zona, por muy exclusiva que sea, que no esté infectada de esa gentuza.

—Sí —sabía él que yo decía burlonamente—, convertiremos La Isla del Cundeamor en una nueva

Sagüesera, con juegos de dominó a la sombra de los flamboyanes y guaraperías entre los cocoteros.

—El último *anglo* que se marche —decía McIntire— que se lleve consigo la bandera americana.

¡Ironías de la vida! O sea, ironías de Miami: ahora no éramos nosotros los que de modo alguno amenazábamos la existencia de McIntire sino la Transacción Cubano Americana, que nos quería volatilizar a todos juntos de La Isla del Cundeamor.

Para provocar a McIntire, volví a esconderme y a salir, era como si estuviera haciendo gimnasia. En una de ésas, convencida ya de que estaba borrachísimo y de que aunque abriera fuego no me iba a dar, me puse groseramente el antebrazo en la entrepierna, con el puño cerrado como si fuera un pene erecto, y farfullé:

—Tira si tienes cojones, McIntirito.

Pero lo que vi fue cómo el hombre se retiraba precipitadamente de la azotea, tambaleándose, con rifle y todo, con el pánico del que huye perseguido por una legión de demonios.

Lo que ocurrió fue que Kafka sacó a Maribarbola del gimnasio —un local muy bien equipado al fondo del patio, casi junto a las aguas de la bahía—, donde estaba haciendo sus ejercicios matutinos y lo puso al tanto de todo. Maribarbola se movilizó, divisó a McIntire con su fusil y su paripé, le sacó fotos con su poderoso teleobjetivo y, seguidamente, se apostó en nuestra azotea *con un lanzagranadas.* Mientras tanto, Kafka sacaba de la cama a Sikitrake, que dormía con una de sus amantes. Subió entonces Sikitrake, en zafarrancho de combate, portando su querida AK-47. Siguió Kafka para el taller e incorporar a Nicotiano a la defensa del territorio nacional pero cuando el escultor llegó a la azotea, armado con un AR-15, ya McIntire, horrorizado por el lanzagranadas de Maribarbola, se había retirado desordenadamente de su insólito campo de batalla.

—Viejo ridículo —dije yo destornillándome de la risa.

Le dimos una gratificación a Kafka.

Según Hetkinen, Maribarbola y Sikitrake eran los mejores hombres de la Crabb Company. A Maribarbola nadie lo superaba en puntería con armas cortas y en defensa personal. Era un karateka temible y toda su humanidad estaba marcada por la suavísima flexibilidad de sus movimientos afelpados, exactos y, cuando era necesario, letales. Era alto y de extremidades enmadejadas en músculos largos y poderosos; tenía mirada de lince y era capaz de desarmar, a mano limpia, a un hombre armado con un machete. Las volteretas que daba en el vacío eran pavorosas. Avanzaba de lado, hacia adelante o retrocediendo con inusitada agilidad. De súbito se elevaba y pateaba con fuerza salvaje al adversario. Por pura diversión brincaba, se ponía de cabeza en el aire y tumbaba, de un golpe de calcañal, los mangos que deseaba. Maribarbola era, además, el fotógrafo de la Crabb Company. Siempre iba armado con un revólver Colt Python 357 Magnum, de acero inoxidable. Era un arma espeluznante que medía, del cabo a la punta del cañón, más de nueve pulgadas.

Sikitrake era un mulato lindísimo, sagaz y de voluntad de acero, dulce en el trato y de unos principios muy firmes. Era oriundo de Guanabacoa e hijo de una familia humilde. Sikitrake había combatido en Angola, de donde trajo dos o tres medallas por su valentía en combate. De regreso en Cuba, cayó en desgracia el pobre muchacho. En una reyerta por un escabroso asunto de faldas, un hombre le sacó un puñal y él lo mató de un batazo. Homicidio. A partir de allí, su destino se ensombreció. En la cárcel, se sintió ultrajado por un guardia bocón y Sikitrake le destrozó la nariz de un piñazo. Después de eso intentó rehabilitarse. En la prisión le dieron un trato especial, quizá en reconocimiento a su buen material humano y a los servicios prestados en combate. Pero las desgracias nunca vienen solas. En el primer pase que le dieron, el hermano del hombre al que había matado quiso tomar la ley en sus propias manos. Sikitrake intentó evitar un nuevo desastre, pero no lo logró. En defensa propia, tuvo que matar al tipo, esta vez de un cabillazo. Esa noche se robó una lancha a motor, puso rumbo norte y no paró hasta encallarse en una playa de Cayo Hueso. Sikitrake era especialista en todo tipo de armas pesadas y sabía mucho de explosivos y radiocomunicación militar. Era el mejor tirador de arma larga de la compañía, aun mejor que el propio Hetkinen. Para mí, Sikitrake era como un hijo más, y siempre me he preguntado cómo un muchacho tan íntegro y noble, tan amante de la justicia, pudo caer en una avalancha tan aciaga de hechos de sangre. La respuesta me la esbozó él mismo una vez, a pesar de que rehusaba hablar de sí mismo y sobre todo de la guerra de Angola:

—Cuando regresé de Africa, tía, yo era otro hombre. Venía de los campos de la muerte y yo había matado. Por primera vez en mi vida me encontré en la disyuntiva de matar o morir, de vencer o ser vencido, y muchos de mis amigos más entrañables cayeron despedazados por los obuses o las balas. A mi primo lo mataron los de la UNITA en una emboscada, cuando manejaba un camión en una larga caravana de abastecimiento. Cuando regresé a Cuba me encontraba en una situación de gran inestabilidad sicológica. Me negué a trabajar. Soltero, sin mujer ni hijos en los que pensar, me tiré a la bebida y la jodedera. Quería olvidar y ganar el tiempo perdido. Muchos otros soportaron aquello mejor que yo, quizá tuvieran un grado más alto de madurez, qué sé yo; volvieron y se reintegraron sin traumas a la sociedad. Yo tuve mala suerte. Cuando cogí aquel barco para exiliarme lo hice a ciegas, sin saber a ciencia cierta por qué lo hacía. Era una salida, algo nuevo inesperado se abriría ante mí, un lugar donde pudiera empezar otra vez. Desde cero.

Nos reunimos en la pérgola para tomar el desayuno. Maribárbola estaba revelando las fotos del beligerante McIntire.

—¿Se habrá vuelto loco McDonalds? —dijo burlonamente Cocorioco.

La brisa del mar era ahora tibia y pegajosa y prometía un día sofocante. En un lecho de hielo picado, irradiaban su portento las frutas del desayuno: naranja, papaya y mango, melón y piña y rojas lascas de mamey. Los que más comíamos éramos Sikitrake y yo. Cocorioco y Nicotiano apenas comían; lo único que se sirvieron fue café con leche y un bocadito de queso. Seguramente estaban pensando en sus cangrejos y yo ardía en deseos de que se marcharan para poder entrar en materia.

En eso llegó Hetkinen.

Al fin. De entrada, de tan sólo echarle una ojeada a su semblante, supe que las noticias sobre Mireya serían funestas y que se confirmarían todos los chismes, especulaciones, prejuicios y chistes sobre su persona. Dejé de comer.

No era Hetkinen hombre de muchas palabras. Quizá por esa cualidad suya nuestro matrimonio había durado tanto. Yo jamás hubiera soportado convivir con un cubano jactancioso, parlanchín y jelenguero como por ejemplo Guarapito. Hetkinen me dio un beso y dejó caer pesadamente, en una silla junto a mí, su carapacho de campesino finés.

—Ya me informó Maribarbola acerca de la estupidez de McIntire —dijo mi marido—; esperemos a que Mari traiga las fotos. Creo que hay que tomar esto en serio.

—McDonalds tiene guayabitos en la azotea —dijo Cocorioco.

—El hombre se llama McIntire —aclaró Nicotiano.

—Para mí —ripostó Cocorioco—, como si se llama McNamara o McPendejo. Es más, para mí todos ellos se llaman McDonalds.

—Cocorioco —dije yo—, últimamente te he notado un poco demacrado, como agotado, con ojeras muy feas. ¿Qué te sucede, estás enfermo?

—Tengo dolor de muelas.

—Deja que te mire la boca. A ver, enséñame los dientes.

—Ni muerto. Mi boca es mía y no me la mira nadie.

—¡Cocorioco! Debes ir al dentista.

—No me da la gana.

—¿Prefieres el dolor antes que ir al dentista?

—Mi boca es mía y no me la mangonea nadie.

—¡Cocorioco, no seas bellaco!

—Yo también te he notado un poco decaído —le dijo Nicotiano.

—Ocúpense ustedes de sus bocas respectivas —respondió ácidamente el viejo—, y dejen en su lugar la mía.

—Creo que deberíamos acusar a McIntire —dijo Sikitrake.

—¿Mireya está durmiendo todavía? —preguntó Nicotiano y yo me tragué un pedazo demasiado grande de mango.

—La vi salir temprano con el auto —mentí tosiendo, pues la tos arropa un poco la mentira.

¡Que se acabara de ir Nicotiano! Desde hacía varias semanas, Hetkinen había puesto a los muchachos a vigilar *a fondo,* por petición mía, cada uno de los movimientos de Mireya, y ese día me presentarían los resultados. Había sido una misión dolorosa. Este tipo de «investigaciones» —infidelidades, desapariciones, conductas dudosas— eran pan de cada día para la Crabb Company, pero penetrar los secretos más íntimos de Mireya, a quien Hetkinen quería tanto como yo, lo hacía sentirse un poco sucio. Porque Mireya había humanizado a Nicotiano, eso lo sabíamos todos. Ella era como una flor más en La Isla del Cundeamor, la más irradiante, la más bella. Su simpatía nos animaba a todos, su afectuosidad y su actitud diligente hacían de ella una compañía adorable.

De no haberse producido el grotesco incidente McIntiresco —más digno de mofa que de temor— aquel desayuno habría sido el más sórdido de la historia de la Crabb Company. Y creo que de todos modos lo fue, al menos para mí. Ahora faltaba que llegara Maribarbola con las fotos. Todas. Las de McIntire haciendo su estrafalario paripé intimidatorio en la azotea, y las de Mireya...

También yo me sentía sucia. ¡Haber ordenado aquel fisgoneo contra mi Mireya! Pero la duda es el peor de todos los venenos.

Nicotiano no acababa de volver a su cangrejera y yo, sin poder esperar más, me lancé a la carga contra Cocorioco a ver si lograba sacarlo de quicios:

—Cocorioco, te voy a reservar una cita urgente con el dentista. No pienso esperar a que te dé una neuralgia de muerte. Nadie tiene derecho a andar con dolor crónico de muelas en La Isla del Cundeamor. Así es que esta misma tarde vas al dentista y...

—¡Y dale Juana con el palo, coño! Cómo machacas, tía. No voy a ir a ningún matarife de ésos, dienteros, dientristas, dientrífugos, sacamuelas-barrenadores despiadados, que lo único que saben hacer es forrarse de dólares a costa del dolor ajeno.

—Lo que tienes es miedo —intercaló Sikitrake.

—A usted nadie le dio vela en este entierro, joven.

Cocorioco se puso de pie, visiblemente irritado, que era lo que yo perseguía. Lo observé. Era un sesentoncito vigoroso, de baja estatura, fundido en carne dura todavía pero ahora un poco desmejorado, tal vez por el exceso de trabajo. Cocorioco solía llevar el cinturón sin meterlo por entre las trabillas, de modo que los pantalones se le resbalaban por debajo del cinto y parecía que se le iban a caer. Si era ropa de trabajo, o de elegancia, daba igual. Eso le daba aspecto de guajiro, o de niño pobre. Mirándolo bien, Cocorioco había adelgazado bastante. ¿Sería cierto lo de las muelas agujereadas o estaría enfermo de verdad? Los pantalones le quedaban grandes, eso era todo. Y no comían, caramba, era que ni él ni Nicotiano se cuidaban la panza, en cuya oficina, como bien decía Cervantes, se resuelven todos los negocios del cuerpo.

—Enséñame los dientes, Coco —propuso benévolamente Sikitrake—; en Angola, en plena guerra, yo le saqué una vez una muela a un compañero con un alicate.

—Pues váyanse usted y su querido alicate a sacar muelas a Angola —respondió el viejo, y agregó dirigiéndose a Nicotiano—: Yo vuelvo al taller.

—¿No quieres ver las fotos de McDonalds en zafarrancho de combate? —preguntó Nicotiano.

—Me importa un pepino. Si yo a él no puedo verlo ni en pintura, ¿por qué coño voy a querer verlo en fotos?

Y se marchó.

Nicotiano se echó a reír y lo alcanzó corriendo, le puso un brazo sobre los hombros y se alejó con su buen amigo hasta desaparecer entre los árboles. Todos respiramos aliviados.

Hetkinen sudaba copiosamente y tenía la mirada perdida en el verdor oscuro de los mangos. Un silencio pesado nos envolvió. El sol iluminaba, como desde adentro, las hojas de las enredaderas de la pérgola. Los frutos del cundeamor parecían más limpios a esa hora, de un matiz naranja casi fosforescente. Introduje la vista en la estructura barroca de la enredadera y vi un universo de insectos muertos y diminutas arañas en sus telas, pajaritos revoloteando y un accidentado paisaje de tallos anudados, breñales resecos y quebradas verdísimas, pequeñas junglas y muñones peludos, hojas como flecos o cabelleras de mujeres dormidas. Los frutos del estropajo colgaban, en algunas partes, como tetas; en otras, como macizas vergas tumefactas de pulpa y fibra.

—Ahí viene Maribarbola —murmuró Sikitrake.

Yo me sentía legañosa y hedionda. Ya era media mañana y ni siquiera los dientes me había cepillado. La

Santa Bárbara de Wikiki, a mi espalda, se empapaba de sudor.

—Aquí están las instantáneas —dijo Maribarbola.

—Empecemos con McIntire —propuso Hetkinen.

Kafka se echó junto a mí. Quizá percibiera mi funesto estado de ánimo. Hetkinen ojeó las fotos, con el ceño fruncido.

—Esto pinta mal, Sikitrake —dijo al fin—. Observa: es un rifle israelí *Galil Sniper*.

—Un fusil de francotirador —dijo el muchacho—. Para matar a larga distancia.

—Exacto. La mira telescópica debe de ser una *Nimrod*.

—Y el peine es de 25 balas. Un equipo profesional.

—Dudo que McIntire tenga licencia para un fierro de ese tipo —dijo Hetkinen—. Ula, esto es más serio de lo que tú te imaginas.

—Bah —objeté yo—, son chocherías teatrales del americano.

—Podría ser —dijo Hetkinen, y posó la mirada en las vergas tumefactas de los estropajos—; podría ser que McIntire, completamente borracho, decidiera meternos miedo. Pero esto también podría ser obra de alguien que desee que nos marchemos de aquí...

—Alguien que le proporcionó el *Galil Sniper* a McIntire —razonó Maribarbola— y que lo achuchó contra nosotros con la esperanza de que no sólo exhibiera el arma, sino de que se animara a apretar el gatillo.

—Por ejemplo la Transacción, ¿verdad?

—Una manera lindísima de salir de los dos: de McIntire por asesino, y de nosotros por no poder seguir viviendo en una Isla del Cundeamor sin la tía Ulalume. El blanco eras tú, Ula.

—Todo eso parece demasiado truculento, novelero, fantasioso y rebuscado. Yo no veo más que una impertinencia de McIntire que es un prepotente y un alcohólico empedernido. Que me haya apuntado a mí es pura casualidad.

—En mi oficio no existen las casualidades —sentenció Hetki.

—¡Pues si quiere guerra guerra tendrá! —yo empecé a perder los estribos y Kafka se incorporó—; en esta isla podríamos convivir pacíficamente, más ahora que nunca, que estamos amenazados por un poder mayor. Pero a mí que no me venga con riflecitos y mierdas. Si no le gustan sus vecinos, ¡pues que se mude!

—Cálmate, Ula.

—No me siento bien. Ahora díganme, por favor, qué han averiguado sobre el supuesto adulterio de Mireya.

De súbito, Kafka salió corriendo hacia la verja de entrada; unos segundos más tarde ladraban infernalmente los perros guardianes. Maribarbola y Sikitrake fueron a investigar.

—Es la policía —dijo Siki al regresar.

Eran dos carros patrulleros y varios hombres con chalecos antibalas, armados como para enfrentarse a un ejército. El oficial era un conocido de Hetkinen. Un cubano gordo, sólido y curtido por el sol que hacía recordar una pierna de buey ahumada pero con uniforme, revólver y gafas. Su dentadura se mostró exquisitamente blanca cuando dijo:

—¿Qué es lo que pasa aquí, Hetkinen? McIntire afirma que ustedes lo amenazaron nada menos que con una bazooca.

Mi marido no movió un músculo y no respondió absolutamente nada. Los perros ladraban.

Hetkinen y yo...

—Lo siento, Ula, pero todo parece indicar que Mireya...

—Esperemos a que lleguen las pruebas.

—Quiero prepararte para lo peor. Muchas veces, la gente no es lo que aparenta.

—Nada ni nadie es nunca lo que aparenta.

—Sé que este asunto va a dolerte mucho.

—Hablemos de otra cosa entonces. Mientras tanto, busquen pruebas fehacientes. Fotos. Quiero fotos.

—La Transacción Cubano Americana sigue maniobrando para desalojarnos de La Isla del Cundeamor.

—Hijos de puta. Quieren convertirla en un emporio de hoteles y casinos, pese a que están prohibidos en La Florida. Pero a nosotros no nos van a amedrentar.

—Ya prácticamente no queda nadie en la isla. Todos han vendido sus casas, más o menos en contra de su voluntad. Los Montes de Oca, los Andersen, los Pérez Díaz, los Smith...

—Sí, ya me lo comentaba Maribarbola. Nos estamos quedando solos. Pero yo de mi isla no me voy.

—La Transacción trabaja en lo oscuro. Cortan créditos, amenazan, ejercen presiones, hacen ofertas extrañas.

—Ya sólo quedamos nosotros y los McIntire.

—Lástima que McIntire sea tan bruto. Si se llevara bien con nosotros, podríamos colaborar y defendernos juntos.

—Tiene prejuicios. Para él somos unos cubiches de mierda.

—Si McIntire se va, nos quedamos solos.

—Mejor solos que mal acompañados.

—Ula, ¿no deberíamos empezar a acostumbrarnos a la idea de que... esta isla está perdida?

—¡Jamás! Abandonar esta isla que es parte de mi vida, para que la Transacción la prostituya, sería como exiliarme una vez más.

—Es muy difícil defender una isla cuando uno se queda solo.

—Cuando uno se queda solo en la isla que quiere defender, lo que hay que hacer es arraigarse en lo que es de uno y tener muchos cojones.

—Eso no nos falta a nosotros.

—Yo estoy dispuesta a defender con todas las armas La Isla del Cundeamor.

—La Transacción lo sabe. Con nosotros no se atreverán a ir muy lejos. No pueden manipular a ningún banco pues no tenemos deudas que pagar, ni necesitamos pedir préstamos tampoco. Les resultará difícil crearnos dificultades financieras. Lo que sí pueden hacer es empezar a construir sus hoteles o sus condominios o lo que tengan en mente hacer, y apestarnos la vida. La isla ya no será la misma.

—Nada. Van a tener que darnos fuego como al macao...

—Yo no sé lo que es un macao.

—Diles a los muchachos que te lo expliquen.

—La Transacción es tenebrosa, Ula. Intentarán hacernos daño de una forma u otra. Pero a la Crabb Company no se la trata de cualquier modo. Ellos están conscientes de eso, saben que podemos ser un enemigo astuto y peligroso.

—Y en el fondo son cobardones. Hetki... Si Mireya se va de La Isla del Cundeamor...

—Es la consecuencia natural de sus actos.

—¿Qué hacer, Hetki? Me da miedo Nicotiano.

—Fuera de Mireya y sus cangrejos, ese muchacho no ha tenido una vida propia. Cuando ella lo deje... Pero bueno, por ahora, vamos a lo objetivo: sin Mireya, no podrás encargarte sola del trabajo oficinesco de la Crabb Company y de la comercialización de las esculturas. Búscate una sustituta, pero tendrás que elegir bien. No podemos darnos el lujo de abrirle a cualquiera las puertas de esta casa.

—Para ti se trata de encontrar a un elemento confiable; para mí, de hallar una chica que, además de trabajar bien, sea capaz de ser mi amiga.

—De todos modos, ninguna podrá sustituir a Mireya.

—Quién sabe, Hetkinen. Quién sabe.

3.

En vez de dirigirse a la parada del autobús en Washington Avenue para irse al *downtown,* Betty bajó hacia Ocean Drive con la esperanza de ver de cerca, aunque sólo fuera por un instante, a la Bag Lady. El océano espiraba una brisita algo fresca todavía y Betty acaparó lo más que pudo del frescor abriéndose la blusa. Demasiado quizá, si tenía en cuenta el ocultamiento de la navaja en el ajustador. En las terrazas de los hoteles se calentaban lánguidamente, como gallinas desplumadas por el destino, los inquilinos de la tercera edad, casi todos judíos de tercera categoría ya que los de más poder adquisitivo se soleaban más al norte, en North Ocean Park, en Bal Harbour o en Sunny Isle.

Bajo la sombra de un cocotero turísticamente estilizado, sentada en un banco frente al mar, encontró Betty a la pordiosera. Presa de una punzante emoción, se le acercó. Aquella figura extravagante, sucia, absolutamente expuesta a las iniquidades de la calle y la peligrosa intemperie nocturna de Miami, le inspiraba una extraña fascinación. ¿Estaría loca? ¿Se podría sostener una conversación normal con ella? Para Betty, una cubana blanca de Miami, acercarse a aquella mujer negra y pordiosera significaba traspasar una frontera prohibida. Eso le proporcionaba una satisfacción muy íntima.

—Si no está loca, tiene que ser una mujer extraordinariamente valiente. Si está loca, razones no le faltarán a la pobrecita. Ojalá que no sea peligrosa.

La vagabunda, habituada por una cuestión de supervivencia a tener todos los sentidos en estado de alerta permanente, la oyó acercarse y se volvió agresivamente hacia ella. Betty Boop le soportó la hosca mirada y se le acercó aún más, hasta sentarse en el extremo del banco. La Bag Lady la escrutó de arriba abajo, con un talante que a Betty le pareció desdeñoso pero ya sin demasiada agresividad. La pordiosera suspiró con indiferencia y volvió la vista al mar.

—Me he acercado a usted —dijo Betty sin rodeos—, porque la oí cantar esta mañana y me gustó, y mi deseo es ser su amiga.

La mujer no respondió. Ni siquiera se dignó a mirarla.

—No crea que es por lástima ni nada por el estilo —aclaró Betty Boop—; bastante autoconmiseración he sentido ya. Ahora lo que necesito es *acción*. Y una amiga que no me prejuzgue ni me juzgue. Yo fui una señora fina, ¿sabe? De la High Life cubana. Ahora soy una perra camarera. A mí todos me han defraudado: Fidel Castro, Kennedy, mis amantes. Fuñío me decepcionó con su flaqueza; el exilio me engatusó con sus sueños de riqueza, su politiquería y sus chanchullos. Yo he donado dinero, como una comemierda, para todas las organizaciones que proclamaban la hecatombe de la Revolución (aquí Betty empezó a contar precipitadamente con los dedos): la Rosa Blanca, ladrones; Alfa 66, degenerados; Los Centinelas de la Libertad, hijos de puta; la Representación Cubana del Exilio, mercachifles; el Movimiento Nacionalista Cubano, descarados; el Comité de Lucha contra la Coexistencia Pacífica, mercenarios; El Poder Cubano, falsarios; la Asociación de Veteranos de la Bahía de los Cochinos, cochinos; el Ejército Secreto Anticomunista, embusteros; la Coincidencia Patriótica, barrioteros; el Gobierno Cubano Secreto, zoquetes; el Comité Ejecutivo Libertador, no sé ni quiénes son; el Movimiento Unitario Invasor, bocones; la Plataforma Democrática, socarrones; la Fundación Nacional Cubano Americana, rinquincalla; La Unión Liberal, como para vomitar...

Bag Lady volteó de pronto la cara hacia ella y Betty se calló. La negra tenía una mirada penetrante, perturbadora, y era bonita. Pero hedía. Hedía espantosamente. Despedía una reverberación dulzona de mugre mohosa, una podredumbre de vertedero bajo el sol. «Tiene que estar absolutamente loca —pensó Betty— para soportar esa fetidez.»

—Usted habla —dijo la Bag Lady— como una mujer que ha perdido el juicio.

La vagabunda le viró la cara otra vez.

—ASCO me dan mis compatriotas —dijo Betty Boop con una de sus mejores muecas.

—¿Por qué me cuenta todo eso? Poco me importan las rencillas políticas de ustedes los cubanos. Si en Cuba no se pusieron de acuerdo, ni aquí tampoco, ¿qué culpa tenemos nosotros de todo eso?

—Estoy resentida, Lady Bag. Este pueblo convirtió a mis paisanos en hienas.

—Este pueblo ya estaba repleto de hienas antes de que ustedes llegaran, cubana.

—¡Estoy harta de esta vida de perdedora! Aquí nadie vale por lo que es, sino por lo que tiene.

—Aquí cada cual *es* lo que tiene. Yo, por ejemplo, *soy* estas bolsas y este color de mi piel.

La Bag Lady la miró de frente, y Betty se sintió un poco estúpida. Pero sólo un poco.

—Usted habla —dijo la indigente— como una mujer que es una niña extraviada. Pero se ve que ha sufrido.

Entonces la indigente comenzó a cantar:

> *White people look bad to me.*
> *Most of them are red white people*
> *with all of them wrinkles 'round their neck.*
> *Well, it looks rusty and nasty to me.*

Entonces Betty agarró al vuelo la melodía del último verso y, en un ritmo zalamero que pareció entusiasmar a la Bag Lady, repitió:

It looks rusty and nasty to me,
nasty to me, rusty to me...

Y la pordiosera:

rusty and nasty to me, to me, to meeeee...

Y se unieron en el canto. La negra hizo hincapié en la segunda voz creando una armonía vigorosa, mientras la blanca apuntalaba las síncopas repitiendo lo mismo una y otra vez. Sobre esa base de voz fertilizada floreaba a sus anchas la pordiosera, subiendo y bajando, caracoleando en tenues cruzamientos:

nasty to me, it looks rusty to meeeee...

Hasta que cortaron la melodía y se echaron a reír. Las dos estaban cubiertas de gruesas gotas brillantes de sudor. Por primera vez en su vida y a pesar del hedor de la pordiosera, a Betty no le pareció asqueroso el sudor de Miami.

—Yo soy cubana —dijo Betty, y señaló un punto más allá de la arena reverberante.

—Yo soy norteamericana —dijo la negra y añadió con cierta tristeza—: A mucha honra.

—Mi nombre es Betty Barroso. B.B. Por eso me dicen Betty Boop. Gracioso nombrete, ¿verdad? Me hubiera gustado que me llamasen Birgit Bardot, por ejemplo. Pero qué se le va a hacer.

—Mi nombre es Bag Lady.

Desafiando aquella peste infrahumana, Betty se le acercó un tanto y le susurró:

—Quiero ser su amiga.

—No tenemos nada en común. Es mejor que siga su camino, señora cubana.

—Estoy absolutamente sola en el universo; más sola que usted, para que lo sepa. Ésta es su tierra. Usted nació aquí, no se le olvide. Yo ni siquiera ese consuelo tengo.

—Nadie la obligó a venir. Búsquese otro paño de lágrimas, señora cubana y blanca. Cada cual nace donde puede.

—Usted se equivoca si piensa que yo, como la mayoría de los cubanos de Miami, soy racista.

—Me importa un bledo. Fue un placer conocerla y cantar con usted. Lo hace muy bien, por cierto. Ahora, adiós.

La blanca endulzó el tono:

—Vamos, déjate de majaderías, Lady Bag; dame la mano y hazte mi amiga. Quiero contarte cosas, ¿no ves que estoy deprimida, que tengo angustia, que soy profundamente desdichada? —Betty dijo todo esto con la mano tendida hacia la mujer.

—Búsquese un sicoanalista. Vuelva a su patria. Siga su camino. Métase en política. Robe un banco. Vote por el Partido Republicano. Mate a alguien. Suicídese.

—Dame la mano y hazte mi amiga. Vamos, Lady Bag, no te hagas de rogar. Para matar a alguien siempre hay tiempo en esta vida.

—Yo no me llamo Lady Bag.

—Ni yo Betty Boop.

—OK —dijo la negra muy seria, y la blanca le apretó la mano.

«Qué raro —pensó Betty—, tiene las manos suaves», y dijo:

—El hombre a quien más he querido en mi vida era mulato, casi negro. Yo era una muchachita de pueblo que se casó con un tipo casi rico. Fue Fuñío, mi marido, el que me hizo dama de sociedad. Yo me enamoré del cartero porque Fuñío representaba la seguridad, el bienestar y el abolengo, mientras que el mulato cartero representaba la pasión, el deleite y la explosividad.

—Esas son las destrucciones del amor —dijo la pordiosera con gravedad.

—Yo sin esas demoliciones nunca he podido subsistir.

—Usted es una mujer insoportablemente superficial y coqueta.

—Ya lo sé, ya lo sé. El problema es que al cartero lo mataron.

Betty se tapó la boca, como con miedo de seguir contando. La pordiosera guardó un respetuoso silencio.

—Ah —dijo al cabo en un murmullo—, entonces entiendo. Toda historia de amor exige una víctima inocente.

—Tú no sabes cómo lloré. Cómo rabié, cómo me desgarré, cómo me arranqué los pelos y me mordí la lengua hasta que la boca se me llenó de sangre. Me quedé seca en vida, me quedé viuda, coño, *y con marido.* ¿Qué es más horroroso que le asesinen a una a su querido amante? Nada, porque no lo puede llorar, no lo puede amortajar ni enterrar, no puede guardarle luto. Si a una se le muere el marido, nada: lo entierra y se queda viuda y el muerto al hoyo y el vivo al bollo; pero si a una se le muere el amante, ¿cómo se llama eso? ¡Ni siquiera palabras tiene el idioma para eso! Aullé como una puerca a la que van a descuartizar. Tuve que fingir, para que Fuñío no se diera cuenta, que eran dolores de ovarios.

—Yo nunca me he casado —dijo Bag Lady con severidad.

—Si nunca has tenido marido, y has sobrevivido, pues no lo tengas jamás. Te lo dice una hembra de experiencia. Si un macho te coge la baja, estás frita y puesta al sol. Mi dilema insoluble en la vida es que veo clarito lo insolentes y lo tiránicos que son los hombres, pero igual no puedo vivir sin ellos porque me gusta volverlos locos por mí y me arrebata que me den por el eje. O sea, que soy una mujer hombreriega.

La vagabunda se echó a reír.

—Qué risa tan linda tienes —dijo Betty sonriendo—. ¿De qué te ríes?

—De ti. Eres una blanca muy rara. ¿Quién mató a tu cartero?

—¡Muchacha! Aquello no tiene nombre en los anales de la Historia. Es que se metió a revolucionario. Era el año aciago de 1957 y en Cuba había un tirano que se llamaba Batista. Mi cartero conspiraba para derrocarlo y alguien lo chivateó. La guardia rural lo acribilló a balazos.

Las dos mujeres guardaron silencio. Lejos, junto a la línea del mar, pasaron raudos dos policías en esos triciclos de gruesas ruedas como patas de bestias chatas que suelen patrullar Miami Beach. Betty interrumpió el silencio:

—Recuerdo que me recitaba versos:

> *Hasta morir te amaré*
> *porque mi pecho es tan puro*
> *como la flor de café.*

—Suena bien, pero no entiendo español.

Betty se conmovió más de la cuenta al recitar aquellos versitos. Una lágrima le corrió por las mejillas e hizo una mueca para aguantar el llanto.

> *Quiéreme, trigueña mía,*
> *y hasta el postrimero día*
> *no dudes que fiel te seré;*
> *tú serás mi poesía*
> *y yo tu flor de café.*

—No seas tan sentimental.

—Es que mi hijo —ahora Betty sudaba de forma repugnante y lloraba con la cara oculta entre las manos—, que me aborrece, que no quiere saber de mí, *¡no es hijo de Fuñío sino del cartero!*

De nuevo se produjo un largo silencio, abultado de calor y lleno de ruidos de autos cercanos y lejanos.

—Y salió medio mulato, con bembita y pasas, lindísimo el cabroncito y en Cuba eso no habría sido tan terrible pero aquí siempre lo han tratado como a un mestizo, un mediosangre, pobrecito, todo empezó cuando vino solo a este país, quién sabe si por eso nos odia tanto.

Betty alzó los ojos llorosos hacia los cruceros blancos que se alejaban por la mar centelleante rumbo a Bimini, Puerto Rico, Nassau o la casa misma del carajo.

Entonces la vagabunda dijo:

—Yo nací en Mobile...

—¡Ay qué bonito! —exclamó Betty enjugándose el llanto—; por ahí desemboca el Alabama River, ¿no? Y aquella bahía verdosa, una preciosura. Fuñío y yo pasamos un weekend en Mobile, hace muchísimo tiempo, cuando aún éramos felices y teníamos ilusiones. Sesenta pesos nos costó el weekend, con hotel y tragos libres por las tardes.

—Mi hermano menor —continuó la Bag Lady— se llamaba Joe. Una noche, junto con dos chicos más, asaltó a unos viejos blancos que vivían solos en un caserón. Querían robarles una colección de armas antiguas. Todo el mundo sabía de aquellas armas pues la televisión les había hecho un reportaje.

Diciendo esto, el sol poderoso emergió de detrás del cocotero turísticamente hirsuto y la Bag Lady sacó una pamela blanca de una de sus bolsas. Con un ademán de madama engreída, se la puso. La pamela estaba algo estrujada y adornada con una gruesa cinta punzó. Seguidamente se puso unas gafas de armadura color verde neón.

—Las armas —continuó la Bag Lady— eran del tiempo en que la muerte todavía era romántica y bella. Un rifle winchester de 1866, un revólver Smith & Wesson de 1880 entre otras cosas de museo. El sueño de los muchachos era poseer aquellos juguetes. Entraron entonces por una ventana, iban lo suficientemente borrachos y enmarihuanados para no tener miedo y armados de grandes cuchillos «para asustar a los viejos». Pero el viejo era taimado y los esperó a tiros. Mató en el acto a uno de los niños. Mi hermano, en la huida y el forcejeo, degolló a la vieja.

La blanca sacó un pañuelo y se secó la cara.

—Cinco años más tarde, mi hermanito murió en la silla eléctrica.

La negra hizo una pausa. Ahora la blanca se había tapado la boca con ambas manos, como si no soportara la pestilencia o como si temiera decir alguna estupidez.

—Durante cinco años lo visité todos los fines de semana. Hasta el último instante abrigué la esperanza de que le conmutaran la pena. Todo en balde. La descarga es de 2.100 voltios. Sin embargo, según los periódicos mi hermano no murió en el acto. El médico tuvo que entrar varias veces en la cámara de ejecución y ordenar que lo volvieran a electrocutar. Dicen que el culpable fue «el factor humano»: hay cuerpos que se niegan a morir. Pero no fue eso. Después de varias descargas, el corazón de Joe seguía palpitando. El médico estaba fuera de sí, y el director de la prisión también: qué situación tan embarazosa, no acababa de morirse el condenado. «El factor humano» era que le habían puesto mal los electrodos. Según los periódicos, había una peste insoportable a carne asada y requemada en el recinto de la muerte. Algún testigo describió la agonía de Joe como «espantosa y prolongada».

Betty no se atrevió a decir nada, Bag Lady sacó un recorte amarillento de periódico, cuidadosamente doblado, y se lo mostró. Betty leyó confusamente algunas líneas: *El 86 % de las ejecuciones se ha impuesto a negros que han matado a blancos. Desde 1976, ningún blanco ha sido ejecutado por haber asesinado a un negro.*

—Pero no debemos afligirnos —dijo la negra— ni desesperanzarnos, ni mucho menos rebelarnos. Después de todo, vivimos en el país más rico de la tierra, en la única superpotencia que queda en el planeta. Además, el tiempo de las grandes catástrofes no ha llegado todavía.

—A mí ya me llegó —aseguró Betty Boop.

—Si un día te levantas y ves que el mar se ha retirado de Miami Beach —repuso la Bag Lady— de modo que atravesando un fondo de algas y corales podamos llegar a pie a las islas del océano, incluso hasta tu antiguo país, no te asombres, ni te asustes. Si un día encuentras que ya no hay gente en las calles, y después de mucho andar descubres enormes pilas de cadáveres putrefactos, más altas que estos cocoteros, tampoco te sobresaltes. Si un día ves las calles abarrotadas por un desfile lento y silencioso de cientos de miles de cojos, mancos, tuertos, tullidos, mongólicos, inválidos y lisiados de todo tipo seguidos por otra muchedumbre de sidosos al borde de la muerte y de tuberculosos escupiendo sangre, de niños desnutridos y sin casa embarrados de vómitos y diarreas, de ancianos esqueléticos y seniles arrastrándose arduamente, de prostitutas adolescentes con piorrea, blenorragia y erupciones cutáneas y, al final, una inmensa procesión de epilépticos echando espuma por la boca custodiados por legiones de curas en cueros flagelándose y de negros sin cabeza, no te desconciertes ya que todo eso es normal, forma parte de la realidad del mundo y significa que lo peor aún no ha llegado. PERO... —aquí la vagabunda hizo una pausa retórica y se arregló las gafas—... PERO... si un día vas a un supermercado y ves que no hay cocacola, y vas a todas las tiendas, quioscos, restaurantes y bares y no encuentras *ni una sola botella de cocacola,* entonces sí puedes persignarte y resignarte a perecer de una muerte prolongada y espantosa, ya que ése será el augurio definitivo de que la debacle total del mundo occidental es inminente, una tragedia de dimensiones cósmicas, el cataclismo devastador y postrero de la civilización judeocristiana y por lo tanto de toda la humanidad.

Betty Boop estaba perpleja. Ahora la Bag Lady, un poco absorta, se abanicaba acompasadamente con la pamela. La blanca pensó que, efectivamente, la negra estaba loca pero su demencia era benéfica y alucinante, con un tinte de rebeldía ante lo inconmovible del destino que hizo que Betty se enamorara de su locura. «Si tiene comején en la azotea —pensó—, pues yo soy amiga de esos comejenes; y si tiene un tornillo flojo, pues yo estoy hecha del metal de ese tornillo.»¿Porque quién coño, siguió reflexionando Betty, no pierde la razón cuando le condenan a muerte a su hermanito, y después se lo electrocutan siete veces dejándolo como un chicharrón de puerco? La Bag Lady era, sencillamente, la mujer más extraordinaria que había conocido en su vida. Y pensó: «La Bag Lady es el mal aliento del Sueño Americano.»

Trató entonces de imaginarse a Ocean Drive con aquellas peregrinaciones de baldados y sifilíticos, de madres jóvenes con sarna y niños sin escuela, atacados de hemorragias y de oftalmías supurantes. ¿No era eso lo que había dicho la negra? ¡Alabado sea Dios! Lo de los curas flagelantes, custodiados por largas filas de negros sin cabeza, le pareció especialmente divertido ya que veía clarito, incluso mirando hacia el mar, los culos fláccidos, morados y sanguinolentos de los curas y sus pinguitas arrugadas de tanto celibato. Y vio ante sí, avanzando por Ocean Drive hacia el norte, las multitudes calladas de epilépticos solemnemente custodiados ellos también por largas filas de negros decapitados, muchos de los cuales iban en cueros con unas pingas paradas que parecían de caballo, tocando algunos el tambor o bailando mientras tiraban tiros al aire con unas pistolas muy grandes. Pero caramba, era verdad: todo eso era pura pacotilla si se lo comparaba con que de pronto no hubiera cocacola en ningún sitio... «una tragedia de dimensiones cósmicas».

De pronto la Bag Lady empezó a reírse y Betty Boop también. Mientras más se reía la negra, más se desgañitaba la blanca. Unas señoras judías muy mal alimentadas, bronceadas y llenas de arrugas pasaron junto a ellas y también sonrieron, contagiadas por aquella alegría malsana. Cuando se calmaron, Bag Lady dijo:

—Es importante reírse. A los que no se ríen se les desfigura la boca. ¡Y el alma!

Cuando dijo esto, Betty observó cómo la indigente le lanzaba una mirada veloz por encima de las gafas y hacía un movimiento extraño debajo de una bolsa que tenía en el regazo. Con una voz que aterró a la blanca la negra dijo:

—Te tengo encañonada con un Colt King Cobra Magnum cañón corto de doble acción y seis tiros. Si te mueves, te lleno el pecho de agujeros.

Era la voz de una asesina. Betty se quedó sin voz.

—¿Vas a matar a tu amiga? —balbuceó al fin y daba lástima, no tanto por el miedo como por el asombro.

—Fuck you! —dijo furiosamente la Bag Lady—, traidora de mierda, ¡mira!

Y con un solo movimiento de la mano izquierda le arrebató del ajustador la navaja de afeitar de Fuñío.

—¡Ay niña, qué susto me has dado! —exclamó Betty aliviada y casi sin resuello.

—¿Ibas a usar esto, verdad? ¡Confiesa, cabrona!

—Sí, niña, claro que lo voy a usar pero no contra ti, jamás contra ti sino contra Burruchaga. Hoy voy a degollar a Burruchaga.

—¿Quién es Burruchaga?

—El dueño del restaurante donde trabajo y mi ex amante.

—¿Lo vas a asesinar?

—Exacto. Es un arreglo de cuentas. Otra víctima del amor.

—Ah.

—Lo tengo todo perfectamente planeado. Llego al trabajo y le digo: «Burruchaga, tengo que hablar contigo.» Y cuando se me acerque, ¡zas!, le doy uno, dos, tres, cuatro, cinco, seis, siete tajos en el pescuezo. Y colorín colorado.

—Estúpida —dijo la pordiosera con desarmadora objetividad—: *that's murder one.*

La blanca miró al mar y se empinó con orgullo en el banco.

—Me importa un pito —repuso—. A mí que me sienten en la silla pendeja ésa. Ya tendrán que electrocutarme cientos y cientos de veces.

—Escúchame bien y no seas fanfarrona, cubana: inmediatamente después del primer tajo, un chorro de sangre te empapará los brazos, el vestido, la cara y el pelo. Además, ese acto tiene todas las circuntancias agravantes que uno se pueda imaginar: voluntad maliciosa, alevosía, ánimo premeditado de matar, planeamiento del crimen. Sólo te faltan reincidencia y nocturnidad.

—Pues nada, espero a que sea de noche. El restaurante está abierto hasta la una de la mañana.

—Haz lo que quieras. A ti no te sentarán en la silla eléctrica.

—Pero si todo me sale bien, ¿podremos vernos aquí esta tarde?

—Esas cosas *nunca* salen bien, cubana.

—Todos tenemos derecho a poner en alto, muy en alto, nuestra dignidad. Y a mí no me denigra nadie.

—Todo el mundo tiene derecho a denigrar a todo el mundo siempre y cuando tenga los medios para hacerlo.

Si la negra no hubiera apestado tan nauseabundamente, la blanca le habría dado un abrazo. Por eso le pareció increíble el verse abrazándola cariñosamente.

—Aquí tienes la navaja. *Good luck,* blanquita.

—¿Sabes qué significa el color de la cinta de tu sombrero?

—No —dijo irritada la vagabunda—, pero sí sé que te vas a podrir en la cárcel. *Murder One!*

—Pasión —dijo Betty con pasión—, ¡el color de la cinta de tu pamela significa *pasión*!

—Que Dios te ayude, cubana.

Mireya y su amante...

—Yo a Nicotiano no lo conozco muy bien...
—Yo tampoco; después de trece años todavía no sé quién es.
—A veces me asombro de que yo te guste tanto.
—¿Y eso por qué?
—Porque yo, en realidad, no soy más que un.. no sé, comparado con él, que es un creador, un artista... yo no soy más que un... no sé, casi un burócrata.
—Tú eres un burócrata lleno de encanto.
—Pero él es un hombre extraordinario, mucha gente lo admira y... para serte sincero, yo también. Al menos a distancia, parece buena persona. Además, en un futuro sus esculturas...
—A mí sus esculturas me tienen hasta la coronilla.
—Tú eres una muchacha llena de encanto.
—Él me ha tenido trece años con la cabeza metida en el fango. Él me impuso un modo de vida que me es extraño. ¿Quién soy yo? Me siento desarraigada, no sé si pertenezco a la cultura cubana o a la americana. Porque en La Isla del Cundeamor se vive como en una especie de limbo, estamos en Miami pero al mismo tiempo en ningún lugar...
—Es que La Isla del Cundeamor no existe.
—Pero yo sí existo, ¿entiendes? Y para sentir que uno existe de veras, que uno es parte de la vida y no de... no sé, de una novela o de un recuerdo, hay que tener coordenadas existenciales, hay que tener contacto con lo cotidiano y estar insertado en un ambiente social. Antes de encontrarte a ti yo no sabía qué hacer. Ni siquiera era consciente de que necesitaba una válvula de escape, un refugio, un cambio, huir... Cubana ya no soy pero americana tampoco, porque no han dejado que me arraigue en esta cul-

tura. La tía Ulalume, Cocorioco, Nicotiano... ellos viven en una falsa Cuba, viven en un espejismo. Y para Nicotiano nada es importante: nunca vamos al cine, no asistimos a conciertos, no vamos al teatro, no tenemos ni un solo amigo fuera de los truhanes de la Crabb Company, que son gente noble, no lo niego, pero eso no basta. ¡No me basta! Para él lo único importante son sus cangrejos, todo para él ha sido más importante que yo... Que si en La Habana Fidel dijo esto o aquello, que si allá se publicó tal o más cual libro, que Fulano el pintor cubano tiene una exposición en Ciudad México... ¡Nicotiano apenas sabe dónde vive, te lo juro, él ni siquiera se acuerda de cuándo es su cumpleaños y del mío ni hablar! Yo nunca... yo nunca... en estos trece años... he sido festejada el día de mi cumpleaños... nadie me ha hecho una fiestecita, nadie me ha dado una flor. Ni una sola vez me han hecho sentir que significo algo para ellos, ¿entiendes? Y no por la tía, porque la verdad es que ella muchas veces ha querido festejarme, pero Nicotiano nunca mostró entusiasmo y... eso es inaudito porque como tú sabes nosotros los cubanos solemos... Pero te estoy aburriendo.

    —No sé qué decirte, Mireya, yo no soy terapeuta... ven, abrázame.

    —Contigo me siento segura.

    —Quítate la blusa. Ven, vamos a la cama.

    —Lo que tú quieras. Haz lo que quieras conmigo.

4.

—Mire, Mr. Hetkinen —dijo el policía mirando a los celajes en vez de confrontar su mirada, algo que Hetkinen odiaba en general pero que, tratándose de un policía, le inspiraba desprecio—, la Crabb Company goza de todo nuestro respeto y consideración, pero eso de amenazar a tus vecinos con una bazooca es una locura de alta peligrosidad.

—¿Con una qué? —pregunté yo.

—La Crabb Company no tiene licencia para portar bazoocas —respondió el oficial—. Mr. McIntire los acusa de...

—Un momento —lo interrumpió Hetkinen— ¿McIntire nos acusa? Eso es un descaro inadmisible. Entrégale las fotos, Mari.

Maribarbola extendió su largo brazo moldeado de músculos casi vegetales, como de espárragos carnales:

—Tenga.

Los perros seguían ladrando infernalmente (sin que los mandásemos a callar para agobiar a los representantes de la ley) salvo Kafka, que seguía la operación muy tenso y sin decir nada.

—Ummm —dijo el policía pasándole las fotos a un compañero, cubano también, quien dijo:

—Vaya, vaya... el McIntire sabe tirar la piedra y esconder la mano.

—La Crabb Company tiene licencia para *todas* sus armas —dejó sentado Hetki—, y las usa exclusivamente en su trabajo honesto, decente, arriesgado y socialmente útil. Sin embargo, sería provechoso que averiguaras si McIntire tiene licencia para apuntar a mi mujer con un *Galil Sniper.* Eso es conato de asesinato, con preparación previa, intención dolosa y alevosía. Si le intervienes el fusil, verás que dispone de una mira telescópica *Nimrod 6×40.*

—Y eso no es para matar cucarachas —endilgó Sikitrake.

Yo noté, por las miraditas del policía, que las tetas se me estaban marcando con el sudor, sobre todo mis grandes pezones oscuros, y me crucé de brazos para lucir más presentable.

—Yo lo que quiero es *peace and quite* en La Isla del Cundeamor, *right?* —el policía alargó amigablemente un brazo en cuya muñeca brilló una manilla de oro que debía de pesar tanto como el revólver que llevaba en la cintura. Hetkinen le estrechó la mano.

—¿Me puedo llevar las fotos? —preguntó el oficial.

—Por supuesto —accedió mi marido—. Y dile a McIntire que estamos dispuestos a olvidar este altercado; pero, si sigue molestando, va a recibir noticias desagradables de nuestros abogados.

El oficial meneó la cabeza con preocupación. Se marcharon y sólo entonces Montaver y Gotero dejaron de ladrar.

—¿Quién es ese tipo? —pregunté yo.

—¿El oficial? Johnny Rodríguez.

Con el sol casi en el cenit, la atmósfera clorofílica de la pérgola se había hecho empalagosa y grasienta. Ni un soplo de brisa movía las hojas. Los bejucos sudaban gotitas de una leche obscena. Los mangos, aguacates, güiras y estropajos parecía que iban a reventarse. Exhaustas estaban las florecitas del cundeamor. Unas moscas tornasoladas, lerdas y asquerosas, merodeaban los restos del desayuno y la Santa Bárbara de Wikiki estaba enervada, medio inconsciente. El aire desintoxicante del mar era lo que necesitábamos, pero no acababa de llegar.

—Ahora quiero —dije yo con los ojos apretados— que me den un informe lo más completo posible. ¿Qué han averiguado acerca de Mireya?

—Habla tú, Sikitrake —pidió Maribarbola con ganas de terminar rápido.

Sikitrake habló de esta manera:

—Tía, creo que todos nosotros hubiéramos dado lo mejor de este mundo con tal de no tener que exponerle las evidencias que...

—¡Al grano! —exigí yo.

—De acuerdo con sus deseos, dejamos aparte un montón de trabajos importantes, por ejemplo dos transportes de fondos que debíamos haber custodiado y un servicio puntual de vigilancia en una convención en Atlanta para dedicarnos, a jornada completa, a registrar cada movimiento de Mireya. El resultado de la peritación es que Mireya tiene un amante, con el que sostiene relaciones sexuales sumamente... digamos...

—Al grano.

—Activas.

—Activas... —repetí yo.

—Esas relaciones —prosiguió Sikitrake— se realizan en 1) el auto de Mireya o en el auto del amante; 2) en diversos moteles de Miami Beach, Coconut Grove y la Calle Ocho. Estos últimos son los más baratos, casi de mala muerte; el que usan con más frecuencia se llama *El Edén* y está en la 2ª Ave.; 3) en el apartamento del amante en Brickell Ave.; 4) en los cines *Tower* y *Trail* e incluso entre los matorrales de la Parrot Jungle.

—Qué más.

Aquello me estaba causando el efecto de un purgante. Encima y en torno a nosotros se oyó un aleteo de pajaritos. Eran sinsontes que venían a picotear los cundeamores. Como los de Cuba. Nunca supe de dónde salían, si eran imaginarios, autóctonos o si llegaban aquí atravesando el Estrecho de la Florida.

—Sigue tú ahora, Maribarbola —dijo Siki.

—Mireya y su amante llevan una vida casi normal, de novios, o hasta de recién casados. Salen juntos a todas partes sin el menor recato o ánimo de ocultarse. Al cine, a discotecas, a la playa, a restaurantes como el *Versalles* o *La Carreta.*

—Desvergonzadamente —masculló Sikitrake.

—Te ruego que omitas los juicios de valor —intervino Hetkinen—; atengámonos objetivamente al informe.

—Mireya conoce a la familia del tipo y a menudo los visita.

—¿Quién es el amante?

—A eso iba; es un YUCCA venido a menos.

—¿Qué es eso?

—*Young Up Coming Cuban American* —explicó Hetkinen.

—Basta de rodeos. Tía: el amante de Mireya es el director de la Galería South, en la Playa.

Maribarbola y Sikitrake se miraron significativamente. Hetkinen se mantuvo impávido.

Ahora no se oían los sinsontes. Sólo el chillido-estruendo de los aviones a reacción que a menudo pasaban casi rasando en sus rutas de aterrizaje hacia el Aeropuerto Internacional de Miami.

—Si mal no recuerdo, Nicotiano incluso trajo un día a ese hombre a La Isla del Cundeamor.

—Así es. No hay peor error que traer a la propia casa a un tipo cínico y sin escrúpulos.

—Esto hay que ocultárselo a Nicotiano a toda costa; que yo sepa, él tiene buena opinión de ese galerista.

—Porque Nicotiano es un hombre muy torpe, que no se da cuenta de las miraditas y la sonsacadera.

—El tipo no tiene antecedentes penales —siguió Maribarbola— y no consume drogas, ni siquiera cocaína. Eso sí, es divorciado y tiene un par de hijos sueltos por ahí. Es cuarentón pero luce más joven de lo que es y no porta armas de fuego...

—Abrevia, por favor —pedí yo con cierta debilidad en la voz.

—No tiene grandes deudas. Maneja un buen auto, se nota que quiere organizar su vida, estabilizarse...

—Como Mireya —intercalé yo.

—¡Mireya lo que quiere es pinga, tía! —se desahogó brutalmente Sikitrake.

—¡Domínate!

—Lo siento, tía. Usted quiso saber cosas. Ahora, haga el favor de escucharlas.

Maribarbola terminó así:

—Desde el punto de vista *legal*, el tipo no es un peligro para la seguridad de Mireya. Enfatizo en ello, tía, pues deseabas información al respecto.

Entonces Sikitrake dijo, sin mirarme y con dolor:

—Al parecer, usted quiere proteger a Mireya hasta en su adulterio.

Un avión pasó muy cerca y dejó un silencio opresivo. Un vientecito muy débil se estaba levantando ahora en La Isla del Cundeamor. Mi voz fue como un hilo de agua resbalando por una roca:

—¿Se llevan bien?

—Se nos ha ordenado que no emitamos juicios de valor —dijo Sikitrake.

—Por favor...

—El tipo es simpático y bien parecido. Cuando habla, parece una estrella mediocre de cine mexicano que anuncia, con una sonrisita, chicles y chocolatinas. En cuanto a si se llevan bien... se adoran.

—¿Cómo se explica —pregunté yo y de inmediato me arrepentí de haberlo hecho— que Mireya ande tan abiertamente con su amante... acaso su intención es que se entere Nicotiano?

—Eso no tiene más que una explicación: hace lo que hace porque es una sinvergüenza, y discúlpenme el juicio de valor.

—Mireya sabe —dijo Maribarbola— que Nicotiano prácticamente no tiene amigos en Miami y que jamás sale ni a tomarse una cerveza. Su universo es el taller y las esculturas, La Isla del Cundeamor, Mireya misma... Quizá ella piense que ese retraimiento de su marido le da cierta impunidad.

Entonces Maribarbola, impaciente, sacó un montón de fotografías y dijo:

—Aquí está el testimonio gráfico, tía.

—Creo que no deberías ver las fotos —dijo Hetki.

—Que las vea —gruñó Siki—, así queda vacunada.

De repente allá lejos, entre las malangas, creí vislumbrar una figurita querida que se esfumó vertiginosamente entre las heliconias. Después reapareció entre las vicarias, saltó por sobre las mariposas sin siquiera rozarlas para ir a treparse, como un rayo de felpa blanca, hasta lo más alto del franchipán. Ahora entendí por qué se habían callado los sinsontes: Marx había regresado de sus correrías.

—Antes de ver esas fotos quiero preguntar algo.

—Diga.

—Los motivos —lo dije para ver qué respondían. Nadie mejor que yo sospechaba las causas.

—Qué motivos.

—Los motivos de Mireya para hacer lo que ha hecho.

—Como usted comprenderá, tía —arguyó Sikitrake—, nosotros no representamos a ningún fiscal. Nos restringimos a las pruebas fehacientes de un hecho. Punto.

—No me digan que no tienen grabaciones. Conversaciones. Palabras comprometedoras...

—Tenemos a montones. ¿Desea escucharlas?

—No sé... Pero en algún momento tiene que habérsele escapado algo que se deje interpretar como una causa... una explicación...

—Para ella, Nicotiano es un capítulo pasado de su vida. Ha hablado mierda a raudales acerca del poco valor de Nicotiano.

—No escuches las grabaciones, tía. Ahórrate ese trago amargo.

Marx, con su andar desaprensivo, hizo acto de presencia en la pérgola. De un saltito, se echó entre mis muslos justo encima de las fotos. Lo aparté con suavidad y empecé a mirarlas. Marx fingió que se dormía. Olía a ciudad grande, a mar y a monte y se le notaba satisfecho y exhausto.

Las fotografías habían sido tomadas con la habitual profesionalidad de Maribarbola. Mireya, exudante de júbilo, se veía de la mano del hombre. En la playa, besándose entre las olas, quizás en una masturbación mutua, o forcejeando en la arena. Entrando a un restaurante, Mireya brindando con ojos de niña enamorada mientras el chico le acariciaba la mejilla. En otras fotos se la veía desnuda y sudando, con el pelo revuelto, los ojos entornados, la boca abriéndose en un gesto lascivo y los labios casi babeados, mientras masturbaba con ambas manos a su amante (una mano aferrada al pene y la otra a los testículos) dentro de una habitación en la que se adivinaba un televisor encendido. Todo tomado a través de unas persianas medio abiertas. La secuencia era completa: los labios cada vez más cerca de la verga, cuyo grosor gritaba que estaba siendo estimulada con suma generosidad. Pasé rápidamente varias imágenes, viéndolas sin mirarlas, el pene casi todo atragantado en la boca de una Mireya extática de ojos cerrados, el varón con las manos mesando su cabellera y seguramente empujándole la cabeza para que chupara con más fuerza. Después ella en cuatro patas, los muslos y la espalda reluciendo de transpiración a la luz de las persianas, empinando las nalgas que yo nunca pensé fueran tan redondas y lujuriosamente llenas en una chica tan delgada.

Aparté la vista e intenté llenarme los pulmones de aire para poder continuar. El cuerpo de Mireya parecía mucho más perfecto en aquellas posiciones de lo que seguramente era en la realidad; estaba bronceadita pero no en los senos, blanquitos, brillantes igual que las nalgas pero pequeñitos, eso yo ya lo sabía. El hombre la penetraba agarrado a sus muslos, a sus caderas, a la blancura carnosa de sus nalgas con el ánimo del que, si suelta todo aquello, se despeña en un abismo.

Maribarbola, Hetkinen y Sikitrake guardaban silencio y ahora unos rayos violentísimos de sol se filtraban por entre la enredadera para caerme de lleno en la cabeza. Era un calor como de manteca de puerco ardiendo. No me moví aunque me quemaba la piel de la nuca, y el cuero cabelludo me estaba sudando sebo. Oí el chasquido de alguien que se tira en la piscina, Marx movió las orejas y dando un salto desapareció entre los bejucos de tibisí. Ahora la Santa Bárbara de Wikiki estaba vomitando en mi espalda y yo percibí la fetidez de mi propio aliento. Mireya se encajaba a horcajadas en la pinga invisible del hombre, que le chupaba las tetas. «Nicotiano se está bañando en la piscina, tía —oí, distante y como con eco, la voz de Maribarbola—, dame las fotos por si viene...» Otro avión pasó con su silbido-estruendo y la descomposición de Santa Bárbara junto a la calentura del sol, y la fragancia de las enredaderas y las hierbas coagulándose en savias saturadas, me revolvieron las tripas.

—Tía, qué le pasa...

—¡Coño, qué pálida se ha puesto!

—Todo por culpa de la puta ésa —rezongó Sikitrake quitándome las fotos y eso fue lo último que percibí.

—¡Tía! ¡Le ha dado una cosa a la tía! —Maribarbola y Siki me abanicaron con las fotos tratando de que volviera en mí. Fue una ráfaga de mareo que me hizo descender al fondo de un remolino de estiércol.

—Tengo que vomitar, por favor, llévenme al baño.

—¡Destrúyanlo todo! —ordené mientras me llevaban por el camino de flores hacia el interior de la

casa—: todo, el informe, las fotos, los negativos, las grabaciones, ¡todo! No quiero pruebas.

Vomité casi con placer, en tres andanadas fuertes.
Maribarbola me hizo un cocimiento de tilo, bastante cargado, y me calmé. Hetkinen había preparado unos mojitos pero no para mí. Desde los ventanales, la vista de la
bahía era espléndida. Ajenos a la tormenta que se avecina-
ba, en la piscina retozaban Nicotiano y Cocorioco.

—Tía —se aventuró a provocarme Sikitrake—,
Mireya se ha portado como una puta.

Yo lo miré con severidad. Cuando una está nerviosa, el tilo surte un efecto de serenidad tensa.

—Yo sé muy bien lo que es una puta. No vengas a darme lecciones.

—¡Pero si lo único que le falta es dejar que el
tipo se la meta en el Orange Bowl Stadium, carajo, acla-
mada por miles de espectadores!

Dicho esto, Sikitrake se retrajo un tanto, avergonzado tal vez por el exceso de sinceridad.

—Hetkinen —dije yo—, ¿Bartolo y Guarapito
también lo saben todo?

—Puedes estar tranquila; ellos no participaron
en las investigaciones. Se dedicaron a otros trabajos y
por lo tanto no saben nada. A no ser que el rumor les llegue por otro lado...

—Cosa que no me extrañaría —dijo secamente
Sikitrake.

Yo le respondí:

—Tú que eres soltero, Sikitrake, ¿nunca has
seducido a una mujer casada?

—Lo siento, tía, pero a las mujeres casadas que
tienen *esa proclividad* no es necesario seducirlas. Ellas
solitas lo golosean, lo ensalivan y se lo comen a uno. En
especial cuando están borrachas, para después poder
autoconsolarse y lavar un poquito su cochinada alegan-
do «que no sabían lo que hacían». Son mujeres especialistas en olvidar los detalles de su proceder... cuando les

conviene. Y para que lo sepa, tía: las mujeres casadas con las que (al menos yo) me he acostado, siempre, en algún momento, hablan mal de sus maridos. Y uno nota que se tratan a sí mismas como si no valieran nada.

—O sea —simplifiqué yo—: que todas las mujeres casadas que tienen amantes son unas puercas.

—Mireya ha actuado como una mujer soltera y fácil.

—Mireya *es* soltera —intercaló discretamente Maribárbola—; recuerda que Nicotiano nunca quiso casarse, ni por la iglesia ni por nada.

—Guarapito, por ejemplo, sí está casado —repliqué yo—, y siempre anda metido en jaleos de amores con otras mujeres. Y nadie ha dicho nunca que Guarapito sea un puerco, o un puto.

—Tía, perdóneme; yo daría la vida por usted... Pero coño, esa defensa suya de Mireya... hay conductas impropias, tía.

—Te entiendo, Sikitrake, pero nadie va a denigrarla delante de mí mientras yo viva.

—¡Pero ella sí ha podido cubrir de oprobio a Nicotiano!

—Sikitrake: cálmate. Puede haber muchas circunstancias atenuantes. Mireya no es una pervertida. Estoy segura de que está atravesando momentos de verdadera angustia.

—¿Angustia? ¿Usted está ciega, tía? Desenfreno, felicidad era lo que sentía cuando estaba con el tipo ése.

—No podemos obligarla a que ame eternamente a Nicotiano. Cuando lo conoció era una muchachita.

—Usted, como yo, lo que más aborrece es la traición. Si ella hubiera sido honesta, si le hubiera dicho en su cara: «Nicotiano, se acabó todo. Me gusta otro hombre...»

—No se atreve. Está insegura. Cansada quizás de Nicotiano, pero al mismo tiempo lo quiere todavía...

Mira, Sikitrake —añadí un poco sin fuerzas—: las relaciones entre los seres humanos, y sobre todo *las relaciones
de amor,* no tienen por qué ser eternas. Todo se transforma y se deteriora. Sé bien que Mireya no fue falsa durante los largos años que amó a Nicotiano. Fue genuina,
positiva para él y para sí misma. Por lo que ha hecho
ahora, no tenemos derecho a descalificar toda su conducta anterior. No podemos expoliarle sus méritos y cubrir-
la de improperios. Tan verdadero fue su amor, por mi
sobrino como ahora es su rechazo por él. La muerte de
los sentimientos es tan inapelable como la muerte del
cuerpo. Se acabó el amor y punto. Mireya, mi Mireya,
no es una persona indigna por haber dejado de querer a
Nicotiano, mi Nicotiano.

Hetkinen y Maribarbola guardaban un discreto
silencio. Sikitrake se dejó caer, con aire no vencido sino
cansado, en el sofá.

—Tía —dijo con pesadumbre—: usted no tiene remedio.

—Es el amor el que no tiene remedio, hijo.

—Lo que más me duele —dijo Sikitrake en el
mismo tono de apatía— es que Nicotiano ha desprecia-
do oportunidades de oro con hembras lindísimas. Eso
me consta a mí, ¡y a ti también, Maribarbola! Porque a
pesar de lo feo, lo torpe y lo antipático que es, no sé por
qué a Nicotiano las mujeres se le pegan solitas.

—Yo no sabía que mi sobrino fuera antipático.

—Es pesado, tía, Nicotiano es difícil y hasta
deprimente. Por su timidez, su irritante ingenuidad y
porque siempre está pensando en las musarañas. Pero
muchachas sabrosísimas no le han faltado. Con un solo
gesto, se las hubiera podido tirar. Porque es que a veces,
de tan ausente de las cosas del mundo que es, resulta ocu-
rrente y eso cautiva a las mujeres. Pero él las ignora. «Con
Mireya me basta», suele decir. «Si me empiezo a acostar
con otras mujeres, ¿cómo voy a seguir queriendo a
Mireya?» Con grandes risotadas y bonches de mal gusto

suele Guarapito burlarse de Nicotiano. ¡Y ahora mire, mire lo que ha hecho Mireya! Lo que más me jode es que si alguien no se merece esto es justamente Nicotiano.

Sikitrake y Hetkinen se marcharon. En cuanto me quedé sola con Maribárbola, me le abracé. Fuerte. Muy fuerte.

—Báñate, tía, que hueles mal.

Le dije que no. Que no me bañaría hasta que no me sintiera mejor. Era una forma de automortificación. Cuando uno sufre, conviene castigarse. La miseria del cuerpo tiende a combatir la miseria del estado sentimental.

—Tía... la verdad es que...

—¡Ya sé, ya sé! Que en algunos puntos Sikitrake tiene razón. Pero es que yo también la tengo. Y Mireya igual. Ése es el dilema.

—Estás triste, tía. Te estás maltratando y sabes que no vale la pena. Mireya no se ha muerto; ella se fue.

Esas palabras eran justamente las que yo necesitaba: *Mireya no se ha muerto; ella se fue,* pues formulaban idóneamente lo que yo sentía: Mireya no estaba muerta, no, pero al mismo tiempo ya había empezado a morirse. Eso era peor que una muerte biológica.

Empecé a llorar. Sin aspavientos, sin ruido.

A mí no me gusta que me vean llorar. Como el llanto es lo único que me reconforta en las situaciones profundamente dolorosas, lloro con mucho sentimiento y me pongo monstruosa, con las arrugas más cuarteadas y flojetonas y los párpados atomatados y tumefactos.

—Tú no quieres que Mireya nos deje —constató Maribárbola.

—Pero no hay remedio, hijo, no hay remedio.

Maribárbola sí podía verme llorar. Y no sólo eso. Él tenía el privilegio de verme desnuda, y sucia, y seguramente cerraría un día los ojos de mi cadáver.

A Maribárbola lo encontramos cuando vivíamos en Los Ángeles, abandonado en las calles. Fue al principio de nuestro exilio. Nicotiano, siendo todavía un muchachito, trabajaba en una hamburguesería que estaba abierta las 24 horas. Su turno era el de la noche, o sea de las 17.00 a las 8.00 del otro día. El *manager* era un cubano que le pagaba *al negro,* y mi sobrino, que siempre tuvo una actitud resuelta y de gran espíritu laborioso ante la vida, contribuía con ese dinero a mis manipulaciones monetarias. Así fueron los primeros tiempos de nuestra estancia en este país. Trabajo de bestias, a pesar de haber tenido algún dinero ahorrado. Y no poco por cierto. Pero en aquellos momentos yo estaba inmersa en un frenético ajetreo de negocios inconfesables. Afortunadamente no tuvo mi sobrino que someterse a aquella explotación embrutecedora por un tiempo demasiado largo; con tesón, no demasiados escrúpulos, un poco de imaginación y muchos cojones, salimos a flote y dejamos atrás, para siempre jamás, ese periodo tortuoso en que los inmigrantes conocen las vicisitudes y la estrechez.

Pero una madrugada, como a las cinco, se apareció en el restaurante un niño solo y andrajoso. Tenía una oreja destrozada por un golpe, hinchada y purulenta. Quería una hamburguesa y un paquetico de leche, pero al contar con sus deditos mugrientos el puñado de monedas que traía, vio que no le alcanzaban. El restaurante estaba situado en el Este de Los Ángeles, una zona especialmente sórdida por su violencia y su pobreza. El niño recogió una a una sus monedas para seguir su camino, pero Nicotiano no lo dejó marcharse. Le preparó un suculento desayuno con jamón, queso, huevos, jugo de naranja y leche. El muchachito no quería crer que de verdad toda aquella atención era para él, sólo para él, y que todo aquel opíparo desayuno era el obsequio desinteresado de un desconocido. Pero se puso a comer con la avidez de un pequeño gato magullado que teme que lleguen los grandes y le arrebaten el botín. Un gatico. Ésa fue la primera impresión de Nicotiano al verlo devorar la comida. Un gatico maltrecho de arrabal, extraviado y hambriento. Como a esa hora el restaurante aún no recibía la avalancha diaria de los desayunadores, Nicotiano se puso a conversar con el chico.

—¿Cómo te llamas?

—Maribarbola.

—Qué nombre extraño.

—Me lo puso un viejo rico de Berverly Hills. Me llevaba de paseo en su limusina y me decía «Maribarbolita». Era un viejo bueno. Nunca me hizo daño. Luego ya no quiso verme más, pero el nombre se me quedó. Ahora ya no me acuerdo cómo me llamaba antes.

—¿De dónde eres?

—Nací en México pero no sé dónde, ni cuándo —respondió con la boca llena y tratando de sonreír.

—¿Vives por aquí cerca?

—No, yo no vivo en ningún lugar fijo. ¿Le dejo estas monedas como pago? Mañana le puedo traer lo que falta. O más tarde, o esta noche quizás. ¿O prefiere que le pague de otra forma? Si quiere, le puedo pagar allí dentro, en el baño, o si no detrás del mostrador.

Nicotiano, que siempre fue poco imaginativo ante las infamias de la vida, no entendió absolutamente nada y se echó a reír.

—No, yo te invito, chico. No tienes que pagarme nada. Oye, ¿tú vas al colegio? Es importante aprender a leer y a escribir, para que puedas conocer muchas cosas nuevas. ¿De qué vives? —le preguntó como un bobo—, ¿de pedir limosnas?

—Bueno —respondió el niño metiéndose en el bolsillo las sobras del desayuno—, por ahora no vivo de nada. Hasta hace poco vivía de los camioneros, pero ya no tanto. No me gusta vivir de los camioneros porque a veces me maltratan.

—¿De los camioneros?

En este punto la candidez de mi sobrino se hizo tan dolorosa que si yo hubiera estado presente le habría dado un cocotazo para que se callara la boca. El niño, con un candor brutal, le explicó:

—Yo vivía de mamarle la verga a los camioneros. Al principio era difícil pero aprendí porque me obligaron. Hay que metérsela toda en la boca casi hasta que uno se ahoga, y chupar lo más que pueda. Cuando los camioneros se vienen, uno tiene que tragarse la leche porque si no le dan golpes a uno. La leche de verga tiene sabor a mierda pero es blanca. Y a veces los camioneros no pagan. Cuando uno exige su paga, empiezan a repartir golpes, lo empujan a uno y lo sacan a patadas del camión. Y casi todos quieren cogerme. Eso no me gusta porque duele mucho. Me arde y echo sangre, después no puedo cagar sin dolor; y lo peor es que a veces ni me pagan. Yo, aunque pase hambre, no quiero que me cojan más. Pero si usted quiere yo le puedo chupar la verga detrás del mostrador, usted es un señor a todo dar que me ha dado desayuno... No se ponga tan serio, señor, eso de mamar vergas es muy rápido y no me duele. Así le pago el desayuno.

A medida que el niño hablaba, las piernas de Nicotiano se iban aflojando. No había relación alguna entre la dulzura de aquella voz y lo que estaba diciendo. Las manos le transpiraban, el corazón se le subió casi hasta las amígdalas y se agarró al mostrador como el que se asoma a un precipicio. Nicotiano no fue capaz de decir nada. La mente se le bloqueó con un montón de pensamientos encontrados, asociaciones vertiginosas y razonamientos violentos que no lograban seguir adelante ni acoplarse en una solución racional. Su mente, de pronto, era como un cruce de calles abarrotadas de autos, ambulancias y carros policiales a causa de un horrible accidente.

—Bueno, me da igual —concluyó el pequeño al interpretar mal el silencio descompuesto de Nicotiano, los ojos enrojeciéndosele, la mirada fija en el niño y los dientes apretados, como si fuera a hacerle daño—... bueno, no se ponga bravo, si quiere cójame pues, pero tenga cuidado al metérmela. Métamela, por favor, bien despacito. ¿Detrás del mostrador?

Entonces Nicotiano, ante la mirada estupefacta del muchachito, se agarró con las dos manos la cara como si fuera a arrancársela para tirarla al suelo y después aplastarla con los pies. Era como si se avergonzara de ser un hombre y no un lagarto, un caracol, una ameba. Y empezó a emitir unos gritos sordos que eran resoplidos, como si no tuviera aire en los pulmones y se fuera a asfixiar; los dedos casi clavados en los ojos, una mueca debajo de las manos como si tuviera un dolor de quemadura y más resoplidos, su aspecto era el de un loco o un epiléptico a punto de caer víctima de un ataque. El niño, completamente aterrorizado, vio que el joven lloraba pero echó a correr despavorido, desapareciendo en la umbría de los primeros gases de las calles del alba.

Nicotiano se quedó en la hamburguesería como un ocelote encerrado en una jaula muy pequeña.

Muchas barbaridades han visto estos ojos que se comerán los gusanos de esta tierra ajena. Pero aquello me dejó, igual que a mi sobrino, hecha una combinación de dinamita y hierba venenosa muy machacada.

A la mañana siguiente, a las cinco, estaba yo plantada en el restaurante. Pero el chiquillo no apareció. Durante tres semanas fui a esperarlo todas las mañanas, hasta que al fin volvió. Entonces lo llevé a vivir con nosotros sin pedirle permiso a nadie, y lo adopté a cojones, sin papeles ni trámites legales. En un final, aquella criatura salvajemente vejada y condenada a la sumisión y la esclavitud *carecía de una existencia legal*. Lo que el niño necesitaba era afecto, seguridad económica y mucho respeto.

Poco a poco se adaptó. Yo fui una madre para él; Nicotiano se convirtió en su hermano. Luego, tras mucho batallar para juntar algún dinero, desde Los Ángeles nos mudamos a España y, en un lugar cerca de Málaga, nos compramos un restaurante. Seis años vivimos allí; con el incremento del turismo (era la época de las primeras grandes oleadas de suecos, alemanes, ingleses) ganamos algún dinero. En aquella época vendí, en Madrid, los primeros cangrejos de Nicotiano. Después un marchante de Barcelona hizo un pedido de treinta cangrejos de alabastro que nos reportó una ganancia considerable. Hasta que decidimos regresar a los EE UU, esa vez a Miami, y de entrada adquirimos la casa en La Isla del Cundeamor.

Sonó el teléfono.

Era Hetkinen, desde el auto. Mireya venía en camino.

—Va manejando como una loca —añadió—. O está borracha, o muy descompuesta de ánimo.

Me apresuré a bajar al jardín. Quería ver llegar a Mireya. ¿Qué haría la pobre muchacha? ¿Seguir fingiendo?

Le eché mano a mi enorme regadera y me puse a refrescar las macetas de la pérgola. Mis albahacas boscositas, como verdes peinados *afro;* la mejorana y el toronjil, todo para esperar a Mireya mientras ponía algún orden en mis pensamientos.

Pero el tiempo empezó a pasar y ella no llegaba. Kafka dormitaba entre las malezas. Acurrucado junto a él, soñaba Marx su sueño irresponsable.

—Hetkinen, *podría ser que el Galil Sniper de McIntire...*

—*Sea un regalito de la Transacción Cubano Americana.*

—¿*Qué crees tú?*

—*No lo dudo. Para intimidarnos.*

—¿*Pero cómo se las arreglarían para azuzar a McIntire contra nosotros? ¿Le habrán pagado?*

—*Quién sabe si hasta por correo le mandaron el rifle. Recuerda que la ojeriza de McIntire contra nosotros no es nueva. Pero aunque no vamos a desprevenirnos, no creo que valga la pena perder tiempo en investigar eso. McIntire es un pobre alcohólico.*

—*Y racista por añadidura.*

—*Desprecia a los latinos. A ustedes los cubanos, en especial, los aborrece.*

—*Nos tiene envidia. Como tantos otros anglos.*

—*Qué lástima que echen a perder La Isla del Cundeamor.*

—¿*Hasta qué punto la tía está dispuesta a resistir?*

—*Ula está dispuesta a hundirse en el mar antes de entregar la isla a la Transacción. Y me habla de un macao que yo no sé lo que es. Dice: «Van a tener que darnos fuego, como al macao.»*

—¡*Ah! El macao es un molusco así chiquitico. Vive en las aguas cubanas, dentro de un caracolito que es su casa-carapacho. Nicotiano tiene muchas esculturas de macaos que son impresionantes. En especial las de alabastro. El caso es que no hay manera de sacar al macao de su caracol, ni siquiera a golpes. Se defiende con las muelas, se queda pegado, hay que* darle fuego y, cuando al fin uno lo saca, ya no le queda más que la muerte.

—Dios me ampare de tener enemigos cubanos.

—Bueno, Hetkinen, no exageres. Ustedes los finlandeses no son tan malos enemigos que digamos.

—Pensándolo bien, nosotros también podemos ser unos enemigos formidables.

—Así son muchos pueblos pequeños que han tenido que salir al mundo y cuajar su nacionalidad en contraposición con otro pueblo grande y dominador... Hetkinen, ¿tú pertenecías a la policía secreta finlandesa?

—No me gusta hablar de esas cosas.

—Responde, Hetki, ¿o no estamos en confianza?

—Yo pertenecía a una unidad especial, secreta, de la Seguridad del Estado.

—Ya me imagino el entrenamiento que te habrán dado, y las atrocidades que habrás cometido contra los rusos.

—Qué tiempos aquellos, Sikitrake. Los rusos eran también unos enemigos formidables.

—Parece mentira vivir sin Guerra Fría.

—Para nosotros, los finlandeses, la Guerra Fría siempre estuvo bastante caliente.

—Para nosotros los cubanos también.

—Sikitrake, tú participaste en la guerra de Angola...

—Prefiero no hablar de eso, Hetkinen, pero ya sabes que no me arrepiento.

—Te envidio cada soldadito blanco sudafricano «que te llevaste por el medio», como dicen ustedes.

—Hetkinen, prefiero no hablar de eso; perdí en Angola a dos primos... Oye, ¿tú no crees que la tía Ulalume exagera el valor de La Isla del Cundeamor?

—Si no exageras el valor de lo que defiendes, el enemigo se da cuenta de que tampoco exagerarás la resistencia. Entonces ya lo perdiste todo.

5

El Regreso Restaurant era angosto, concurrido, alegre y turbio. Parecía un pedazo de cárcel al que un ojo creativo convirtiera, gracias a la iluminación y al decorado, en un sitio acogedor. De El Regreso podían decirse muchas cosas contradictorias. Pero a pesar de sus defectos era agradable sentarse a comer allí. No era un local limpio ni sucio, no era de buena ni de mala categoría. Podría ser que una reluciente cucaracha, de pronto, se acuartelara debajo del zapato de un comensal, o que se aventurara a una asquerosa peregrinación por alguna pared, hasta esconderse detrás de uno de los numerosos cuadros de paisajes de la campiña cubana que, con su aire romanticón de largas palmas reales e idealizados bohíos a la luz del crepúsculo insular, le daban un toque conmovedor y al mismo tiempo criollamente kitsch a El Regreso. Pero siempre, a tiempo, venía una de las simpáticas camareras y exterminaba sin contemplaciones a la cucaracha. Porque, además de la comida, el encanto de El Regreso eran sus camareras, cuidadosamente elegidas por Burruchaga.

La fachada al mundo del restaurante era su puesto de café cubano, con su pequeña vidriera bien surtida de boniatillos, queques, raspaduras, panetelas, mantecados y otras golosinas criollas, todas tan ilógicamente dulces que sólo los cubanos de pura cepa y algún que otro americano con vocación de obeso las probaban. Tenía también El Regreso un buen surtido de tabacos nacionales, torcidos en Tampa, así como de Honduras y la República Dominicana.

La barra de El Regreso era larga y se extendía hasta el fondo del ámbito, dando paso a un pequeño salón con unas diez mesas. Todos y cada uno de los manteles de papel tenían impresos, en la esquina superior derecha, el Escudo Nacional de Cuba: la gloriosa adarga ojival con la estrella solitaria estampada en la altiva y algo blanda rojez del gorro frigio. El sol abrasador de las islas semihundido en la mar eterna, con sus rayos iluminando el firmamento de la Patria y del mundo. La llave de vástago macizo a las puertas de un golfo simbólico. Las franjas blancas y azules de nuestra bandera. Dos verdes colinas como los púdicos senos de una muchacha dormida a la hora de la siesta campestre y que sueña que tiene, entre ellas, una delgada palma real erectísima. Rodeando las curvas de la ojiva, una rama de laurel y otra de encina. Tener a todo color nuestra insignia patria no era poco para el mantel de un restaurantico modesto como El Regreso. Debajo del escudo podía leerse la siguiente inscripción en español e inglés: *Nuestro venerado Escudo Nacional fue diseñado por don Miguel Teurbe Tolón, por orientación del glorioso General anexionista don Narciso López.*

Burruchaga no escatimaba cuando se trataba de este tipo de compromisos para con la preservación del más sano y puro espíritu nacionalista de sus clientes, víctimas todos del «exilio atroz que a cada cubano decente impusiera el Comunismo Internacional», como él solía decir.

La cocina y el fregadero de El Regreso eran penumbrosos y grasientos, la ventilación era defectuosa y las instalaciones viejas, incómodas y rudimentarias. El mal estado de la cocina contrastaba con la altura profesional de los cocineros, por lo que la comida era variada, imaginativa y de calidad aceptable. Los precios, según la propaganda de Burruchaga, eran «los más patrióticos del exilio». El menú se componía de una mezcolanza de platos genuinamente cubanos, otros de cubanía imaginaria y el resto de puros inventos de Burruchaga, así como de comida americana que era, por supuesto, la más indigesta, fétida, insulsa y la que menos se vendía.

En El Regreso se podía comer yuca frita o salcochada, bañada con su dorado mojo criollo de manteca de puerco, ajo y naranja agria. Había boliche, que es carne de res asada en una potente salsa con mucho laurel. Tampoco faltaba el lechón asado, que Burruchaga vendía en cantidades enormes para fiestas de todo tipo, bodas, cumpleaños y aniversarios, siempre con su desgranado congrí y sus raciones de plátano maduro frito. En El Regreso los potajes eran espesos y olorosos.

Pero lo que de verdad hacía del restaurante de Burruchaga un lugar poco común era el variopinto surtido de platos a base de huevos, que resultaban baratos y bastante apetitosos. Los nombres eran muy llamativos, muy poco objetivos desde el punto de vista gastronómico pero sonoros y hasta poéticos: *Huevos cubanos encebollados, Huevos a la habanera en su volanta, Huevos de la camagüeyana en su salsa, Huevos de la nostalgia con perejil y bacon, Huevos a la malagueña salerosa, Huevos verdes como las palmas, Huevos de Oriente* y, para colmo, hasta unos *Huevos de la Patria de Ayer*, o sea un revoltillo con jamón y mucho ajo.

Otros platos eran tan suculentos como estrafalarios eran sus nombres, por ejemplo *Ñame cubano sin corbata, Yuca del Grito de Baire, Boniato del Ciclón Flora, Fufú de plátano pintón, Malanga de la Sierra Cristal* o *Quimbombó del Puente de la Libertad*.

El personal de El Regreso era exclusivamente femenino, salvo los cocineros y el lavador de platos y cacerolas. Burruchaga tenía un concepto muy estricto de lo que es el servicio gastronómico y su consigna era que nadie come con más gusto que el que es servido por manos femeninas. Tuviera razón o no, lo cierto era que El Regreso era un negocio sumamente lucrativo. Por supuesto que lucrativo para Burruchaga, no para sus empleados, que todos estaban subremunerados. Sin las eventuales propinas, el salario de las camareras era una miseria. Y a Burruchaga que no le vinieran con exigencias de aumentos salariales y otras garantías innecesarias como vacaciones pagadas, licencia de maternidad y todas esas comemierdadas sindicales, que más bien eran rezagos de un pasado socialista (*comunistoide*, decía Burruchaga) ya muerto y enterrado en el muladar de la Historia.

El uniforme de las camareras recordaba a la bandera cubana: falda azul, faja roja en la cintura y blusa blanca. Era un atuendo que les daba un gracioso aspecto de colegialas, si no hubieran tenido casi siempre las blusas sudadas y manchadas de grasa y catsup. Las fajas que tenían estaban bastante desteñidas (era responsabilidad de Burruchaga comprarles nuevas) de modo que hacían pensar en una bandera cubana muy venida a menos.

—Burruchaga quiere uniforme —chismoseaban las camareras—, pero no abre el bolsillo para que una tenga varias mudas y pueda cambiarse a diario.

Betty Boop, en ese sentido, era profundamente insolidaria con sus compañeras de trabajo.

—¡Puros pretextos! —argüía— para justificar que son unas cochinas.

A ella sí se le veía invariablemente bien vestida; en el pequeño armario que cada una tenía en la trastienda guardaba siempre Betty varias blusas y faldas impecablemente planchadas y pulcras, los colores patrios radiantes y puros. Cuatro candados *Yale,* de los más blindados, protegían sus pertenencias; y como el uniforme camareril de Betty parecía siempre recién estrenado, las lenguas vibraban con resentida fuerza:

—La Betty es una privilegiada —rumiaban las otras con rencor.

—Burruchaga le compra ropa todo el tiempo.

—Sí; pero cuando nosotras nos vamos, ella se queda y le mama la pinga a Burruchaga.

—¡Niña, no seas puerca!

—Ay, por favor, la puerca es ella.

—No sé cómo no se le caen los dientes a la muy puta.

—Le va a dar el sida en la garganta.

—Yo una vez llegué demasiado temprano y los cogí asando maíz.

—¡No me digas!

—¿Qué estaban haciendo, chica?

—Burruchaga se la estaba singando allí mismo, contra el mostrador. Se la tenía metida hasta el gollete, que lo vi yo.

—¡Cómo no va a ser la niña de lujo de Burruchaga!

—La vieja de lujo, dirás tú.

—La camarera del amor, como dice la canción.

—Por eso se comporta como le da la gana. Llega tarde y no dispara un cabrón chícharo.

—Se cree que esto es Cuba, donde la gente no trabaja e igual le pagan.

—No hay más que ver cómo se tira los pedos por la nuca la muy relamida, y cómo nos mira en plan de princesa.

—Burruchaga le pasa una manutención especial.

—Tú sabes, chica, que yo creo que ni eso; esa guaricandilla se vende barato. ¡Con lo cicatero que es Burruchaga!

—Yo no sé qué es lo que él le encuentra.

—¡Nada hija, que a ese comegofio nadie le hace caso!

—La verdad es que hay que tener gandinga para chuparle...

—Ella lo hace por limosnas, eso es todo.

—¿Ustedes no han visto cómo es la única que se lleva, abiertamente, cantidades enormes de comida para su casa, mientras que nosotras tenemos que robar un trozo de filete por aquí, unos camarones por allá llenas de miedo?

—Es para llevarle la papita al marido medio fumigao del coco que tiene en la casa.

—¿Y si la Betty estuviera enamorada de Burruchaga de verdad? Yo hay veces que la he sorprendido mirándolo como embelesada...

—Ay, niña, qué cometrapo eres... En Este País, *nada* se hace por amor.

Lamentablemente, muchos de esos rumores eran ciertos. Con escasas excepciones de reprimendas y escándalos pasajeros —más dignos de una pareja que de una relación estrictamente laboral— Burruchaga consentía mucho a Betty. Era holgazana e irritantemente indisciplinada; se tomaba lánguidos descansos ante un batido de papaya con limón o salía cuando le daba la gana, recargando de faena a sus compañeras, a las tiendas aledañas a mirar ropas o a «coger fresco». Además, era arrogante y bocona y se comportaba como si fuera la primera dama de El Regreso. También era verdad que Betty amamantaba a su Fuñío con la comida que, descaradamente y con la callada indulgencia de Burruchaga, se llevaba de El Regreso. Sin embargo, era mentira que Burruchaga le diera dinero o le comprara ropas, y lo peor, lo verdaderamente trágico: desde hacía un tiempo, el trono de Betty Boop se había deshecho en El Regreso como un trozo de azúcar en el agua.

Burruchaga la tenía congelada en el abandono. Casi ni le hablaba. Si Betty se tomaba sus acostumbradas libertades, él la insultaba soezmente. Dos veces la había amenazado con despedirla. En una de ésas, Betty le respondió altaneramente y él le dio un bofetón delante de todo el mundo: para felicidad de las camareras y desesperación de Betty Boop. Sangrecita caliente le salió del labio y del corazón.

Humillada, ardiendo por dentro en un torbellino de fuego y humo, estuvo tres días sin ir al trabajo.

—¿Cuándo volverá la ausentista? —decían las malas lenguas.

—Se acabó el reinado de Betty Boop.

—Pobrecita. Ahora sí que la va a pasar mal. A esa edad...

Betty esperaba que Burruchaga recapacitara, que se diera cuenta de lo que ella representaba para él y la llamara, meloso y arrepentido, para pedirle dulcemente que regresara a El Regreso. Pero nada.

—Me trata como a una piltrafa —se decía Betty Boop presa del desasosiego.

Fue entonces cuando se percató de su tristísima y verdadera soledad en el mundo. ¿A quién contarle sus cuitas? ¿Con quién desahogarse? ¡Ni una amiga con la que franquearse! No tener una amiga de verdad con quien compartir la desgracia era el recontracolmo de todas las desgracias. Esa carencia le daba la medida de su desamparo. Para buscar un poco de compañía espiritual se dirigía a los santos de su altar, pero eso no era lo mismo, jamás lo mismo que una amiga de carne y hueso. En medio de su depresión recordó épocas mejores, cuando todavía existía la esperanza de una vida maravillosa en el exilio. Me recordó entonces a mí, a aquella amiga con quien trabajó unos meses inolvidables en un club nocturno, la mejor *Bar tender* que Betty había visto en su vida. ¡Cómo se habían compenetrado en tan sólo unas semanas! Pero aquella señora jovial y culta (y de dinero, eso siempre lo sospechó Betty) siguió su camino hacia Los Ángeles junto con su sobrinito, para no volver jamás a Miami.

A Betty nunca le pasó por la mente que su relación con Burruchaga fuera tan importante. Mientras era *suyo,* no supo calibrar lo que significaba para ella. Ahora, que lo perdía irremediablemente, el pecho se le llenaba de una melaza ardiente de nostalgia y de rencor que casi la ponía al borde del patatús. Porque Burruchaga (eso lo comprendía *ahora*) podría ser un desalmado y un explotador y quién sabe si hasta un delincuente, pero con ella, en los momentos íntimos, era posesivo y entregadizo, era mandón y suavecito, era desvergonzado y tierno. Era *suyo,* de Betty, abandonado a su locura por Betty Boop. E incluso aquello de que era un tacaño y un aprovechador... ¿De qué otro modo sino con mano dura podría hacerse

fortuna en Miami? Y con esfuerzos, coño, porque nadie
podía acusar a Burruchaga de ser un haragán. Además, era
un hombre que tenía una familia que mantener, mujer
con cuatro hijos, dos de ellos todavía chiquitos. Y tacaño... sería con los demás; pero a Betty le había mostrado
muchas veces su veta de generosidad, como cuando hubo
que operar a Fuñío de la vesícula, o cuando a ella se le
quebró un diente con un hueso de pollo: ¿quién había
corrido con los gastos del hospital y del dentista sino
Burruchaga? ¡Si hasta una corona artificial le habían
puesto (carísima) que ni se notaba que no era un diente
como otro cualquiera! Pero eran los tiempos del idilio y la
sabrosura, mucho antes de que todo se pudriera entre
ellos. Por eso Betty Boop se preguntaba, sin el más mínimo temblor, si no debía matar también a la culpable.

Con las oleadas de refugiados nicaragüenses que
llegaron a Miami, huyéndole no a Somoza sino a los san-
dinistas, a El Regreso fue a parar una mujer culoncita y
espigada, de pestañas y labios (gruesos, casi bemba)
siempre pintados, que poco a poco fue despojando a
Betty de la atención y la ternura de Burruchaga. La Nica
(así le decían) resultó ser una enemiga inexpugnable.
Sus largos silencios, su manera lánguida de mirar, su
atractiva juventud si se la comparaba con Betty, la hacían misteriosa y como si guardara en todo el paisaje de
su piel una voluptuosidad *distinta*. Burruchaga acabó
por volverse loco por la nicaragüense.

La rival de Betty había perdido (tal era su
cuento para darse importancia) a su marido (un ex
teniente de Somoza) en la guerra contra el Frente
Sandinista. Ya eso, en Miami, era un mérito considerable. Las camareras de El Regreso trataron al principio a
la Nica con ese ridículo desdén cubano por lo que ellos
piensan que es inferior. Al fin y al cabo, la Nica no era
más que una centroamericana subdesarrollada. Pero en
cuanto se dieron cuenta de que estaba destronando a
Betty, y que Burruchaga le daba cada día más impor-

tancia, el desdén hacia la Nica se convirtió en un complejo juego de hostilidad y exclusión, quizás arrastradas por ese nacionalismo que yace en el subconsciente de cada cubano y que lo hace propenso a los más extraños excesos. Pese a todos sus defectos Betty era, ante todo, cubana. Y los cañones de maledicencia se volvieron contra la intrusa:

—La Nica le hace pajas a Burruchaga en el fregadero.

—Y fíjate que tiene marido, un muchacho monísimo que viene a buscarla en un Toyota verde.

—Betty, por lo menos, tiene un marido más viejo que El Malecón y que está tocao del queso. La pobre necesitaba llevarle comida caliente a su Fuñío.

—En realidad era comprensible que se dejara seducir por Burruchaga.

—La necesidad es la madre de todos los vicios.

—A mí la Nica me cae como una patá en el culo.

—Es una mosquita muerta.

—¿No deberíamos mandarle un anónimo a la mujer de Burruchaga, contándole que aquí en El Regreso hay una somocista que le da el culo todos los días a Burruchaga?

—De nada serviría; además, yo no me aguo la sangre con la vida ajena.

—Es verdad, chica. Que cada cual cargue su cruz.

Con un torbellino de ideas en la cabeza, con talante altivo y paso seguro, entró Betty aquel día a El Regreso. Evitó las miradas de sus compañeras de trabajo, se puso su uniforme y, en el baño, se cercioró de que llevaba la navaja en posición de ser sacada y usada a la velocidad del rayo. Entonces se dirigió directamente a la oficinita de Burruchaga, un cuartucho de paredes manchadas de grasa situado justo al lado de la cocina. Su intención era degollarlo allí mismo, sin previo aviso, mientras sacaba sus inmundas cuentas o averiguaba por teléfono el precio de los ajices o las mojarras.

Pero tuvo que enfrentarse con una contrariedad que la puso nerviosa: Burruchaga no estaba. Había salido y dejado un papelito en la puerta de la oficina: no sabía a qué hora regresaba.

Betty aguantó el nerviosismo y no se desmoralizó. Pensó intensamente en Santa Bárbara e intentó ahuyentar de su mente las palabras de Bag Lady: *Murder one.*

No había muchos clientes. Era esa calma relativa, de fuego graneado, anterior al corre corre del almuerzo. Después la gente acudía en tumulto, bulliciosa, con prisa para volver a sus trabajos. Betty observó que la odiosa Nica estaba sirviendo en el saloncito y, para evitar su presencia retadora y triunfante, se quedó para atender la barra. Allí estaba la gorda Clotilde Gandía, una muchacha de Pinar del Río que tenía una trenza de casi un metro de largo y una barriga de casi medio de diámetro. Clotilde se pasaba el tiempo devorando comida a escondidas, atragantándose, como si comer furtivamente fuera un acto conspirativo que le fuera a costar la vida. Clotilde Gandía comía debajo del mostrador y en el servicio, en los rincones y en la cocina, cuidándose de que Burruchaga no la viera pero tampoco la Nica, pues era la única que lo chivateaba todo. Cuando Betty llegó, la gorda Clotilde se estaba engullendo, atormentadamente, un trozo de jamón del tamaño de un diccionario.

—¡Ay, Betty! —exclamó casi ahogándose—, lo que te espera cuando vuelva Burruchaga es terrible. Cuando vio que el tiempo pasaba y tú no llegabas, le dio una pataleta del diablo y dijo que te iba a despedir sin pagarte el sueldo del último mes; que si te creías que eras la dueña de El Regreso estabas muy equivocada y que aquí hay que doblar el lomo o irse changando. Como diez veces repitió que hoy mismo te iba a botar de aquí.

Betty cerró los ojos y en un fragmento de segundo hizo un esfuerzo sobrehumano por encontrar, como había hecho ante el espejo, una cantidad de odio suficiente que la ayudara a soportar su desgracia. Se preguntó *quién eres, Betty Boop, dónde estás, quién eras hace tres semanas, dos años, un decenio,* y no encontró nada, no era nada. En ese larguísimo instante no sintió odio ni supo quién era ni por qué estaba allí con Clotilde Gandía que ahora, como en virtud de un prodigio de circo, ya se había tragado todo el diccionario.

—¿Te sientes mal, Betty? —dijo Clotilde dulcemente—. Ven, come algo, tómate un batido de mamey con mucha leche para que te reconfortes. Y prueba ese jamón que está exquisito, boba, aprovecha ahora que la Nica-chivata está ocupada allá adentro.

—Murder one —musitó Betty Boop.

—¿Qué cosa? —preguntó Clotilde.

—Que me da igual —rectificó Betty.

Y una especie de apatía la embargó. Recostada a la barra, sólo le preocupaba la desagradable sensación de ingravidez que tenía en las manos pues era como si no fuera a tener fuerzas para agarrar la navaja. Las manos se le habían hecho etéreas.

—Hola, cariñito, ¿cómo estaaás?

Era don Pirolo Gutiérrez, que se había sentado en la barra dispuesto a comer pero ante todo a pasar un buen rato con Betty.

—Hola carne durita de mis sueños —insistió el viejo al notar que Betty estaba como en las nubes—... ¿ya no quieres a tu Pirolito?

Pero Betty no reaccionaba. Tenía la vista fija en ningún lugar ya que estaba viendo, clarito, el vacío de su interior. Betty no lo sabía, pero su palidez era cadavérica. Don Pirolo notó al vuelo que algo malo le pasaba a «la camarera de su amor», como a él le gustaba llamarla.

—Betty, ¡qué te pasa, mi niña! —inquirió en otro tono don Pirolo, un tono casi paternal.

Betty volvió entonces a la realidad. Suspiró y se apoyó con ambas manos en el mostrador. «Nada, nada, es que me dio un mareo», pensó y creyó que también lo dijo pero no dijo nada y don Pirolo se preocupó todavía más:

—Betty, ¿tú estás bien, muchachita?

—Sí, sí, discúlpame, Pirolo —dijo al fin—, es que no sé, fue como un desvanecimiento...

—Es que tú eres muy soñadora, Betty...

La inesperada presencia del viejo hizo que Betty se sintiera un poco más reanimada, casi agradecida de que don Pirolo estuviera de pronto allí, delante de ella, con su picardía, su amistad y su simpatía. Aquello era, sin duda, un buen augurio volvió a ser ella misma:

—¿Qué te pongo, mi vida?

Era una ceremonia de inocente zalamería que se reproducía, en términos siempre diferentes, cada vez que don Pirolo iba a El Regreso.

—Lo que tu quieras, capullito de alhelí.

Don Pirolo era un viejuco muy emperifollado y jaranero que en La Habana de Ayer había sido funcionario de la ITT, o sea de su poderosa sucursal en Cuba, la Cuban Telephone Company que poseía el monopolio de las comunicaciones. En Miami, en cambio, don Pirolo había descollado como comerciante de autos, cosas del exilio. Empezó vendiendo cacharros usados con la ayuda de su hijo, un buen mecánico, y en el momento de jubilarse ya padre e hijo eran dueños de uno de los negocios más rentables de la Sagüesera: *El Cotorro Motors.*

A pesar de no conocerlo más que como cliente fijo del restaurante, Betty quería mucho a Pirolo quizás por ser todo lo contrario a Fuñío: don Pirolo era un hombre emprendedor y como tal triunfador del exilio; además, era jaranero y piropeador y seguramente mujeriego cuando todavía tenía la capacidad de serlo. A pesar de su vejez, don Pirolo aún tenía la mente clara y la lengua sin un solo pelo.

Ahora don Pirolo, abriendo la mano en el aire con el gesto del que acaricia un seno muy voluminoso, dijo:

—Ofréceme algo de carne, niña.

Betty empinó socarronamente el busto, de modo que la mano de don Pirolo, que todavía acariciaba la enorme teta etérea, quedó muy cerca de las suyas, bien reales, pero sin que pudiera ni siquiera rozarlas.

—Te ofrezco *Plátanos de tentación* —propuso la camarera.

—Yo me comeré dócilmente todo lo que tú me metas en la boca, diva.

La teatralidad de don Pirolo hacía que Betty se destornillara de la risa, de modo que a veces no era capaz de seguir los requiebros de aquel paripé de seducción. Para los dos aquello era un juego, sí, pero un juego muy importante que les daba la certeza de que todavía no se habían muerto.

Llevaba don Pirolo aquel día funesto para Betty una camisa azul celeste de mangas largas y una ancha corbata de acrílico color rosa-neón, y un saco color café con leche a cuadros que hacían juego con la camisa. Tenía algo de pájaro tropical disecado don Pirolo con aquella distinguida indumentaria, y a Betty le dieron ganas de darle las tetas de verdad, «qué cojones», pensó Betty llena de misericordia, «que se harte el pobre Pirolo gozando mis tetas todo lo que quiera en sus días postreros, de todos modos ya dentro de poco estará en el seno de la tierra hospitalaria de Miami».

Pero no hizo lo que le vino a la mente, sino que dijo:

—Ay, Pirolo, cualquier cosa que comas, tendrá siempre *sabor a mí.*

El viejo, absolutamente vencido por aquel desplante, parecía que iba caer en trance:

—¡Ay qué clase de hembra, madre mía, páreme otra vez, mamita, para ser más joven y casarme con Betty Boop!

Al fin Betty le sirvió una cerveza, que era lo que solía tomar Pirolo, y le dijo con seriedad:

—Mira, papi: cómete unas *Chicharritas del archipiélago,* un buen plato de *Ajiaco del exilio* y termina

con un postre de *Boniatillo con coco rayado a la Bayamesa.*
¿Qué te parece?

—¿Está espeso el ajiaco, mami?

—Potente, papi, con malanga, maíz, papas, carne de puerco y tasajo.

—Con todos los hierros.

—Con esos hierros, todavía puedes ganar batallas campales en cualquier lecho.

—¿En el tuyo también, Betty?

Ella le hizo un guiño voluptuoso y le dio la espalda para traer la comida. Pero en ese instante entró Burruchaga a El Regreso.

Betty lo vio con el rabo del ojo y una paralización total la dominó: un adormecimiento de la voluntad, un ablandamiento entre las piernas y una repentina rigidez en las rodillas. De nuevo, la peligrosa ingravidez de las manos. Oyó los resoplidos, los gemiditos y las palabras amorosas que Burruchaga solía musitarle cuando estaba dentro de ella. Revivió el modo que él tenía de acariciarle velozmente la cara, como un soplo, cuando pasaba junto a ella en el restaurante y nadie los descubría.

—Lo quiero todavía... —dijo Betty y apretó la navaja.

Otro mareo. Iba a asesinar a un hombre. *Murder one.* Se apoyó en la barra. Entreabrió las piernas para buscar estabilidad. Burruchaga se le acercaba, iracundo e inexorable. «Traidor de mierda», pensó Betty Boop para azuzarse la rabia, «te voy a tasajear».

—¡Betty! —gritó Burruchaga sordamente, para que no se oyera demasiado—, ven a la oficina que quiero hablar contigo.

Ya las cartas estaban echadas. Ya estaban abiertas las hostilidades. Ahora sólo quedaba lanzarse a la escaramuza final.

—¡Tú a mí no me tocas, maricón de mierda!

Golpeado por la sorpresa, Burruchaga sufrió un instante de intensa perplejidad. Betty había chillado con tal fuerza, que muchos comensales voltearon la cara hacia ellos. Aquello de «maricón de mierda» dejó boquiabierto a Burruchaga. Pero sólo por un raudo instante:

—Ahora mismo te vas de este restaurante, Betty Boop, para no volver jamás, ¿entendido? ¿Quién coño te crees que eres? Ya estoy harto de tu haraganería y de tus llegadas tardes. ¡Basta ya! Estás despedida. Y cállate esa boca sucia que tienes, no quiero escándalos en El Regreso.

E hizo un ademán de darle la espalda, pero no pudo. Porque Betty sacó la navaja, la abrió con una destreza que la dejó asombradísima en medio de la tensión del asesinato y vociferó:

—¡Tú no te muevas, carajo, porque si das un paso te degüello! —de pronto, la voz de Betty se había hecho densa y terrorífica, como de una bruja en una cueva pero al mismo tiempo deplorablemente vulgar, como la de una puta en una esquina de arrabal.

Don Pirolo, al ver la navaja tan cerca de su cara, perdió el habla y alguien gritó en las mesas: «¡Lo va a matar, lo va a matar!»

—¡Yo me voy solita, para que lo sepas! —continuó Betty antes de dar el primer tajo, alargando aquellos vertiginosos segundos que ya parecían semanas—, y me voy porque eres un bujarrón asqueroso, ¿lo oyen bien todos ustedes? ¡Un bujarrón que se pasa la vida haciendo cochinadas con Mariolito en el fregadero! ¡Porque maricón también eres, Burruchaga!

De todos los presentes, la más admirada de lo que estaba pasando era Betty Boop. Aquella ofensa, totalmente injusta y mentirosa, le había salido de la boca a última hora, sin haberlo pensado antes en absoluto, como si alguien se la hubiera puesto mágicamente en la lengua y fuera la lengua sola la que cumplía la tarea sin que ella participara. Mariolito era el joven que fregaba los platos, pobrecito, un muchacho noble y servil que era maricón pero que jamás había hecho nada con Burruchaga, que lo tenía empleado en El Regreso sólo porque Mariolito era pariente de un pariente suyo. Betty seguía con la navaja en alto. A partir de ese momento sería prácticamente imposible, después de aquella artera «revelación» en público, lavar la afrenta y restaurar el prestigio y la hombría de Burruchaga. La venganza de Betty, aunque todavía no hubiera dado el primer tajo en el cuello de su ex amante, había sido maligna y atroz. Ahora sólo le faltaba cortarle la cara y la vena aorta y salir de allí como un ángel exterminador.

Mientras tanto, a don Pirolo parecía que se le iban a salir por los ojos y las orejas las malangas, los maíces y el tasajo que todavía no se había comido.

—¡Que lo sepan todos! —insistió Betty Boop como para darle el tiro de gracia a Burruchaga—. ¡Mariolito le mama la picha a este hombre en el fregadero! ¡Yo, ésta que está aquí, los descubrió en sus puercadas y por eso me bota de mi trabajo!

Al decir esto, Betty bajó imprudentemente la guardia y Burruchaga se abalanzó sobre ella, le dio un trompón en la mejilla, la navaja rodó por el piso (¡Socorro!, pedía alguien; ¡Help!, gritaba otro) y ya dos comensales estaban detrás de la barra aguantando fuertemente a Burruchaga para que no matara delante de todo el mundo a aquella mujer aunque se lo mereciera. En medio del tumulto y la gritería de Clotilde Gandía, que inauguró ese día unos chillidos capaces de detener a un sicópata, Betty cogió una botella de plástico llena de catsup y, apretándola con fuerza, le llenó la cara de catsup a su querido-aborrecido ex amante. La reyerta fue tan rápida y fulminante, que muchos creyeron que la navaja había hecho lo suyo y que Burruchaga se estaba yendo en sangre.

—¡Llévensela que si no la mato, cojones, que la mato! —vociferaba Burruchaga retorciéndose.

Betty salió de El Regreso con la ayuda de don Pirolo, un cliente joven que se apiadó de ella y la gordita

Clotilde, siempre fiel, que por cierto había aprovechado la rebambaramba para zamparse, emocionada por la valentía de Betty y entre chillido y chillido, media docena de *Huevos verdes como las palmas*.

Betty tenía la cara un poco hinchada y adolorida, pero estaba contenta de abandonar El Regreso sumido en un caos total y a un Burruchaga manchado para siempre.

Desafiante y sin derramar una sola lágrima, Betty salió en busca de su nuevo destino en el sueño de Miami.

Nicotiano y Santiago, un viejo amigo que nada tiene que ver con este libro...

—¿Quién es?

—Abre la puerta, Santiago.

—Quién es, digo.

—Soy Nicotiano, pasé cerca de aquí y se me ocurrió hacerle una visita.

—Ah, Nicotiano. Entra, hijo, que a buena hora llegas.

—¿Por qué me recibe con la pistola en la mano, Santiago?

—Porque estoy contando dinero.

—¡Pero si el piso está lleno de billetes de a cien!

—Es el puñetero ventilador, que los riega por todas partes.

—¿Cuándo se va a comprar un aire acondicionado, Santiago? ¿O una buena casa?

—Cuando regrese a Cuba. Ya verás qué casona me voy a construir en Villalona: con balcón hacia los vientos del noreste y un muelle propio para mis barcos.

—Qué montaña de dólares tiene en la mesa, Santiago. Yo no sabía que usted ganaba tanto dinero.

—Ven, ayúdame a contarlos. Pero ve primero al refrigerador y prepara dos tragos, para mí bien cargado de ron, con hielito picado, tónica, triple sec y un poco de jugo de limón.

—Santiago..., esta fortuna, en dinero en efectivo, parece anacrónica en un apartamento como el suyo, marcado por la modestia y hasta por la estrechez.

—No me interesa vivir bien aquí, sino en Villalona cuando regrese.

—Mire cómo vuelan los billetes; espere, que voy a buscar los que han caído debajo del sofá.

—Es el puñetero ventilador.

—Santiago, usted no envejece. La barba sí se le pone cada vez más blanca.

—Y el alma más gris, hijo.

—Sólo la tía, Cocorioco y usted me dicen «hijo».

—Sí, hijo.

—¿Todos los billetes son de a cien?

—No; pon atención cuando hagas los fajos, porque algunos son hasta de a diez, y es un jelengue tremendo organizarlos en grupos de a dos mil. Me engañan los muy cabrones. Allí tienes las ligas.

—Salud. Por su casa de Villalona.

—Con una terraza amplia hacia las brisas del noreste. Como ves, soy casi un hombre rico. Ya no dispararé más un chícharo para nadie.

—No me atrevo a preguntarle cómo puede ganar tanto dinero.

—Cómo lo ganaba. Metiendo droga de contrabando aquí en Miami pero a través de Cuba.

—¿Cómo? ¿Tráfico de estupefacientes a través de Cuba?

—Lo que oyes. Tú sabes que yo me conozco la cayería cubana como la palma de mi mano. Pues yo servía de práctico para recoger la mercancía en territorio cubano.

—¿A sabiendas de las autoridades cubanas?

—Me imagino que a sabiendas y con la cobertura del Ministerio del Interior, de los Servicios de Guardafronteras, de la Marina de Guerra Revolucionaria, de la Aduana, de la Seguridad del Estado y hasta del Espíritu Santo.

—Nunca me imaginé que...

—Cada loco con su tema; tú sigue con tus cangrejos...

—Aquí tiene cuatro fajos de a dos mil.

—Ponlos allí, dentro de esa maleta, junto con los demás.

—Pero Santiago... Cuba siempre ha negado cualquier implicación en el tráfico de drogas...

—Una cosa dice el borracho y otra el bodeguero. Mira hijo, ya todo pasó a la historia, pero la cosa era así: en

Cuba había un departamento secreto, el MC, compuesto por especialistas de inteligencia y cuya misión era burlar el bloqueo comercial de Este País contra el nuestro. ¿Entiendes?

—Aquí tiene dos fajos más.

—El embargo de Este País contra Cuba es ilegal y es criminal, ¿verdad? Pues bien, los medios para burlarlo no podían ser menos.

—Ojo por ojo y diente por diente.

—Eso es, hijo. Entonces nosotros metíamos en Cuba, con nuestras lanchas, todo tipo de mercancías cuya venta estaba vedada a nuestros compatriotas de allá: equipos electrónicos, medicinas indispensables, armas de factura occidental, material técnico avanzado para los hospitales cubanos. Aquí nosotros introducíamos tabaco cubano, objetos de arte... En fin, era un trasiego entre cubanos: los patriotas de allá y los apátridas de acá. Y muy bien que nos llevábamos. Por cierto que sobre estos asuntos Hetkinen sabe más de cuatro cosas...

—¿Pero lo de la droga?

—Ah, hijo, es que aquí la LEY DE COMERCIO CON EL ENEMIGO prohíbe, desde 1963, hacer cualquier tipo de transacción con Cuba. Entonces, introducir aquí tabaco cubano es casi peor que introducir cocaína colombiana ya que, según esa famosa ley, comerciar con Cuba es conspirar contra el Gobierno de Washington.

—Claro, lo veo claro. ¿Por qué no dedicarse a la droga dura entonces?

—Equelecuá. Y nos pusimos de acuerdo con el MC, cuyos oficiales entraron en el negocio sin informar de ello, así parece ser, a sus superiores. Y nada, hijo, así empezó el trapicheo: aviones colombianos, cargados de cocaína, aterrizaban lindamente en el aeropuerto militar de Varadero y los traficantes, verdaderos tránsfugas, pernoctaban como si nada en Santa María del Mar o en la misma Habana. Después entrábamos nosotros en aguas cubanas con nuestras lanchas rápidas, y recogíamos el material. Muchas veces nos custodiaban barcos de guerra cubanos y yo mismo he dormido en chalets pertenecientes al Ministerio del Interior de la República Socialista de Cuba.

Pero todo se acabó como la fiesta del guatao: las autoridades cubanas descubrieron lo que estaba haciendo el MC y fusilaron a los culpables, uno de los cuales era nada menos que íntimo de Fidel y Héroe de la República. Se acabó lo que se daba, hijo.

—Santiago... es una imprudencia tener tanto dinero en casa.

—No creas; además de esa Colt, por ahí tengo una escopeta de cartuchos... Pero lo importante es que quiero pedirte un favor.

—Lo que usted diga, Santiago.

—Quiero que Ulalume se encargue de toda esta mierda.

—¿De qué mierda?

—De todo este dinero, toda esa maloja. Que los coloque ella en acciones o en lo que le dé la gana, hasta que podamos volver a Cuba. Ya sabes que yo confío ciegamente en tu tía.

—Ella tiene la ilusión de invertir allá... creo que en hotelería.

—Buena idea. Lo que Cuba necesita son inversiones de cubanos decentes como nosotros. Llévale la plata ahora mismo.

—Creo que lo más sensato es llamar a Maribarbola y a Guarapito, como medida de seguridad para transportar el dinero. Son muchas decenas de miles, Santiago.

—Es el producto de mi exilio. Oye, Nicotiano, ¿cómo está Mireya?

—Bien, ella está bien. Lindísima y con muy buena salud. Yo la quiero cada día más.

6.

Kafka dormitaba entre las arecas mientras Marx, malcriado y soñador, se aseaba las garras con minuciosidad y pedantería. Yo estaba regando mi herbario cuando vi llegar el carro de Mireya, y de repente me di cuenta de que la paz aparente de La Isla del Cundeamor ya no valía nada, que las albahacas y el trébol de olor podían secarse y morirse, que la mejorana y el toronjil podían irse al carajo, que la yerbabuena y el espliego ni siquiera olían, que la salvia y el romerillo, el tilo, el vetiver, las artemisas y el mastuerzo podían calcinarse o crecer, si les daba la gana, hacia abajo y podrirse en la negrura de la tierra. Mireya sí valía. Mireya sí era vida. La vida no sólo de mi sobrino sino también la mía.

Y Mireya se nos iba.

Un mareo me atacó de pronto y sentí que las tetas me pesaban como sacos de cemento.

Mireya permaneció un rato dentro de su Chevrolet, era como si dudara o como si le costara mucho trabajo apearse. Yo, sin atreverme a respirar, la espiaba desde las malezas. Ella sacó su espejito de la cartera y se maquilló un poco, seguramente quería ocultar que había estado llorando. Entonces masculló algo y yo sé que dijo:

—Lo odio.

Y enseguida:

—¿Por qué he llorado? ¿Cuándo ha llorado él por mí? ¿Por qué tengo que rebajarme de esa manera y llorar por ese niño mimado que me ha negado la vida?

Y después:

—Hueles a otro hombre, Mireya. Has tenido la pinga de otro hombre dentro de ti: en tu sexo, en tu boca y en tu mente. Eso te hace más atractiva y más insolente, más libre y más dueña de tu destino.

Entonces salió del auto y se dijo:

—Hueles a otro semen, a otra saliva, a otro sudor, a otras sábanas, a otras almohadas, a otro macho.

Y continuó como si rezara una letanía o profiriera una amenaza:

—Hueles a otro desodorante y otro champú, a otra pasta de dientes y a otro after shave; hueles a otros vinos, a otro desayuno y a otras promesas y frases de ternura, porque las palabras también tienen su olor.

Entonces se olió nerviosamente los dedos y después la palma de las manos.

—Tienes impregnado el olor del sexo del otro, del otro, del otro, carajo, yo soy otra.

Yo, mientras regaba las plantas, me puse a tararear, con cierto alarde para que ella notara mi presencia, aquella cancioncita que dice:

> *Aturdido y abrumado*
> *por la duda de los celos*
> *se ve triste en la cantina*
> *a un bohemio ya sin fe...*

Yo creía que Mireya me iba a evitar, que se apartaría de mí como un ladrón que huye de la policía, pero me equivoqué. Y me satisfizo mucho esa equivocación.

Mireya titubeó un poco pero se me acercó. Yo me hice un poco la mosquita muerta y simulé que no la veía. Le di la espalda. Dejé que fuera la Santa Bárbara de Wikiki la que, por ahora, le diera el frente. Alcé todavía más la voz y me inspiré en el canto, meneando suavemente la cintura mientras regaba el toronjil:

... con los nervios destrozados
y llorando sin remedio
como un loco atormentado
por la ingrata que se fue...

Mireya estaba a sólo unos pasos de mí, pero no me interrumpía ni tampoco seguía su camino. Yo seguía fingiendo que no sabía nada de su presencia...

... nada remedias con llanto,
nada remedias con vino,
al contrario la recuerda
mucho más tu corazón...

En este punto de la melodía engolé tanto la voz y le imprimí una energía tal a mi interpretación, que Santa Bárbara empezó a vibrar toda y no se sabía si yo estaba ridiculizando la canción, o si era que yo la sentía como algo que tocaba una fibra sensible de mi intimidad:

Una noche, como un loco,
mordió la copa de vino
y le hizo un cortante filo
que su boca destrozó
y la sangre que brotaba
confundióse con el vino...

Aquí oí claramente que Mireya se movía detrás de mí, quizá se soplara la nariz o estornudara, no sé, el rumor de la regadera acariciaba las hojitas de la albahaca, exacerbaba su perfume y acompañaba mi cantar:

Y en la cantina este grito
a todos estremeció:
«No te apures, compañero,
si me destrozo la boca,
no te apures, que es que quiero

con el filo de esta copa
borrar la huella de un beso
traicionero que me dio...»

—¡Tía, deje ya de cantar eso!

—¡Oh, Mireya, qué susto me has dado!

—Hace un calor repulsivo.

Dijo esto mirando a otro lugar, quizá hacia donde dormitaban el perro y el gato, porque añadió:

—Veo que ha vuelto el pendenciero de Marx. Usted estaba preocupada por él. ¿Temía que le hubiera pasado algo malo?

—Los gatos machos se pasan las noches vagabundeando y buscando hembras por esos mundos. Dice Guarapito que hasta por la Sagüesera lo ha visto deambular.

—Un día lo va a matar una máquina.

—Es un riesgo que corre. Pero es fiel. Fíjate cómo vuelve a donde sabe que lo quieren.

Mireya bajó la vista.

—A veces son las hembras —continué yo— las que vienen de muy lejos a buscarlo. No hay nada más estremecedor que una gata en celo. ¿Nunca has visto ninguna, Mireya? No reparan en ningún peligro para satisfacerse... Empinan el culo, se desdoblan, sufren por que las penetren. Yo salgo al jardín, de noche, sólo para escuchar sus gemidos plañideros, esa necesidad doliente de las gatas excitadas. Por lo general parece que los gatos son criaturas muy desamparadas en materia de amor.

—En materia de amor todos estamos desamparados.

Yo no repliqué nada. Ella dijo:

—Qué denso el olor de las hierbas. Casi me da mareo.

—Mira las artemisas —e improvisé—: en la Edad Media, las brujas la usaban para ahuyentar a los demonios. Dicen los que saben que el cocimiento de artemisa es bueno cuando la menstruación se trastorna a causa de sustos, mojaduras, sinsabores, enfriamientos súbitos, emociones insoportables, pesadillas injustas o mala circulación de la sangre.

—¿Y la lavanda?

—Ya ves qué mal crece: por el exceso de humedad y de calor. Pero se defiende y, gracias a mis esmeros, sobrevive. Los baños de lavanda alivian la excitación nerviosa.

—Ay, tía... cómo la voy a extrañar —dijo de pronto y se me abrazó. Yo la dejé hacer. Su cuerpo emitía irradiaciones de angustia. Ella me soltó y me miró a los ojos, pero no dijo nada.

—Mira, ése es el vetiver. Hay una canción que dice: *Con esa hierba... ¡se casa usted!* Y aquél es el tilo, que es sedante, para cuando la angustia nos está corroyendo, y aquel arbolito es el famoso amansaguapo, que en La Habana le dicen Cambia voz y cuyas virtudes son misteriosas...

Mientras yo refería estas tonterías, Mireya se puso en cuatro patas y empezó a arrancar hojas indiscriminadamente.

—Un baño —dijo jadeando—, me voy a dar un baño con estas hierbas...

—Pero Mireya, no las mezcles, mira que cada hierba tiene su propiedad...

—¡No me dé más consejos, tía! No los necesito. No los quiero. Yo soy libre, hago lo que me da la gana y a nadie tengo que rendirle cuentas. Estoy harta de que me traten como a una adolescente, como a un pedazo de algo sin consistencia ni albedrío. ¡Ni un consejo más!

Y se metió en la casa como perseguida por una fiera.

Mientras preparaba el baño, se sirvió un vaso desorbitado de ron con hielo y, mientras bebía, tosía y sentía que el temblor de las manos se le iba calmando.

—Me voy a jalar exactamente lo necesario...

Se metió en el baño. El agua exudaba un aroma fuerte y abrumador. Se apretó los senos y cerró los ojos.

Las hierbas la erotizaban y le hacían recordar otra boca, otra lengua que no era la odiosa de Nicotiano.

Cuando bajó de nuevo al patio, con pasos resueltos de mujer que sabe lo que quiere, se sentía inexorable, limpia, perfumada, apetecible hasta en los pliegues más íntimos de su cuerpo. El cabello, negrísimo y tornasolado, le caía aún mojado en una catarata de rizos sobre los hombros. Llevaba una falda carmesí, unas sandalias del mismo color y arriba sólo el ajustador de un bikini blanco. El tono cobrizo, cálidamente satinado de su piel, contrastaba seductoramente con la blancura del bikini.

Al bordear la piscina, se detuvo. En una hamaca, colgada entre dos matas de mango, dormía la siesta Cocorioco. ¿Qué le importaba el servil ayudante de su ex «compañero»? En la piscina nadaba Kafka con mucho método y parsimonia, de un extremo al otro, con movimientos de turista de la tercera edad. Tampoco echaría de menos a Kafka. Otra vida, otra vida...

Entró en el taller de Nicotiano. Allí el calor no era tan soporífero como afuera. Las brisas del mar entraban por los altos ventanales del noreste y ventilaban agradablemente el ámbito. Mireya pasó la vista por aquellas herramientas, la grúa, los monolitos de mármol y granito. Una sensación total de extrañamiento la dominó. ¿Qué tenía ella que ver con todo aquello? Los cangrejos, algunos a medio surgir de la piedra, le parecieron más repulsivos que nunca. Indescifrables, inútiles. Algo humano había en ellos, sí, eran deslumbrantes pero al mismo tiempo asquerosos. A ella, por lo menos, no le decían nada, no significaban nada más que pura mierda. De habérselo propuesto, Nicotiano habría podido esculpir cualquier otra cosa, niños orinando, delfines saltando, mujeres desnudas. Pero no. Lo suyo era aquella morbidez, siempre aquella expresión obsesiva de su personalidad enfermiza y destructiva. ¡Dejar para siempre a aquel hombre sería una ganancia neta! —pensó Mireya y lo llamó con voz muy firme. Pero no obtuvo respuesta.

Se adentró un poco más en el local y tuvo la certeza de que se encontraba allí por última vez.

Nicotiano no estaba. Cerró los ojos y los abrió de nuevo, disfrutando de la soledad majestuosa (pues tenían una majestuosidad que las hacía imponentes, eso no podía negarlo) de aquellas figuras misteriosas. Algo atroz debía de haber en Nicotiano, alguna herida supurante en su alma, para que dedicara toda su vida a darles forma a aquellos lúgubres engendros. La soledad, el silencio, la ausencia de Nicotiano y su estado de ánimo, escindido entre la victoria y la derrota, entre el placer y la angustia, la hicieron sentir una especie de voluptuosidad morbosa. Recordó entonces los nombres de los mármoles cubanos, traídos de contrabando por Hetkinen desde Isla de Pinos: *Orquídea Sierra, Mulata Campiña, Verde Serrano.* Porque ella sabía de buena tinta que la Crabb Company había estado contrabandeando con las autoridades cubanas para burlar el Embargo Comercial de los norteamericanos: equipos electrónicos, medicinas, incluso armas... Ahora todo eso le parecía historia, cuento, mierda, incluso mentira. En definitiva, todo en La Isla del Cundeamor se desarrollaba sin que ella fuera partícipe *de veras.*

—Todo se acaba un día —murmuró—; se mueren incluso los niños. ¿Por qué no iba a morirse también el amor?

Cuando se volvió para retirarse, Nicotiano salió de pronto del escondite desde donde la espiaba, un bogavante de pezuñas como raíces peludas, y la agarró por detrás. Mireya sintió sus brazos fuertes y sus manos apretándole los senos, su lengua chupándole la nuca y las orejas. Saltó el bikini y las tetas de Mireya cimbrearon, desnudas y olorosas, ligeramente manchadas por los mordiscos del otro y los dedos de Nicotiano le acariciaron los pezones con apretoncitos que la hicieron erizarse. Nicotiano le quitó la falda, metió la mano y sobó con avidez aquel sexo enmarañado y negro, recién lavado, que creía que le pertenecía. Ella cerró los ojos y se entregó a las caricias. «Me dejo, no me importa», pensó. Sin pronunciar una sola palabra, él la levantó en peso y la colocó amorosamente sobre una mesa de trabajo.

—Mámame las tetas, Nicotiano —exigió ella sin tener conciencia de si lo estaba diciendo o sólo pensando—, chúpamelas como un hombre, mámamelas como un niño...

Él obedeció como si hubiera oído lo que su mujer había pensado o tal vez dicho, y chupó y chupó sin dejar de acariciarle el sexo, hasta que el tiempo dejó de fluir y aquellos pezones se endurecieron en su boca, que bajó después al centro de la hembra despatillada.

Le hizo el amor con la lengua, dura y después suave, inmóvil y después rotando y hurgando, hasta que al fin la penetró de verdad y la besó profundamente, de modo que Mireya recibió en su boca los sabores de su propio sexo.

A Mireya aquello le daba gusto y horror y no hacía nada para evitarlo. «Dios mío —pensó—, qué estoy haciendo», pero se despatilló todavía más y recibió los embates de su hombre que ya no lo era apretándolo contra su cuerpo, y saboreó que él la saboreara, lo castigó castigándose y si aquella vaharada dura que entraba y salía de ella era o no cariño eso ya no le importaba, «Dios mío —pensó—, me voy a venir, me voy a venir» y empezó a gemir con los ojos apretados. Entonces Mireya se vino y se vino como si fuera a desgajarse tierna y violentamente por el medio y desde muy adentro y él siguió todavía resbalando y golpeando, haciendo de ella lo que le daba la gana hasta la última andanada, hasta el último espasmo y después él siguió besándola, en las tetas sobrexcitadas, en las axilas con besos chiquitos y lengua, mucha lengua, en la boca ardorosa que ya era de otro.

Quedaron como licuados en un ensamblaje espeso, y Mireya disfrutó de aquel letargo hasta que abrió los ojos y se encontró con los de Nicotiano. Un hombre ingenuo. «Pobre Nicotiano», pensó, pero de inmediato rechazó la idea con furia. «¿Quién coño ha dicho jamás *pobre Mireya?*»

—Quítate, Nicotiano —dijo—, déjame levantarme.

Y se incorporó enérgicamente, empujándolo.

Él empezó a hablar del lanzamiento a gran escala de sus obras «que la tía está organizando junto con Doublestein». Dijo que no le interesaba, que le molestaban las inauguraciones y las entrevistas, pero que había algo de cierto en el argumento de que la fama disparaba los precios, y la idea era reunir la mayor cantidad de dinero, conseguir créditos e invertir en Cuba, en hotelería o en lo que fuera. Dijo algo después sobre el pueblo de Cuba, que sufría un doble asedio a causa del embargo financiero de los EE UU y, por otra parte, a causa del dogmatismo del Partido Comunista y de Fidel. Pero ahora habían abierto el país a las inversiones «y como la tía quiere volver un día...»

—¡Basta! —gritó ella.

—¿Qué te pasa, Mireya?

—Que estoy harta, coño, ¡que estoy hasta la coronilla del bla bla bla sobre Cuba, Cuba, Cuba! A mí nada de eso me importa un pito, y para que lo sepas... ya no te soporto, Nicotiano, ya no significas nada para mí. Me voy de esta casa para siempre, te dejo y se acabó.

Nicotiano tenía la boca abierta y su aspecto era más imbécil que de costumbre, pensó Mireya con desprecio. Y siguió hablando, presa del nerviosismo y del rencor:

—Pero ni siquiera tendremos que divorciarnos. ¡Qué va! ¿Casarse Nicotiano? Nunca. Él nunca quiso casarse con su querida Mireya, salir en las páginas sociales del *Herald* o del *Diario las Américas...* ¿Esa ridiculez? Jamás... Pero sucede que Mireya sí hubiera querido casarse como otra muchacha cualquiera, con un vestido blanco lleno de encajes y un ramito de flores. Sí, óyelo bien, así de vulgar lo hubiera preferido yo. Hijos tampoco tenemos; primero, porque el gran patriota se negaba a engendrar hijos en el exilio. «El exilio no tiene futuro, decía el gran escultor, sólo tiene pasado.» Nada de hijos en esta ciudad moralmente apestada que es Miami, nada de hijos que serían ciudadanos de segunda clase, ni cubanos ni americanos, bastardos, mierdas. Y después, cuando mi desesperación te indujo a acceder a tener un hijo, surgió mi puñetera esterilidad... Y los exámenes ginecológicos interminables, humillantes... Pero mi esterilidad, *mi verdadera esterilidad* has sido tú, Nicotiano, tú me resecaste, tú te cebaste en mí... ¡y tú, y no yo, has recogido todos los frutos de la vida!

Nicotiano balbuceó algo que ella no quiso oír.

—Durante años me tuviste como un apéndice tuyo, como un cuadro pintado en la pared. Tú tenías tus cangrejos, tú tenías las aventuras de la Crabb Company y, por otro lado, tus jodidas pesquerías, preparar el yate, hacernos a la mar, huir de nosotros mismos, ser todavía más isla de lo que ya somos, bogar en el *Villalona* como un corcho entre las olas. Eso a mí no me dio nunca satisfacción alguna, nunca me preguntaste cuáles eran mis verdaderas necesidades.

—No entiendo nada, Mireya...

—¡Tú te callas, carajo! Porque siempre tuviste una sutil habilidad para que la gente se sintiera estúpida en tu presencia. Tú eras siempre el más brillante, el más atractivo, el más interesante, único, extraordinario, excepcional. Nunca nadie escuchó lo que decía yo. Siempre mis ideas eran vulgares, fútiles, sin contenido. Pero si Nicotiano abría la boca, él era el más escuchado por todos. Pero para singar sí... ¡Ay, el genio necesitaba un culo disponible para satisfacerse, el artista lunático, perseguidor sexual por periodos en los que no hacía más que singarme a toda hora, sin preguntarme si yo tenía deseos o no. ¡Pero después te metías semanas enteras en esta cueva de cangrejos y ni te acordabas de mí! Asqueada estoy de tu existencia irreal, Nicotiano, porque tú no existes, tú no eres un hombre de carne y hueso y yo quiero enraizarme en la existencia. Yo quiero tener una vida normal, aquí y ahora. Yo quiero tener a mi lado un hombre que no sea un neurótico insufrible como tú, que no duermes nunca, coño, ¡vete a un jodido manicomio!, que si respiro un poco junto a ti te despiertas y después, para colmo, tengo que velar tu sueño. Y la oscuridad tiene que ser absoluta, y el silencio tiene que ser sagrado. ¡Un murciélago chupasangre es lo que eres! Trece años soportándote y ya el límite llegó. Trece años mirando la TV a escondidas, porque el genio supremo desprecia la TV con el aplauso de su querida tía.

Sudando a chorros, Nicotiano no lograba poner un poco de orden al menos en sus emociones, porque pensamientos no tenía ninguno. Mireya estaba como en trance, tenía las mejillas ardiendo y los ojos desorbitados.

—Estoy enamorada de otro hombre, para que lo sepas. De otro hombre que sabe flirtear de veras y que sabe cómo se corteja a una mujer. Un hombre que ha irrumpido en mi vida como un chorro de energía y de frescura, un hombre que se ha interesado por mí, justamente por mí y a quien le gusto por lo que soy, tal como soy, y me ha hecho sentir importante, atractiva... Y he comido con él en restaurantes, y le he contado todas mis desgracias contigo y él me ha escuchado y me ha entendido y me ha consolado, porque él también es un alma descarriada que tiene sed de una compañía como la mía... Él es, para mí, como una obsesión... Él representa la seguridad, la normalidad, lo deseable. Tú representas todo lo que ha quedado atrás. Él me hace sentir única, él es mío, algo sólo para mí, para mí, para mí, algo en lo que tú no puedes inmiscuirte, algo en lo que tú no eres capaz de influir. Y tendré hijos con él, ya lo verás. Y serán hijos que hablarán en inglés y jamás les contaré nada de Cuba, ¡Cuba no existe!

Entonces se le acercó, desafiante, y le dijo con un gesto altanero:

—Sí, no tengo escrúpulos, no tengo la más mínima consideración contigo. Y si me va mal con él, pues no me importa. A mis treinta y cinco años he redescubierto mi sexualidad, mi tremenda potencia de atracción sobre los hombres. Ahora sé seducirlos con sólo mirarlos, sé inquietarlos, sé hacerles ver que los busco, tengo hombres a quienes podría capturar y metérmelos aquí, entre las piernas. Sí, no pongas esa cara de imbécil que no sabe nada del mundo, estoy dispuesta a usar mi sexualidad *contra ti* para denigrarte, para humillarte, *para ser yo una persona humana independiente y apreciada.*

Entonces Mireya, como una fiera, se abalanzó sobre él y lo golpeó en la cara. Él retrocedió, ofuscado, pero al instante le devolvió el golpe.

—¡Voy a ser feliz, cooooño! —gritó ella desgarradoramente—. ¡Adiós, adiós a La Isla del Cundeamor!

—Mireya, por favor —suplicó él.

Ella se volvió y su rostro estaba desfigurado por la rabia y el llanto.

—Qué quieres.

—No te vayas. Sin ti yo no soy más que un escultor.

—¿Y conmigo qué carajo eras, Nicotiano?

—Un hombre —dijo él.

Mireya le dio la espalda y salió corriendo del taller. Entonces Nicotiano se recostó al bogavante de las raíces-patas peludas y dijo lastimeramente:

—Pero yo te quiero tanto, Mireya... Qué ha pasado, qué ha pasado...

Y se agachó y se hizo un ovillo, estrujándose el cuerpo por fuera tal y como lo sentía por dentro. Nicotiano empezó a llorar, y durante un largo rato no fue capaz de pensar en nada. Trató de recordar las causas, las invectivas, la estructura de la venganza, la frustración, el resentimiento o el fracaso, pero no recordó nada concreto, no alcanzó a articular un solo pensamiento. Era tal la presión que sentía en el pecho y la garganta que por un momento le pareció que se iba a morir. Así debería ser la muerte, un peso rojo oscuro en la cabeza, un torbellino de ansiedad y una imposibilidad de existir. Una parálisis. Permaneció así mucho tiempo, crispado y llorando sin poder respirar casi, y cuando levantó la vista descubrió, como el que sale de un espejismo para entrar en un hechizo, las bragas blanquísimas de Mireya en la mesa donde habían hecho el amor. ¿Era una alucinación, un producto de su angustia? No. Allí estaban, en efecto, los blumers de Mireya. Nicotiano se supo aniquilado. ¿Lo habría hecho por perfidia, para martirizarlo todavía más, para atormentarlo hasta la muerte? Nicotiano se levantó y se acercó a aquel amado pedacito de tela, pero no se atrevió a tocarlo; se inclinó ante aquella pieza de ropa interior con una ternura agrietada y el gesto de un niño que va a oler una flor. Y besó el calor reminiscente de aquella intimidad, el olor tenue y delicioso, conocido hasta la saciedad pero indescriptible, de la mujer que había sido toda su vida de adulto, ella, Mireya, su Mireya, la poca vida entrañablemente feliz de su exilio, de su desarraigo, de su mierda, de su nada, de su morbidez, de su vacío, como había dicho ella. En realidad, la única mujer de su vida, el símbolo de los únicos momentos de verdadera felicidad desde que se fuera de Cuba, y ahora lo comprendía: como en todas las cosas decisivas, la comprensión llegaba demasiado tarde.

Cuando Mireya salió del taller le dolía la cabeza a reventar y tenía náuseas. Era como si acabara de apearse de un carrusel vertiginoso que le hubiera revuelto las entrañas. Ella no lo sabía, pero todo el tiempo que ella y Nicotiano estuvieron dentro, Kafka se mantuvo de guardia en la puerta del taller para evitar que alguien pudiera entrar de improviso. Cuando vio al perro con sus ojos melancólicos, se agachó un instante y le dio un abrazo y un beso. Kafka no dijo nada.

—Adiós, Kafka —musitó, y fue como si se despidiera una vez más de Nicotiano.

Al bordear de nuevo la piscina, para entrar en la casa y recoger sus pertenencias más importantes, sintió la voz de Guarapito que la llamaba y se le acercaba como un huracán. En un santiamén lo tuvo al lado, vociferando:

—¡Puta! Acabo de enterarme de todo en un restaurante de Ocean Drive. Se lo voy a decir a Nicotiano para que te mate a puñaladas. ¡Perra!

Guarapito estaba tan elegante como siempre. Llevaba unos pantalones claros de hilo, mocasines playeros, un saco de lino color mantecado y una camisa estampada de Dior. Gafas negras y un sombrero jipijapa. En el pecho, la gruesa medalla de la Virgen de la Caridad. Por debajo del sombrerito se le salía el eterno rabo de caballo. A Mireya le caía bien Guarapito. Era el más jovial de todos, el menos complicado. Era un poco zoquete pero no tomaba nada en serio si no lo obligaban, y eso a Mireya le gustaba por contraste con Nicotiano, para quien todo tenía un trasfondo oscuro, múltiples interpretaciones que nadie más que él entreveía y significados indescifrables que lo sumían en pensamientos atormentados. Guarapito se gastaba un dineral en ropas sin lograr jamás pasar del aspecto gangsteril-guaposo de un cubiche de mal gusto. Pero Guarapito era, en realidad, su único amigo en la Crabb Company. Bartolo era distanciado, nada comunicativo y algo estúpido; Sikitrake era sencillo y respetuoso pero se parecía a Nicotiano en que era demasiado serio. Por un fugaz instante, a Mireya le dieron deseos de tirarse en los brazos de Guarapito y buscar consuelo en aquel hombre-chiquillo. Pero no pudo hacerlo, porque ahora él la zarandeaba con lágrimas en los ojos y le decía:

—Cabrona, eres una mierda y yo que tanto te quería, ¡Mireya, eres peor que una puta! Porque las putas dan el culo por dinero pero tú, tú, ¿por qué se lo has dado a ese comemierda? ¿Por qué has traicionado a Nicotiano como si no valieras ni un pepino?

Los jóvenes, más tristes los dos que furiosos, forcejeaban al borde de la piscina. Mireya se retorcía agresivamente para zafarse, pero de pronto Guarapito la soltó.

—Vete, coño, nadie te retiene. Acaba de irte. Yo a una mujer como tú no quiero ni tocarla.

Como si lo que acababa de decir le doliera demasiado, Guarapito cerró con fuerza los puños y se tapó los ojos.

—Es como si se me hubiera muerto una hermana. ¡Hacerle esto a Nicotiano! Porque a pesar de sus defectos y sus comemierderías, es el más limpio, el más gente de todos nosotros, el más ser humano de verdad, el más servicial, ay, Mireya... vete, vete de aquí, tú eres una sinvergüenza.

Guarapito le dio la espalda y Mireya, dando un grito estremecedor, lo empujó violentamente y lo tiró a la piscina, con saco de lino y jipijapa y mocasines y todo. Yo acudí corriendo y conduje a Mireya hacia el interior de la casa, después de gritarle a un Guarapito empapado que le prohibía terminantemente que nos molestara.

—Ven, hija, que necesitas calmarte.

—Tía, usted lo sabe todo, ¿verdad?

—Casi todo.

—Pensaba contárselo hoy.

—Radio Bemba llegó primero.

—Perdón, tía, perdón.

—Es tu vida, Mireya. Aquí siempre me tendrás a tu disposición. Firme y tuya.

—Estoy enamorada, tía.

—Adelante, Mireya, si estás segura, a todo tren.

—Déme un trago, tía, algo bien espeso, que me dé fuerzas.

Le preparé un Henry Morgan. Ron añejo, crema Baileys, crema de cacao y hielo. Bien batido. Se lo serví en una copa de champán, espolvoreado con más canela de la cuenta. Mireya bebió.

—Ayúdeme a recoger las cosas, tía.

—Cuando tú quieras.

—Qué rica la canela —y empezó a sollozar, ahora débilmente.

—La canela —dije yo para distraerla— es tónica y estimulante. En los funerales de la Emperatriz Popea, Nerón hizo quemar más canela que la que toda Arabia producía en un año.

—Cómo la voy a echar de menos, tía...

—Llama cuando puedas.

—Tía.

—Dime.

—Yo quiero a Nicotiano —y lloró en pequeños espasmos.

—Ya lo sé, hija. Lo estoy viendo clarito.

—Pero no lo soporto.

—También lo estoy viendo.

—Me da miedo todo esto, tía.

Mireya eructó.

—Bebe, bebe.

—Lo quiero pero no lo aguanto. Cuando estoy lejos de él, siento como un vacío horrible en todo el cuerpo y no atino a hacer nada bien. Estar con el otro es lo único que me alivia. Yo quiero ser como todo el mundo, tía...

—Ojalá que lo logres. Recuerda que no todo el mundo puede ser como todo el mundo.

—Ése debe de ser el caso de Nicotiano. Por eso me repugna.

—Has elegido un camino. Síguelo con decisión. Olvida a Nicotiano y mantente lejos de aquí; para qué hurgar en las heridas, para qué hacerlo sufrir más.

—Nicotiano enturbió mi vida.

—Nicotiano estuvo siempre, desde pequeño, como amenazado por un destino sombrío. Es como si su futuro no pudiera ser otro que un viento de adversidad que un día lo va a arrasar. Ojalá que sobreviva tu ausencia.

—Es mejor que meta las cosas en las maletas y me vaya. No quiero que Nicotiano venga y dé pie a un espectáculo.

—No vendrá. Mientras Guarapito te importunaba, Nicotiano cogió su auto y se largó. Supongo que se fue a la playa, al mar. Vi que llevaba una libreta, un lápiz y una botella de ron. Hacía mucho que no lanzaba mensajes al mar.

—¿Al mar? ¿Como los náufragos?

—Creí que tú lo sabías. Siempre que alguna pena lo atormenta lanza mensajes en botellas al mar. Ignoro qué es lo que escribe, ni a quién se cree que las envía. Cartas al pasado, quizás.

—Todo Nicotiano es una puñetera carta al pasado, tía.

—¿Sabes cuándo fue la última vez que lanzó un mensaje al mar?

—Ya no me interesan sus extravagancias.

—Fue cuando los médicos establecieron, con toda seguridad, que tú no podías tener hijos. Anduvo un tiempo desgarrado, no dormía, apenas ingería alimento alguno.

—Me está quemando las entrañas, tía. Ya verá que mi supuesta esterilidad era una tara síquica. Con mi nuevo amor tendré muchos hijos. Yo tengo que afincarme en una realidad, tía, no puedo seguir viviendo en la era imaginaria de Nicotiano. Miami es mi medio ambiente y como tal lo acepto; basta ya de verborrear sobre Castro y sobre Cuba, basta ya de despreciar la vida del exilio y de soñar con un regreso que es una quimera.

—Adelante, Mireya.

—Y ya verá que Nicotiano no me va a extrañar. En un dos por tres se echará a otra mujer.

—Ojalá.

—¿Ojalá, tía?

—Tú lo has engañado y lo has dejado. No te critico, pero bien sabes que no se puede estar en misa y repicando. Sinceramente, Nicotiano me da un poco de miedo. Te quiere demasiado.

—Pues bastantes años que lleva sin demostrármelo. Ahora, que se joda. Que se mate por mí si le da la gana.

—Mireya: ahora que tú te vas, Nicotiano es lo único que me queda...

—No es verdad. Usted siempre tendrá una estrella que le alumbre el camino. Y si no la tiene, la manda construir en el cielo, especialmente para usted. ¡Si yo no conociera a la tía Ulalume!

—¿Quieres mucho a tu amante?

—Él me dio la fuerza para desgajarme de ustedes y ser una mujer independiente. Con usted puedo ser sincera... sexualmente, Nicotiano me da más que él. Por más que trato de encenderlo, es... un hombre muy soso, es como intentar darle candela a algo que está mojado. Pero...

—¿Pero?

—Pero con él siento que significo algo. No es como con Nicotiano, que ya parece tenerlo todo. Es un juego, tía, es una obsesión que me da una gran sensación de seguridad.

Subimos al cuarto e hicimos unas maletas con lo más imprescindible. Cocorioco le llevaría el resto.

—Acaba de irte, hija.

—No me diga hija; yo soy Mireya.

Ya iba a meterse en el auto cuando se apareció Kafka.

—Parece que quiere despedirse de ti, Mireya.

El perro se le acercó. ¡Traía en la boca nada menos que la íntima y pequeña pieza de ropa interior que Mireya había olvidado en la mesa del último acto de amor con Nicotiano!

—Recuérdelo, tía, no vuelva a decirme hija nunca más: yo soy Mireya, coño. ¡Yo soy Mireya!

—Creo que debemos respetar a Nicotiano. Todos tenemos derecho a cultivar la desesperación y expresar, según la propia idiosincrasia, nuestro dolor.

—Bah. Qué desesperación ni qué mameyes blancos, Hetkinen, eso es debilidad pura e incomprensible en un tipo cojonudo como es Nicotiano. ¿Qué es eso de andar por ahí lloriqueando y sufriendo? Lo que debería hacer es cagarse en ella y pal carajo.

—Guarapito, tú lo tiras todo a choteo. Y ya sabes lo que Ulalume piensa del choteo: que sirve para hacer la vida más llevadera pero también para cretinizar a los demás y reprimir a los que, de una forma o de otra, disienten. La burla tiende a aplastar las expresiones auténticas de sentimiento o de pensamiento. Yo tomo muy en serio la capacidad regeneradora del sufrimiento.

—Porque eres finlandés.

—Tú te escondes tras una máscara de indiferencia. Pero yo te aseguro, Guarapito, que la angustia puede hacer milagros en los hombres.

—Y en las mujeres, Hetkinen. Milagros de descaro y putería.

—Tú hablas como si fueras un hombre inmaculado.

—En Cuba, muchos hombres asesinan a sus mujeres si ellas les pegan los tarros.

—En Finlandia también y en todas partes, porque el despecho y la ceguera de los celos no tienen patria.

—Pero ustedes, por aquellos fríos, son más callados y locos para adentro. Nosotros somos locos hacia afuera.

—Sé de muchos hombres que, abatidos y con la mente y el alma enturbiadas por el alcohol, salen al bosque una noche y se cuelgan de algún abeto.

—Eso, Hetkinen, yo siempre me imaginé que los bosques de Finlandia estaban repletos de hombres desdichados colgando y con la lengua fuera. Pero en Cuba nadie se ahorca por una ingrata. Recuerdo, de chiquillo, el caso de un vecino mío cuya mujer se fue de pronto con otro. Él sabía que ella regresaría pues tenían un hijo chiquito, la tipa se fue inesperadamente con un camionero de otra provincia y todo el barrio se quedó en vilo. ¿Qué iba a pasar si ella volvía? En el mismo instante en que ella se fue, el marido abandonado empezó a afilar todos los días su machete. La gente lo sabía, el hombre madrugaba, desayunaba, mandaba al niño al colegio y antes de irse al trabajo se ponía a afilar concienzudamente el machete. Todo el mundo lo sabía y lo comentaba, pero nadie hacía nada. Aquello era como una tempestad, que se forma y se desata sin que nadie pueda evitarlo. El tipo volvía de su trabajo, aparentemente tranquilo, se bebía media botella de ron y seguía afilando su machete. Una mañana, ella se apareció y dijo: «He venido a ver al niño.» Todavía recuerdo —mira cómo me erizo al contarlo— el charco de sangre en la sala, las salpicaduras en las paredes y la cabeza de la mujer en una butaca, porque allí fue a parar.

—Nicotiano no es de los que afilan su venganza.

—No, él no. Pero quién iba a decir, Hetkinen, que ella sí era de las que afilan y afilan su venganza durante años, para al fin encajarla por la espalda.

7

De momento, Betty Boop no supo qué hacer con su victoria. Burruchaga estaba definitivamente fuera de su vida y ella había puesto en alto la bandera de su dignidad, pero ahora tenía por delante lo peor, quizá el descenso irremediable hacia el aniquilamiento. Cómo hubiera querido llamarse Olvido, o Soledad, o simplemente Miseria. Pero a pesar de la sensación de irrealidad que la embargaba, ella era Betty y tendría que hacer algo por su vida. Estaba tirada en la cama de su apartamento y se sentía como un pescado ablandándose en el calor.

—Betty, niña —se dijo cariñosamente—, no puedes podrirte aquí como una cherna vieja.

Entonces se incorporó y buscó la lista que configuraba su destino pos Regreso, pos Burruchaga, pos Fuñío, pos Castro y pos todo. Y Betty Boop empezó a tomar decisiones.

Metió en una maleta alguna ropa, zapatos y los adminículos de tocador. Llamó a la policía y declaró desaparecido a Fuñío. Respondió todas las preguntas con aplomo y claridad. Cuando le preguntaron por su dirección y número de teléfono, buscó rápidamente en la Southern Bell y dio las señas del hotel Waldorf Towers: 860 Ocean Drive. Se dio una larga ducha, se puso un vestido de colores sobrios pero alegres y se dirigió a la tienda de Mr. Kupiec en la Washington Ave. Por el camino compró el *Miami Herald* —cosa que nunca hacía— y ojeó ansiosamente las noticias ya que una vaga racha de esperanza había pasado por su mente: ¿y si Fidel Castro se hubiera caído la noche anterior y Cuba hubiera amanecido libre y soberana? ¿Y si a Castro le hubiera pasado como a Ceaucescu, si lo hubieran recostado contra un muro, el del Malecón quizá, y pang, pang, pang, al diablo con el comunismo en el Caribe? Eso hubiera iluminado un poco su destino. En el revolico de una Cuba pos Fidel ya hubiera encontrado ella algún huequito donde meterse. ¿Quién sabe si gracias a la experiencia gastronómica que había adquirido en El Regreso, a la hora de volver la hubieran hecho gerente de algún McDonalds en La Habana, en Camagüey o en Matanzas? Pero Fidel era como el macao, habría que darle mucha candela para que saliera del caracol, y el *Herald* no informaba más que de las eternas y enconadas rencillas entre los grupos opositores del exilio, cada uno de los cuales se atribuía las aportaciones más trascendentales en la lucha por liberar a Cuba del comunismo.

Betty se detuvo. ¿Qué había visto en el periódico? Una cara conocida... Rebuscó entre las páginas y vio la foto de una señora de muy buen aspecto, simpática, de sonrisa amable y mirada segura.

—¡Dios mío pero si es Ulalume!

Era yo. Me hacían una entrevista acerca de los planes y maniobras de la Transacción Cubano Americana para adueñarse de La Isla del Cundeamor, desalojarnos y convertirla en un emporio de casinos y de hoteles. El encabezado rezaba: LA SEÑORA ULALUME ASEGURA QUE LA CRABB COMPANY JAMÁS ABANDONARÁ LA ISLA DEL CUNDEAMOR.

Betty leyó la entrevista de un tirón.

—Ay mira qué linda está Ula —dijo llena de admiración, parada en medio de la acera de la Washington Ave—; cuánto me ayudó al principio, cuando llegamos y ella tenía una posición económica mucho más holgada que la nuestra... Nos hicimos amigas, salíamos a comer juntas, conversábamos y nos reíamos... Después ella se abrió paso en la vida, mientras que yo me achanté y empecé a bajar a las cuevas de la ruina...

Y le pasó por la mente buscarme y pedirme ayuda una vez más, pero su orgullo exacerbado le impidió hacerlo. ¿Mostrarme su fracaso, su pobre estado preindigente?

Siguió su camino hacia el timbiriche de Mr. Kupiec.

El comerciante dormitaba en su sillón de mimbre, con un libraco de páginas amarillentas en el regazo; delante de él, una gran taza de té a medio beber. Tenía las piernas cruzadas sobre un enorme buró descascarado, vetusto y desahuciado como todo lo que había en su tienda: objetos de metal oxidado como cuchillos, tijeras, herramientas, cerrojos, machetes, llaves. Había innumerables instrumentos de música, la mayoría inservibles: mandolinas sin cuerdas, trombones manchados como si padecieran de herpes y unos cuantos violines cuyas cajas semejaban sarcófagos de niños momificados. Un grupo de nueve contrabajos medio rajados eran un público arrinconado de señores gordos y cariacontecidos, que miraban a Betty con ojos extraviados. Recostada a uno de ellos, una grácil balalaica con incrustaciones de nácar parecía una niña pobre en busca de protección y ternura. Betty vio las brújulas de norte indefinido, las balanzas de fiel despistado y un montón de candelabros judíos que se ramificaban erguidos como un pequeño bosque sin hojas. Y los aparatos de radio, rechonchos y nostálgicos, de madera barnizada y bombillos grandes como bolas de navidad; eran radios del tiempo en que Betty era una chiquilla y su padre oía Radio Reloj. También había muchas ollas, infiernillos y faroles, así como gran cantidad de cubiertos que parecían destinados a una cena de fantasmas. A Betty le dieron una impresión muy opresiva las muñecas, amontonadas y con los miembros descoyuntados como después de una masacre, abolladas, lúgubres, con los ojos en blanco y medio calvas. En un escaparate de turbia vidriera estaban las estampas y estatuillas religiosas, Santa Bárbara, la Virgen de la Caridad del Cobre,

Jesucristo crucificado, martirizado y ensangrentado hasta la náusea en todos los tamaños. Los cachivaches se amontonaban en una atmósfera malsana, de telarañas y seguramente alacranes en las gavetas atiborradas de estetoscopios y prismáticos, de ojos de vidrio y de zapatos viejos, y a Betty le dio un poco de miedo estar allí sola, casi como un objeto más de segunda mano, frente a aquel hombre sudoroso que ahora roncaba con sonido de tractor. Betty observó el título del libro que el hombre tenía entre las piernas: *La Sagrada Biblia.*

—Buenos días, Mr. Kupiec.

El hombre paró su farragoso roncar y se desperezó rápidamente.

—¿Qué se le ofrece?

Betty no anduvo con rodeos:

—Una ganga: venderle todos mis bienes terrenales.

Kupiec no hizo comentario alguno. Puso el libro en el buró y la escrutó con unos ojillos que eran demasiado vivos para su cara pálida de gordo de ultratumba, una mirada que se demoró más de la cuenta en una zona que iba desde las rodillas hasta las tetas de Betty Boop.

—¿Todo?

—Todo lo que tenga un precio —respondió ella y bajó la vista.

—Todas las cosas tienen un precio, señora; el único que es impagable es el precio *afectivo* de las cosas.

Kupiec se puso de pie. Era de baja estatura, cincuentón y con una barriga considerable. Tenía el pelo rojizo y despeinado en una maraña que a Betty le pareció atractiva pero que tal vez hediera. Pero no, recapacitó Betty Boop, mirándolo bien no era sucio a pesar de la sordidez del local, y tenía algo en la boca que a ella le agradó. Sin saber por qué, a Betty se le ocurrió que Mr. Kupiec era un señor habituado a mentir educadamente.

—¿Posee usted muchas cosas valiosas, señora?

La última palabra la pronunció en español. Betty trató de concentrarse para dar la impresión de que era una mujer serena, que sabe lo que hace.

—Está usted un poco nerviosa —la defraudó el comerciante.

—Creo... que sí poseo muchas cosas de gran valor.

—¿Valor afectivo, o efectivo?

—Venga conmigo a casa —respondió ella tajante— y compre lo que le interese.

Mr. Kupiec procedió a cerrar su timbiriche con movimientos reflexivos y arrugas de escepticismo, como dando a entender que aquello no valía la pena pero que igual lo hacía para ayudar a la interesada. Fueron en la camioneta de Kupiec, y por el camino él dijo que le parecía haberla visto antes, sí, quizás en su tienda, ¿no le habría comprado ella algún objeto alguna vez, o acaso se equivocaba? No, no se equivocaba; en lo de Kupiec había adquirido Betty los santos de segunda mano de su altar. Pero no dijo nada.

Cuando estuvieron en el apartamento, Kupiec sacó una libretica y empezó a tomar notas de un modo algo distraído, con aire de estudiante que toma notas en un museo, mientras daba vueltas por la habitación. Al fin, con un largo suspiro, Kupiec se dejó caer en la poltrona de Fuñío. Miró a Betty sin entusiasmo y le dijo, como el que da un pésame:

—Señora, le doy doscientos dólares por toda esta basura.

Betty Boop emitió un gritico, e inmediatamente un grito de verdad que se ahogó con una mano, pero Kupiec no se inmutó. Cuando logró articular palabra, ella dijo:

—Extorsionador... Eso es un robo, carajo. ¿Esa limosna por todo esto? Mi cama, mis muebles, mis adornos, mis equipos electrodomésticos?

—Señora, lo siento; pero sus adornos se reducen a unos pocos búcaros descascarados y a un par de figuritas de escayola sumamente ridículas. Las plantas no se cuentan; no las puedo tener en la tienda porque se secan.

—Usted es un hombre sin corazón, un merca- chifle y un usurero de pésima calaña.

—Sus «equipos electrodomésticos», señora, se reducen a una batidora vieja y una tostadora de pan. El aparato de radio y el televisor son tan malos que habría que pagarle a alguien para que se los llevara.

Betty tragó y tragó sin responder nada. Se había hecho ilusiones vanas. El dinero que le ofrecía le alcan- zaría para vivir a lo sumo dos días en el Waldorf, lo cual desmantelaba su plan: deshacerse de todo cuanto poseía y con el dinero vivir una temporada, lo más larga posi- ble, en el hotel. Cuando se le acabara la plata, se metería en el mar una noche para matarse o se uniría a la negra pordiosera: desaparecer de Miami sin dejar huellas.

La evidencia de ser una perdedora de la vida se hizo de pronto más fuerte que su autoestima. Ya, no había más vueltas que darle: después de tantos años de exilio eso era lo que valía: 200 dólares. Tantos años de lu- cha diaria y de añoranza de cosas inasibles o perdidas, para al fin terminar a precio de liquidación.

—¡Si se cayera Fidel Castro, al menos alguna oportunidad tendría!

—¿Perdón, señora? No la escuché.

Betty se sentó en la cama y empezó a llorar. De furia contenida pero también de vergüenza y de impoten- cia. Kupiec la dejó llorar un ratico y aprovechó aquella pausa en los negocios para revisar sus apuntes. Quizá hubiera sido demasiado generoso... ¿Doscientos dólares?

Betty dejó de llorar y lo miró como si en el próxi- mo instante fuera a estrangularlo. Pero no lo estranguló; se desabotonó de un tirón la blusa y dejó libres, ante los ojos atónitos de Mr. Kupiec, sus tetas de hembra madu- ra y de apetitosos pezones oscuros. Así permaneció, sin pestañear, tentadora y sofocada, hasta que los ojos de Mr. Kupiec empezaron a ponerse codiciosos.

—Mil dólares por todo —dijo ella—. Óyelo bien: por *todo* lo que poseo.

—¿Todo, señora?

Betty empinó las tetas en un gesto de depravado ofrecimiento. Kupiec pasó una mano incrédula, de avidez mal contenida, por uno de sus pezones. Su voz tembló y su boca se fue acercando a aquella turbia rosa.

—Mil por todo lo de este apartamento —propuso el mercader chupando ya— y por todo lo de este cuerpo una vez al día durante un par de meses.

—Mil ahora —respondió ella fingiendo que gemía— y veinte dólares cada vez durante un mes.

—Mil ahora —regateó él metiendo la mano para agarrar las nalgonas y acariciar la pelambre vaporosa— y diez cada vez —aquí se sacó el pezón de la boca porque no se entendía lo que decía— durante un mes.

—Pórtate bien y te daré muchísimo gratis, Kupiec, quiéreme un poquito y protégeme, pero ahora desvístete que voy a tapar a los santos.

Betty cubrió el altar con una sábana blanca, para que sus santos amados no presenciaran la profanación de su cuerpo. Lamentablemente, en la prisa y la confusión San Lázaro quedó medio descubierto, así es que tuvo que ver, como un mirón en contra de su voluntad, aquel acto acalambrado que nada tenía que ver con el amor. Una vez concluido, sin embargo, Betty sintió cierta afección por Kupiec. El usurero se había venido rápida y fragorosamente, con pitidos de locomotora y ronquidos de buldozer, sin darle el más mínimo goce, pero había algo en él que le inspiraba ternura, una especie de desvalimiento inapelable que guardaba una secreta similitud con el suyo propio.

Betty propuso que se dieran una ducha juntos, ya que le encantaba retozar enjabonándose mientras el agua caía, pero sólo pudo comprobar que su nuevo amante, cliente y comprador de sus bienes terrenales se había quedado profundamente dormido. El hombre

yacía en la cama como un paracaídas desinflado, y Betty
ni siquiera intentó revivirlo. No tenía el cuerpo feo,
pero sí poca energía en él. Betty le registró los bolsillos.
En la billetera no tenía más que cinco dólares el muy
avaro, y Betty se apoderó de uno. Encontró también una
foto de Kupiec, algo más feo que ahora por ser más
joven. En otro bolsillo encontró un pañuelo, por suerte
limpio e incluso algo perfumado. Betty escondió todo
aquel botín en el ajustador.

Y lo despertó a besos. Kupiec no entendía cómo
una puta podía ser capaz de semejante despliegue de afecto, pero con mucho gusto se quedó en la cama recibiendo
aquellas caricias íntimas y gratuitas, casi amorosas de verdad, caricias no contempladas en ninguna de las cláusulas
del contrato que establecía los límites de su relación, pues
se sintió merecedor de aquel trato especial. Kupiec pensó
que si aquella puta lo trataba tan tiernamente, casi tan
apasionadamente, con toda seguridad era porque su
manera de singarla había sido excepcional.

Después Kupiec se marchó y estuvo tantas horas fuera, que Betty empezó a temer una traición. Pero
al cabo regresó con dos hombres que, sin pronunciar una
sola palabra, se llevaron a cuestas todas las pertenencias
de Betty, los santos incluidos. Cuando el apartamento
quedó vacío ya era casi de noche. Betty sacó entonces
unas velas que tenía en una bolsa. Kupiec, sin saber por
qué, había comprado unas Michelob que ahora bebían
sentados en el suelo, cada cual en un rincón. Betty
encendió las velas en la penumbra, colocándolas en el
centro del cuarto.

—¿Por qué enciendes velas si ya te vas de aquí?

—Uno enciende velas para fortalecer la fe.
Cuando la vida nos maltrata es beneficioso encender
velas; cuando caemos en el abismo del vicio o la perdi-
ción y anhelamos redimirnos; cuando nos traicionan o
cuando hemos traicionado, porque la traición envilece
siempre. Cuando la noche cae y la soledad es más fría, es

bueno encender velas para que sus llamitas parezcan un sostén de la existencia.

—Qué bonito es todo eso que has dicho —dijo Kupiec un poco aletargado por las cervezas. Después se quedó mirando el tenue danzar de las llamitas y guardó un silencio litúrgico. Si aquella mujer no era una puta, estaba medio loca; si no estaba medio loca...

—Observa los colores de las velas, Kupiec. Todos tienen su significado preciso. La rosada es el símbolo de la mujer, o sea yo. La verde, el de la esperanza, o sea tú. La vela roja es símbolo de deseo ardiente y la blanca el símbolo de la pureza. La vela amarilla es la humildad pero también es la vela de la Virgen de la Caridad del Cobre, Patrona de Cuba. La Señora de la miel y de los dulces, la guardiana del mar y la solucionadora de todos los conflictos amorosos. Tampoco es una casualidad que yo haya prendido, separadas, las velas blanca, roja y azul (la azul es un tributo al cielo), ya que *son los colores de la bandera cubana*. Eso también infunde fe en medio del dolor.

Kupiec se sentía un poco hechizado. Las Michelob sucesivas, el rosario de locuras tiernas que la voz de Betty parecía rezar en la penumbra y el titilar mágico de las velas lo tenían aletargado y gozoso.

—Los cubanos son una estirpe difícil —dijo—. Ustedes y nosotros, los judíos, nos parecemos al menos en nuestro nacionalismo demencial.

—¿Dónde están mis primeros mil dólares? —indagó Betty.

Sin salir de su estado de beatitud, Kupiec se echó a reír. Sacó un fajo de billetes flamantes, diríase que almidonados y para Betty impresionantes, y se los dio. Nunca había tenido Betty Boop mil dólares juntos en la mano.

—Cuéntalos —dijo Kupiec.

—No hace falta, cariño. Confío en ti.

Betty puso a un lado el dinero y besó largamente a Kupiec. Hicieron el amor en el suelo, ahora con un poquito más de humanidad. Kupiec ni siquiera pensó en que aquello era gratis, pues se sabía merecedor de aquellos favores.

No fue difícil conseguir habitación en el Waldorf. Al hacer la reservación, Betty se comportó como una mujer de mundo. Adelantó el pago de tres días. Cash.

—Después ya veremos —y se instaló.

El Waldorf era un hotelito de dos pisos, bastante feo por dentro pero acogedor. Había sido recién restaurado y tenía, como tantos edificios de la zona, una nostalgia de los años treinta. A principios de los ochenta, antes de que renaciera el modernismo utilitario del *Art Deco District,* estaba casi en ruinas, con la fachada descascarada y la graciosa torre redonda, como un minifaro de neón en la esquina de 8 y Ocean Drive, a punto de desplomarse. Pero ahora, después de remozado, era un primor o al menos así lo veía Betty. En realidad hubiera podido elegir cualquier hotel del Deco District, cuyos pequeños prodigios de arquitectura estaban desperdigados por las avenidas Collins, Washington, Pensylvania, Euclid, Meridian, Jefferson y Michigan, pues los goloseaba a todos ya que le parecía que hospedarse en cualquiera habría sido como meterse dentro de un *cake*. En sus paseos solitarios (siempre con la esperanza de hallar inesperadamente a Fuñío) Betty encontraba, ya fuera en la Española Way o en el Lincoln Road, hoteles casi comestibles, postres color pastel con innumerables detalles de escayolería merengosa. Claraboyas gorditas y cornisas graciosas, hipocampos y delfines de mentirita en un agradable juego de geometrías de repostero bajo el sol brillante. Pero el Waldorf era único por su torrecita-minifaro que, de noche, se iluminaba con una juvenil cinta de neón azul que enternecía mucho a Betty Boop.

Durmió mal la primera noche. Al otro día abrió la ventana y le gritó al mar (a Cuba) que todavía la Betty no se rendía. Hacia el norte, el cielo se había enfermado. «Agua, que va a llover —pensó— y tú tienes, nena linda, muchísimo que hacer.»

Betty se desnudó. Puso en el centro de la cama el dólar, la foto y el pañuelo que le había robado a Kupiec, y sacó de su maleta una vela amarilla en ofrenda a Ochún y cinco clavos oxidados que se había robado de un cajón en la tienda de Kupiec. Sacó después una vieja foto suya y de Fuñío y la partió en dos mitades. La imagen de Fuñío la tiró al retrete, haló la cadena como quien teme ensuciarse las manos y volvió a la cama. De rodillas, justo debajo de su sexo, puso la imagen suya junto a la de Kupiec. Clavó las cinco puntillas en el pañuelo que le había robado, rompió el dólar en cinco pedacitos y entonces lo juntó todo y lo roció con cinco gotas de su perfume habitual más cinco gotas del *Perfume de los Siete Machos.* Como si estuviera introduciéndose una verga en su sexo, Betty bajó despacio su cuerpo hasta cubrir todo aquello con su bollo desnudo. Entonces prendió la vela amarilla en ofrenda a Ochún. Estuvo así un rato, con los ojos cerrados, como una gallina sobre un huevo. La cera de la vela le quemó la mano y las puntillas estaban frías, una casi se le mete en la vagina. Betty alzó aún más la vela encendida y dijo con unción, siempre sin abrir los ojos:

> *Así como arde esta vela, yo quiero que su corazón arda de amor POR MÍ. Que no haya camino que no lo lleve irremediablemente A MÍ. Que no haya sueño en sus noches donde no aparezca YO. Que no tenga una sola erección que no provoque YO. Que se beba MI CUERPO en la claridad de las Michelob y en el ámbar del té. Mío será y solamente mío en contra de todos los augurios y aun en contra de su voluntad.*

Una vez que hubo repetido esto cinco veces, que es el número sagrado de Ochún-Virgen de la Caridad del Cobre, amarró el pañuelo, los clavos y las fotos con una cinta amarilla, y guardó el paquetico en la maleta bien envuelto en una de sus bragas.

—Kupiec, te jodiste —dijo en tono desafiante—: has quedado amarrado a mí por el resto de tus días.

Afuera empezó a tronar y Betty se asomó, todavía en cueros, a la ventana. El mar estaba atormentado de rayos y centellas, el horizonte no se veía y Betty se sintió estremecida y feliz por aquellos signos favorables. No cabía duda de que aquel temporal era la respuesta categórica de Ochún: Kupiec era suyo.

El aguacero era de una violencia sostenida y no hacía frío, en Ocean Drive las matas de uvas caletas se debatían y sonaban como si muchas manos estuvieran azotando a algún inmenso animal que no se veía. Los cocoteros parecía que iban a perder sus penachos. Masas de agua corrían por la calle y los autos se movían como barcos.

—¡Inunda a Miami Beach, virgencita! —invocó Betty Boop.

Desde la ventana, divisó a alguien que avanzaba a duras penas bajo una sombrilla de colorines. Betty pensó que el temporal iba a echar a bolina la sombrilla, elevándola al cielo tumefacto. La lluvia era como un enorme mosquitero que enturbiaba la visión de las cosas, pero Betty reconoció aquella sombrilla.

—Es la Bag Lady, carajo.

Sin pensarlo dos veces se vistió y bajó a buscarla. Cuando estuvo junto a ella, empapada ya por la lluvia, Betty gritó:

—¿Querida amiga! ¡Tengo plata, mira! ¡Ahora vamos a divertirnos juntas.

—¿Lo mataste? ¿Lo degollaste de verdad con la navaja?

—Nada, niña, una muerte de catsup y nada más.

Y Betty le propuso que subieran a su habitación en el hotel, para cambiarse de ropa y salir después a comer algo.

—No me van a dejar entrar en el hotel —dijo la Bag Lady.

—Tú tranquila —respondió resuelta Betty Boop—. Yo recibo en mi habitación las visitas que me dé la gana. Para eso pago 90 dólares por noche. Sube pegadita a mí. Quiero que te bañes, que te perfumes y que te pongas ropa limpia. Algún vestido mío te servirá.

El recepcionista hizo un gesto autoritario para evitar que la Bag Lady entrara en el hotel, pero Betty sacó un billete de a diez como el que saca una espada, sonrió afablemente, el recepcionista titubeó un poco pero aceptó el soborno, se encogió de hombros y ellas subieron.

—¡Pero no dejen en la habitación esas bolsas de mierda! —dijo el muchacho.

—¡Le has dado un Hamilton! —exclamó la Bag Lady como si aquello fuera una catástrofe—. ¡Nada menos que un Hamilton!

La Bag Lady se bañó. Betty vio entonces las capas de churre que poco a poco se diluían en el jabón y el agua, y le restregó la espalda y le dio desodorante y perfume, y vio también en toda su magnificencia el revólver Colt King Cobra que la Lady siempre llevaba consigo.

Cuando estuvieron listas, afuera había escampado. Betty usó toda su gracia y elocuencia para convencer a la pordiosera de que se pusiera un vestido limpio. Al fin lo hizo, y entonces se vio que la Bag Lady era una mujer atractiva, de caderas curvosas, hombros bien formados y de aspecto juvenil pese a su edad indescifrable. Pero había un problema: ahora, que no tenía varias capas de ropa encima, la Bag Lady no hallaba la manera de ocultar satisfactoriamente el Colt King Cobra. Betty insistió en que lo dejara en el hotel, pero la pordiosera se negó empecinadamente. Al fin se lo metió como pudo debajo de la blusa.

Bajaron y entraron en el restaurante que más lujoso les pareció. Ya estaban en una mesa, cuando les ocurrió algo muy desagradable. Por lo visto, allí conocían a la Bag Lady, y a pesar de su nuevo aspecto un camarero rubio y soez les dijo:

—Hagan el favor de abandonar este local. Aquí no servimos a pordioseras.

Para total estupefacción de Bety Boop, la Bag Lady se puso de pie y dijo:

—Nosotros, el pueblo de los EE UU, a fin de lograr una unión más perfecta, establecer la justicia, garantizar la tranquilidad nacional, atender la defensa común, fomentar el bienestar general y asegurar los beneficios de la libertad para nosotros y para nuestra posteridad, promulgamos y establecimos ya en 1787 la Constitución de los EE UU de América, la cual establece que ningún estado aprobará o hará cumplir ninguna ley que restrinja los derechos o inmunidades de los ciudadanos de los EE UU, ni se privará a persona alguna de su libertad ni su propiedad, ni se negará a nadie la igual protección ante las leyes.

Y acotó:

—¡In God we trust!

El camarero se quedó paralizado, y Betty igual. Y fueron servidas. De mala gana, pero comieron y bebieron cuanto se les antojó. Betty pagó gustosamente. Después se sentaron un rato en un banco de Lumus Park.

—Debiste haber sido abogada, Lady.

Se rieron de buena gana.

—Me gusta ser tu amiga, cubana.

De pronto, estaban rodeadas de una pequeña pandilla de jóvenes. Sus gestos eran prepotentes y sus miradas agresivas y frías. El que parecía ser el jefe le dijo a la Bag Lady:

—Oye, negra, véndeme el revolvito ése que tienes debajo de la blusa. Te lo compro ahora mismo.

—Si no nos lo vendes, te lo vamos a quitar de todos modos y vas a perder como en la guerra.

Los gamberros cerraban el círculo en torno a ellas. Betty, que no estaba habituada a aquellas escenas, estaba aterrorizada y no se atrevía ni a pestañear.

—Qué hacemos, Lady, qué hacemos...

—Si no retroceden los acribillo a todos ahora mismo —amenazó Bag Lady con el King Cobra en la mano.

Los muchachos se divertían. Amagaban con acercarse y le hacían gestos obscenos a la Bag Lady.

—No seas fanfarrona, negra.

—Oye, ¿y dónde has dejado las bolsas?

—La Bag Lady de Ocean Drive se está civilizando, señores.

—Pero de que tenía un revolvito tan lindo y caro no nos habíamos enterado...

La mujer montó el martillo del revólver y los facinerosos, de mala gana, empezaron a alejarse.

—¡Mataperros! —farfulló Betty blandita de miedo.

Allí estuvieron mucho tiempo juntas, sin decir nada, mirando la calma del mar después de la lluvia.

—El mundo es una mierda —dijo una de ellas.

—La gente no tiene escrúpulos —reflexionó la otra—, cualquiera es capaz de hacer mucho daño con tal de salir él o ella adelante.

—Eso: pisotear, aplastar la cabeza del prójimo para salir adelante.

—Eso: sacar ventaja de la situación de los demás.

Betty miró el reloj. Tenía apenas unos minutos para llegar a tiempo a su cita diaria con Kupiec, y quería mantener un cierto orden en sus encuentros. Al fin y al cabo ése era el pan de cada día. Quedó en verse con Bag Lady allí mismo, en Lumus Park, a eso de las nueve.

Betty era consciente de que el tono de su voz se hacía cada vez más tierno cuando hablaba con Kupiec. Cuando no estaba con él, una difusa añoranza la hacía infeliz.

Aquella tarde, después de hacer el amor, mientras Kupiec dormía su acostumbrada minisiesta poscoital Betty comprobó que la trastienda del establecimiento era algo que recordaba una vivienda. Cuando se despertó le dijo:

—¿Tú eres casado, Kupiec?

—Soy solterón.

—¿Por qué no me llevas a tu casa entonces? A estas alturas ya te debes estar percatando de que no soy precisamente una prostituta, ni que de ti lo único que deseo son las limosnas que me das.

—Yo vivo aquí, Betty.

—¿Aquí, en esta pocilga? Pues entonces todavía más me necesitas: una mujer que ponga orden y cariño en tu vida. Cortinas bonitas, manteles, flores, limpieza y luz. No puedes vivir toda tu vida como una rata en este vertedero.

—Estoy acostumbrado.

—A partir de ahora vamos a encontrarnos en otro sitio, para singar con más decoro. Un motel, por ejemplo. Y si te decides a vivir conmigo, cómprate una casita. Ya verás qué linda te la pongo. Y te voy a enseñar a comer ajiaco y frijoles negros.

—¿Un motel? ¿Una casa? Todo eso es muy caro, Betty.

—No seas cicatero, Kupiec, ¿cuántas vidas crees que vas a vivir? Aprovecha la que te queda, mira que es la única que tienes. Todo el mundo necesita amor y consideración. Si tú no haces nada por tu vida, ella tampoco hará nada por ti.

Por lo pronto, Betty estaba dispuesta a hacer todo lo posible porque sus relaciones sexuales no cayeran en el automatismo y la inercia. No le convenía que Kupiec se le aburriera, pero ante todo no quería aburrirse ella. Inmediatamente después del coito, Kupiec se quedaba dormido y Betty empezó a aceptar ese hecho como inevitable. Pero una vez despierto, esperó un rato para que descansara y después, con caricias más avanzadas y hasta un poco viciosas, lo encendió y le arrancó una eyaculación más, esta vez casi amorosa.

—Kupiec, he descubierto que tienes una colección de biblias.

—La Biblia es un libro raro.

—Un libro sagrado.

—Raro; cuenta cosas disparatadas. Por ejemplo la primera gran borrachera de la Historia, que fue la de Noé. ¿Sabes cuántos años tenía Noé cuando Jehová le mandó construir el Arca? Seiscientos años. Y al morir tenía 950.

Betty quedó embelesada con la imagen de un Noé de 600 años, al timón de un arca que flotaba plácidamente en un océano inmarcesible en compañía de todos los animalitos habidos y por haber.

—Tú no vas a tener la longevidad de Noé, Kupiec, ni vas a construir ningún Arca ni Jehová te va a encomendar misión alguna. Así es que cásate conmigo, que el Arca de tu vida soy yo. Sal de este laberinto de trastos viejos y vive la vida humana que sólo yo puedo ofrecerte.

—Tú me estás adoctrinando. Yo siempre he estado solo. Soy un solitario y así terminaré mis días.

—Tú crees que yo soy una puta.

Betty dijo esto sin la menor traza de patetismo.

—Eso no me importa tanto —repuso Kupiec—. En la Biblia, a las putas se las venera siempre y cuando sirvan al Pueblo Elegido.

—¡No me digas! Yo siempre tuve la sospecha de que ya en los tiempos bíblicos el mundo era una cochinada.

—Por ejemplo Rahab, que era una mujer pública. Ella vivía en la ciudad de Jericó, que estaba sitiada por los israelitas. Josué envió a dos exploradores para reconocer el terreno antes de asaltar la ciudad, y Rahab los ayudó, los ocultó en su casa traicionando así a su propio pueblo en favor de los judíos. Cuando los israelitas tomaron la ciudad, Rahab fue premiada.

—¿Qué premio le dieron?

—Le respetaron la vida.

—Vaya, qué generosidad.

—La Biblia está llena de alevosías y crueldades.

—Como la vida.

—Mientras más leo la Biblia, Betty, más me convenzo de que es un panfleto poético y propagandístico.

—Qué bestia eres, Kupiec... Yo nunca me imaginé que me enamoraría de un ateo. Tú no crees ni en la madre que te parió.

—¿Quieres decir que a mí me parió la Biblia?

Betty hizo una mueca de indignación moral:

—Todos descendemos de Adán —dijo.

Kupiec sonrió y se quedó callado y con los ojos cerrados. De pronto se volvió y estampó un besito en la mejilla todavía enrojecida por el amor de Betty Boop. Fue un movimiento casi involuntario y sin ninguna importancia aparente, fue como si Kupiec lo hubiera hecho sin darse cuenta ni desearlo. Pero aquel beso penetró más a Betty Boop que la verga de Kupiec, que por cierto no era de proporciones desdeñables.

Ella no atinó a hacer nada. No le devolvió el beso, no lo acarició, ni siquiera se atrevió a moverse. Al fin dijo:

—Cuéntame de otras mujeres importantes de las Escrituras.

—Judit y Dalila. La Biblia glorifica a la primera por la misma razón que condena a la segunda. Ambas son igualmente ladinas y asesinas. La diferencia es que Judit usa su perfidia contra un enemigo de los hebreos, Holofernes, mientras que Dalila la usa contra Sansón, un israelita. Judit es una heroína, mientras que Dalila ha venido a personificar la influencia perniciosa que muchas mujeres adquieren sobre los hombres. Como ves, no es que yo sea una bestia, sino que mi hobby es leer el Libro de los Libros y estoy convencido de que la Biblia es un documento muy tendencioso.

Kupiec dijo esto con un flagrante orgullo por su agudeza, y como Betty sabía que para conquistar a un hombre lo primero que se debe hacer es dejarlo que viva en la ilusión de que todo lo que dice es trascendental, lo azuzó para que se sintiera más importante aún:

—Cuéntame, Kupiec, de alguna mujer bíblica que haya sido valerosa, pero sin marañas ni vilezas.

—Ummmm... déjame pensar...

—No querrás decir que nosotras somos el origen de todas las plagas y rebambarambas del Cielo y de la Tierra.

—Mira, Betty, si dejamos aparte la historia de Eva y la tentación del Árbol del Bien y del Mal...

—Que yo sepa —lo interrumpió Betty—, en el Árbol del Bien y del Mal había sólo Mal, Mal y más Mal.

—Ustedes las mujeres, por ejemplo, tienen la culpa del Diluvio Universal.

—¡Del Diluvio Universal! Carajo, ya entiendo por qué no quieres casarte.

—Sucede que en el *Génesis,* libro compilado por Moisés en el Desierto de Sinaí en el año 1513 antes de Cristo, se nos relata cómo muchos ángeles de Dios abandonan sus viviendas celestiales para bajar, pecaminosamente, a fornicar con las hijas de los hombres por parecerles hermosas y apetecibles.

Betty suspiró.

—De esa cohabitación vergonzosa —continuó Kupiec—, no autorizada por Dios, nacieron unos engendros funestos y gigantescos llamados Nefilim, lo cual significa «Derribadores». Ante tal estado de cosas, con la violencia y la iniquidad enseñoreadas del mundo, Dios le da instrucciones muy precisas a Noé, ya que el Diluvio era un hecho inevitable...

—Pues si los ángeles bajaron a singar en masa —objetó Betty Boop— fue por su propia voluntad; nadie los obligó a abandonar su Edén y las mujeres somos inocentes dè su calentura.

—Es que el Cielo debe de ser horriblemente tedioso, Betty, allí no sucede nunca nada y la felicidad eterna es aburridísima. Para que valga la pena vivir, hay que correr riesgos.

En estas disquisiciones estaban cuando yo me presenté en el local de Kupiec. Era tan avaro que ni siquiera cerraba cuando estaba con Betty para no perder la ocasión de realizar alguna que otra venta. Guarapito y Maribárbola entraron primero e inspeccionaron el local. Después entré yo y lo llamé:

—¡Kupiec! Soy yo, la tía Ulalume. Sal, que tengo que hablar contigo.

Kupiec se puso tan nervioso que Betty creyó que le iba a dar un ataque al corazón. La cara se le puso marrón y la barriga le tembló. El comerciante se vistió a toda prisa, y salió. Betty se quedó muda y con ganas de petrificarse, morirse, resucitar y salir de allí volando en forma de murciélago.

—¡La tía Ulalume en lo de Kupiec!

Tuvo unos deseos ardientes de salir y saludar a su vieja amiga, pero la vergüenza se lo impidió. Trató de serenarse y se dispuso a escuchar lo que allí se dijera.

—Dígame, tía, qué se le ofrece. Aquí tiene usted a su fiel servidor.

—Kupiec, no voy a andar con rodeos. Desde hace casi diez años te conozco, hemos hecho negocios y te considero un buen amigo; a veces me has suministrado parte del material que Nicotiano necesita para sus esculturas.

—¡Claro, con mucho gusto! Como cuando necesitó lápidas judías para convertirlas en cangrejos...

—Siempre nos hemos llevado bien. Y te aprecio. Por ello he venido a hacerte una advertencia.

Kupiec palideció. Betty, en su escondite, también.

—Kupiec, el hombre llega más lejos conociendo sus debilidades y carencias que conociendo sus recursos y habilidades. Kupiec, abre esa biblia que tanto te fascina y busca: *Eclesiástico,* 12-16. Lee.

—«Estate atento y guárdate mucho —leyó Kupiec— porque la desgracia te ronda.»

—No entiendo nada, tía.

—No te hagas el chivo loco, Kupiec. ¿Cuánto dinero has ganado con los transportes de droga dura que le has hecho a la Pandilla del Puerto?

Kupiec se desmoronó.

—Como ochocientos mil dólares hasta ahora, tía.

—La muerte te está rondando, Kupiec.

Betty, electrizada en su escondite («¡Ochocientos mil dólares!») dio un paso en falso, hizo un ruido detrás de la puerta y Guarapito y Sikitrake, al unísono, sacaron las pistolas.

—¡Quién está ahí, carajo! —gritó Guarapito presto a disparar.

—El que sea, que salga de espaldas y con las manos en alto —ordenó fríamente Sikitrake.

Kupiec empezó a gimotear.

—Es una mujer, tía, una mujer... indefensa y desarmada.

Guarapito, con ademán de policía bien entrenado, entró y miró con el arma en alto.

—Es cierto —dijo al salir—. Una gorda en cueros y nadie más.

Una gorda presa de la vergüenza y el pánico, hubiera podido añadir, ya que Betty estaba medio desfallecida de angustia. Se sintió vulgar y desprovista de todo valor, como una perra callejera. ¡En cueros y en la trastienda de un mercader! Yo bajé la voz y Betty ya no pudo oírme más.

—Kupiec: por casualidad, a la Crabb Company le llegó la información de que te van a asesinar. Te quieren quitar del medio. Sabes demasiado; te usaron para sus propósitos y ya no te necesitan.

—Hijos de puta. ¿Qué hago, tía?

—Desaparece. Vete al extranjero. Pero antes de irte, ¿me puedes conseguir otro cargamento de lápidas?

—Si son judías va a ser muy difícil hacerlo rápido.

—Róbatelas aquí mismo en Miami; no muchas, pueden ser muertos cubanos. Quiero regalárselas a mi sobrino Nicotiano. Está pasando por una crisis matrimonial muy tormentosa, está muy deprimido y casi no esculpe. A ver si esas lápidas lo inspiran.

—Dame tres días, tía. Y después me pierdo de Miami.

—Suerte, Kupiec.

—Gracias, tía, te debo la vida. Las lápidas serán gratis.

—Cuídate.

Cuando ya me iba, me volví para decirle:

—Oye, Kupiec, y échate una mujer decente y que te quiera, viejo, ayúntate a ella y quiérete un poco más la vida. ¡No puedes vivir aferrado a las putas hasta el final de tus días!

Y eso sí que lo oyó bien Betty Boop.

Kupiec estaba sin aire cuando entró a ver a Betty. Para asombro total de ella, él se le abrazó y empezó a llorar. Ella lo siguió en el llanto sin saber a ciencia cierta por qué lloraba. Al fin le preguntó:

—¿Quién es esa mujer y esos matones?

—Amigos —resopló él—, amigos.

—¿Dónde vive esa mujer, Kupiec?

—En La Isla del Cundeamor.

—Pero dónde está eso, ¿en Miami? Aquí no hay ningún sitio que se llame así.

—No —respondió—; pero allí vive.

Después pasaron mucho tiempo tirados en la cama, sin acariciarse pero muy juntos, como si tuvieran miedo de separarse. Hasta que Betty pensó en la hora y su cita con la Bag Lady. A modo de despedida, ella le dio un beso en la boca y otro en la frente. Kupiec sacó el dinero para remunerarle, de acuerdo al contrato, los servicios prestados ese día pero Betty, con una sonrisa pequeña pero inmensamente triste, lo rechazó.

—Ya basta, Kupiec. Ahorra eso para las putas que te prestan sus servicios. A mí ya no tienes que pagarme nunca más. Aunque me muera de hambre, de ti no quiero recibir ni un centavo.

Y se marchó con la impresión de que Kupiec se quedaba muy maltrecho, abandonado y miserable.

Ya era un poco tarde, pero antes de dirigirse a Lumus Park para ver a su amiga Betty subió al Waldorf y se dio una ducha copiosa con mucho, mucho jabón. Curiosamente, ésa fue la única vez que le dio asco tener el semen de Kupiec entre las piernas, y se restregó y se enjuagó hasta que sintió casi dolor. Quería contárselo todo a la Bag Lady: lo de su putería, que ya había terminado para siempre.

Ya era noche cerrada y los restaurantes y cafés de Ocean Drive estaban animados. Betty pensó que podían sentarse en alguna terraza y tomarse unos tragos con el dinero que le quedaba, quizás comer algo también.

—Nadie vive novecientos cincuenta años —murmuró.

En un banco de Lumus Park divisó la sombrilla de la Bag Lady, abierta bajo la noche estrellada como si se estuviera protegiendo del plenilunio.

—¡Lady! —exclamó con alegría.

Pero su amiga no se inmutó porque no le era posible hacerlo. Cuando Betty estuvo a su lado vio que debajo de la sombrilla su amiga tenía la cabeza echada hacia atrás, colgando en el respaldo del banco y con un tajo en el cuello, de oreja a oreja, profundísimo, con varios tendones fuera y repleto de coágulos de un rojo espumoso, a medio endurecer. La sangre que le cubría las ropas que le prestara Betty era de un matiz más oscuro, negro casi a la luz de la luna. Lady tenía un ojo abierto y el otro como dislocado, mirando hacia arriba. Betty retrocedió y dio una arcada, pero no le salió vómito alguno y tampoco gritó. Se alejó de allí caminando como una autómata, en zigzag, en círculos, dando tumbos, como si estuviera muy borracha.

Hubo un momento en que Betty Boop, casi sin darse cuenta, se montó en un taxi. No hubiera podido decir si había estado deambulando por las calles de Miami Beach durante horas, días o semanas. No tenía conciencia de su cuerpo y no tenía hambre, calor ni frío.

—¿Adónde la llevo, señora? —le preguntó el taxista, un mulato cubano de su misma edad.

—A La Isla del Cundeamor, por favor.

—Pero esa isla no existe, mi amor... —le replicó el taxista con un poco de lástima al verle la facha desharrapada y la triste figura.

—No, no existe —replicó desganadamente ella—; pero lléveme de todas formas.

Kupiec consigo mismo, prófugo y borracho...

—¿Dónde estás, Betty querida? ¿Cómo voy a soportar el ostracismo, la mala conciencia y la persecución? ¿Qué soy yo sin ti? ¡Un simple judío errante!

—Nadie sabe lo que tiene, hasta que de pronto lo pierde para siempre.

—Yo creía que tú eras una puta, Betty.

—No hay putas; sólo mujeres desgarradas.

—Y hombres infelices, Betty.

—Jódete, Kupiec.

—Yo no estoy solo. Tú estás conmigo.

—¿Ah sí? ¿Y dónde están mis besos, dónde mi calidez y mi ternura, que te infundían una sensación de estar a salvo de todos los peligros y de todas las vilezas, incluso las tuyas propias?

—No me martirices, Betty... ¿No querías que te contara la historia de alguna mujer bíblica que no fuera pérfida y malvada? Pues oye cuál fue el destino de Ester...

—Ester... qué nombre tan hermoso.

—Es un nombre hebreo que significa «Estrella de Venus». La bella joven Ester era judía y estaba casada con Asuero, a la sazón Rey de Persia... Siguiendo el consejo de su padrastro, Ester ocultó como un secreto inviolable su condición de judía...

—¿Qué pasó con Ester, Kupiec?

—Gracias a la instigación de un hombre influyente, favorito del Rey, se decretó el exterminio total de los judíos del Reino.

—¿Qué crímenes se les imputaban a los judíos, Kupiec?

—Se decía que eran un pueblo que vivía totalmente aislado, siempre en abierta o velada oposición con todos los demás pueblos... al tenor de sus leyes, los judíos observaban un género de vida hostil a los intereses del Rey y por ello eran una estirpe peligrosa que impedía el buen orden del Reino...

—Esa descripción, Kupiec, me hace recordar al pueblo de Cuba, que siempre estuvo, como lo está hoy, atravesado y empecinado en mantenerse en oposición abierta o velada contra todo Poder que amenace su orgullo de nación...

—Entonces el Rey ordenó a cada uno de sus sátrapas, gobernadores y subordinados de las ciento veintisiete provincias, desde la India hasta Etiopía, que todos los judíos fueran muertos de modo violento: jóvenes y viejos, mujeres y niños, todos en un solo día, y que sus bienes fueran dados al saqueo y al pillaje.

—O sea, que Ester también debía correr la misma suerte...

—Su padrastro le pidió que intercediera ante el Rey y le rogara que salvara a los judíos.

—Yo también lo hubiera hecho por los cubanos. Pero yo no estoy casada con el Sr. Presidente de los Estados Unidos de América, que es el único que posee sátrapas y gobernadores en las ciento veintisiete provincias...

—Pero había leyes inviolables que Ester tenía que respetar... El que entrara en el recinto real sin ser llamado, quienquiera que fuese, pagaba el atrevimiento con su vida. Ester, desesperada, se lo recordó a su padrastro pero éste fue inexorable: si ella no intercedía, y los judíos de todas formas se salvaban gracias a otras razones, ella sería inmolada deshonrosamente.

—Pobre mujer. Pobres mujeres. Si Ester intervenía, el Rey la mataba; si no lo hacía, su propio pueblo la condenaría... Siempre nos toca lo peor y después, para colmo, se nos achaca la culpa del Diluvio Universal.

—Ester se presentó ante el Rey, Betty... Dos veces se desmayó, pero tuvo el valor de pedirle clemencia: reveló su peligroso secreto, dijo que el pueblo al que ella pertenecía iba a ser *exterminado y el Rey la escuchó y todo salió bien. Un edicto real fue enviado a las ciento veintisiete provincias, desde la India hasta Etiopía, y los sátrapas, gobernadores y subordinados del Rey se abstuvieron de aniquilar a los judíos.*

—¡Ay, Kupiec, si estuviera en mis manos —o en cualquier otra parte de mi cuerpo— salvar del exterminio a diez millones de cubanos, yo sería capaz de interceder ante Fidel Castro, ante el Congreso de Este País o ante el mismo Satanás si fuera necesario!

—Regresa, Betty, ¿no ves que sin ti se me está yendo la poca vida que me queda?

—Nadie entiende el valor de lo que tiene, hasta que de pronto lo pierde para siempre.

8.

Nicotiano se dio cuenta de que si se bebía lo que quedaba de ron en la botella iba a perder el conocimiento. Un par de gotas más y ya no sería capaz de manejar. Ahora conducía, a demasiada velocidad, por Biscayne Boulevard hacia el norte. A menudo le sucedía lo mismo, aunque no estuviera borracho: para llegar a un lugar específico de Miami tenía que dar vueltas y vueltas como un trompo ya que era incapaz de orientarse. Era sorprendente que siguiera perdiéndose en aquella ciudad cuadriculada, fácilmente estructurable en la memoria, después de tantos años. En el fondo, como bien había dicho Mireya, se negaba a aceptar que ésa era su ciudad, que allí vivía y que allí, con toda seguridad, un día se moriría.

Cuando atravesó el largo puente rodeado de mar turquesa, adornado de algas flotantes, espeso y caliente como una sopa, que separaba a La Isla del Cundeamor de otras islas sucesivas, perdió ya la noción de lo que estaba haciendo y cuando vino a ver se encontraba en Flagler, en vez de en Miami Beach que era lo que buscaba. Dobló como para dirigirse a Coral Gables y comenzó entonces a dar vueltas sin sentido. Seguía el tráfico o doblaba en cualquier esquina. De pronto se vio en Coconut Grove, rodeado de negros pobres que lo miraban con indiferencia, desdén o rencor. Después se encaramó en el Dixie Highway y apretó el acelerador hacia el norte. A la altura de Brickell torció, por alguna razón, a la izquierda. Ahora se encontraba, sin desearlo, en la calle 7. Paró en una gasolinera. Mientras lo atendían, volvió a beber de la botella.

—Voy a chocar con alguien —murmuró—; un choque frontal y al carajo con todo.

Sintió náuseas. No estaba habituado a beber de esa manera. Cerca de la gasolinera, sin que Nicotiano se diera cuenta, había aparcado su auto Maribarbola que lo había seguido en todo su errático itinerario.

El muchacho de la gasolinera le dijo a Nicotiano:

—Compadre, usted tiene una curda del carajo. Si no la corta con algo, es mejor que vaya en guagua o en taxi adonde tenga que ir. Es un consejo de cubano.

—Gracias. ¿Tú eres un «marielito»?

El muchacho se sintió herido. Esa palabra, que designa a los refugiados que llegaron masivamente a Miami en 1980 desde el Puerto de El Mariel, contenía una sutil carga de desprecio que separaba a los cubanos exiliados en un *antes* y un *después* del Mariel y significaba: los de antes somos mejores; los de después son unos pobres diablos.

—Chico, no jodas —lo dijo con dulzura—, sí, vine por El Mariel pero no soy delincuente, ni drogadicto ni maricón ni chulo ni ratero. Todos somos nietos de la misma abuela. ¿No te parece?

—«Nietos de la misma abuela...» Tienes razón. Yo llegué aquí muy jovencito. Además, viví algunos años en España.

—Se te nota por el acento que llegaste aquí de fiñe. Debes de llevar una tonga de años en Miami.

«Fiñe», «una tonga de años»... Era un modo de hablar que tocaba fibras íntimas de su recuerdo.

—En Cuba yo iba a ser ingeniero —dijo el muchacho—. Estudiaba en la CUJAE. Aquí voy a dedicarme a la compraventa de autos.

—Sinceramente, yo no sé qué es la CUJAE.

—Eso está en La Habana: Ciudad Universitaria José Antonio Echevarría. Para estudiar todo tipo de ingeniería.

—¿Cómo puedo cortarme la curda?

—Compadre, usted es más inocente que los anglos. Con una colada, chico, tómate una colada de café cubano, y verás que te deja entero.

Nicotiano pagó, dejando una generosa propina. El joven se quedó mirándolo, un poco turbado, como si deseara decir algo embarazoso y no se atreviera. Nicotiano lo notó. Al fin el muchacho dijo:

—Oye, chico, ¿tú estás enmariguanao, o tomaste alguna otra droga? Porque contra eso no ayuda la colada.

—No —respondió Nicotiano—; estoy borracho, eso es todo. ¿Por qué me lo preguntas?

—Por los ojos. Los tienes más rojos que el carajo.

—Es que he estado llorando.

El muchacho se puso serio.

—¿Se te ha muerto alguien?

—Mi mujer me ha dejado por otro.

—Ay coño —dijo muy identificado con el dolor de Nicotiano—, eso es peor, mucho peor.

¿Dónde se tomaría la colada? Pensó hacerlo en el Salsipuedes, en la Calle Ocho. Pero en una de sus vueltas sin sentido, casi junto al Miami River vio una Liquor Store y entró en ella. A distancia, Maribarbola le seguía siempre los talones.

Nicotiano no sabía qué era lo que buscaba. Más alcohol era imposible.

La muchacha de la caja era negra, estaba leyendo un libro e interrumpió la lectura para observar bien al presunto cliente, no fuera a ser que se robara algo. El establecimiento era sórdido y feo, como casi todas las cosas en esa zona aledaña al río. El escultor, como alguien que entra por error a un museo, dio algunas vueltas despistadas entre los estantes de botellas. Al fin se dirigió a la caja. Se plantó delante de la muchacha y la miró a los ojos.

—Qué desea —dijo ella.

—Sinceramente no lo sé —respondió Nicotiano y, sin poder ni querer evitarlo, empezó nada menos que a llorar.

La chica lo observó con suma desconfianza.

—Si se siente mal, vaya a un médico —dijo con rudeza.

—Disculpe —dijo Nicotiano intentando dominarse, y enfatizó—: Disculpe.

—No se preocupe.

Ella no dejaba de mirarlo. Tenía una pistola debajo del mostrador; en las pocas semanas que había trabajado allí, la habían asaltado ocho veces. El arma era para defenderse ella, no el dinero de la caja. ¿Qué quería aquel desconocido?

—Señorita, no me tenga miedo. Soy un hombre destrozado.

—Se le nota. Vaya a un médico.

—Yo tenía una mujer que era como el aire que respiro. Y me ha dejado por otro.

—Eso le pasa a cualquiera. No vaya usted a morirse por eso.

Y se permitió una levísima sonrisa.

—Gracias por esa sonrisa, no sabe cuánto se la agradezco.

—No es nada.

Tenía las manos delicadas, oscuras en el dorso, claras en la palma.

—Tiene usted unas manos muy bonitas.

—Gracias.

—Estoy como muy estrujado aquí dentro.

—Se le nota.

—¿Usted nunca ha sufrido nada semejante?

—He sufrido.

—Sí; hay algo en su mirada... A mí la gente que no ha sufrido no me interesa. Sinceramente, no sé por qué le cuento todo esto.

—Trate de serenarse.

—Disculpe si le parezco ridículo.

—Me parece que está muy deprimido. Trate de hacer algo agradable.

—Juntos. ¿No podríamos hacer algo agradable juntos?

—Yo no sé quién es usted, ni usted quién soy yo.

—Yo soy Nicotiano, el escultor de La Isla del Cundeamor.

—Esa isla no existe, señor.

Nicotiano sacó un pañuelo y se secó los ojos.

—Pues la invito a que la conozca. Tiene que conocer a mi tía Ulalume, y ver mi taller de escultor. Yo esculpo cangrejos de mármol, de granito, de alabastro... Es más, la invito a salir de pesca o de paseo en mi barco, que se llama *El Villalona.*

¿Estaría loco aquel hombre?

—¿Usted es cubano, verdad?

—Sí; quiero decir, nací en Cuba... Mi tía me sacó de allí siendo casi un niño. ¿Usted trabaja aquí todo el tiempo?

—Soy estudiante.

—¿Qué estudia?

—Medicina. Sólo me falta un año para graduarme. Ahora estoy haciendo gestiones... y ahorrando dinero para hacer un viaje a Cuba.

Nicotiano se quedó estupefacto. Ahora empezó a reírse y a llorar al mismo tiempo.

—Usted lo que está es borracho. Váyase y duerma un poco.

Había casi intimidad en la voz de la muchacha.

—¡Claro, claro! Estoy borracho pero usted me da una gran alegría...

—Todo es muy difícil en Cuba después del desplome del bloque socialista... no hay petróleo, la escasez de alimentos es muy grande. Pero dicen que la gente resiste con nobleza y alegría... O con resignación y miedo, quién sabe... De todos modos, los cubanos de allá me gustan más que los de acá. No sé si los idealizo.

—Yo tengo fe en que Cuba se salve —dijo Nicotiano en uno de esos accesos de lucidez que a veces sufren los borrachos—; en el exterior, lo que se propone es la subasta del país y la subordinación de los intereses incanjeables del pueblo cubano, a una situación internacional unipolar, con Este País como mandamás al que nadie se atreve a contradecir. No sé si usted lo sabe, señorita, pero desde finales del siglo pasado Cuba no tuvo otros enemigos que, en el interior, la burguesía inculta, antinacional y economicista a ultranza y, en el exterior, los intereses de Este País. Ignoro de qué manera se salvará Cuba *como nación,* ya que el comunismo tampoco resuelve los problemas del pueblo. Mi esperanza es que todo no termine en un baño de sangre.

—Veo que usted no es un *gusano* más.

—Yo soy un hombre solitario.

—Se le nota.

—¿Me acepta la invitación de venir un día a La Isla del Cundeamor?

Ella sonrió con bondad, y sus ojos traslucieron, ahora abiertamente, simpatía por aquel hombre que lloraba y reía como un niño. Pero negó con la cabeza.

—Tengo otros clientes. Apártese, por favor —le dijo cortésmente.

Nicotiano se apartó de la caja para dar paso a los clientes, pero siguió mirándola con una mezcla de desamparo y de deseo. Ella tenía los gruesos labios, lindísimamente formados, pintados de un rojo discreto; sus dientes eran pequeños, blanquísimos y disparejos de un modo que la embellecía. Dos personas más esperaban su turno para pagar las mercancías.

—Adiós —dijo él.

—Adiós —volvió a sonreír ella.

—Gracias —dijo él y no acababa de marcharse.

—Duerma un poco, le hará bien —y otra sonrisa más que se clavó muy hondo en la desesperación del escultor.

El Salsipuedes era un pequeño bar de nuestra propiedad. Cuando Hetkinen y yo lo compramos se llamaba El Mojito, pero yo le cambié el nombre. Desde hacía tiempo se lo tenía arrendado a un amigo llamado Chucho Garsiendía, quien lo atendía junto con su hija la Pájara Pinta. Chucho era medio criminal, pero pagó puntualmente el arriendo de nuestro contrato hasta que una tarde, después de un almuerzo despiadado con masas de puerco, le dio un ataque al corazón y quedó en el puesto. Para nosotros no era un secreto que Chucho había convertido el Salsipuedes en un antro de reunión de lumpens, pequeños maleantes y traficantes de armas y de droga, situación que no mejoró cuando su hija se quedó sola al frente del local. Pero allí se enteraba la Pájara de muchos secretos del bajo mundo latino de la delincuencia, información valiosísima que Hetkinen recibía sistemáticamente de la muchacha. De ese modo, El Salsipuedes era una fuente de ingresos y al mismo tiempo de información para la Crabb Company. Había, además, una clientela fija de viejos cubanos jubilados, gente de extracción humilde, la Vieja Guardia Pobre de La Cuba de Ayer, que se pasaban el día tomando cerveza (fiado, muchas veces) y jugando al dominó sin importarles lo más mínimo que en torno a ellos se desarrollara una actividad más o menos ilegal.

Nicotiano entró y se sentó en la barra. El Salsipuedes necesitaba un remodelamiento total, pero todavía era un bar lo suficientemente limpio como para que uno se tomara una cerveza sin tener que desconfiar del vaso. Un cuadro enorme del Corazón de Jesús, aparatosamente iluminado con un foco y con un par de floreros llenos de gladiolos blancos, lo dominaba todo. No había aire acondicionado. Cuatro viejos jugaban al dominó, todos en camiseta y sudando la gota gorda. Nicotiano oyó que estaban enzarzados en una discusión acerca de la mejor manera de tumbar a Castro, uno decía que Las Fuerzas Armadas Revolucionarias se virarían contra Fidel, darían un fulminante golpe de Estado y lo fusilarían. Otro decía que lo más práctico era que Fidel (cuyo padre, al fin y al cabo, fue un gallego inmigrante que hizo fortuna en Cuba) se asilara en la embajada española en La Habana y que de allí lo mandaran a alguna aldea olvidada de Galicia, para que se pasara los últimos años de su perniciosa vida haciendo la revolución entre aquellos brutos. El tercer señor, que de los cuatro era el único que estaba muy flaco, en realidad casi esquelético, hablaba sin cesar y sin dejar que los otros terminaran sus disertaciones: Raúl Castro, Raúl Castro, repetía, ése sí que es un sanguinario, a ése sí que habrá que matarlo primero. El cuarto jugador, de hablar pausado y voz que el grueso tabaco que tenía en la boca hacía un poco nasal, completaba el razonamiento con una cifra benigna:

—Una vez que Ellos Dos estén fuera del mapa, con matar a unos 700.000 comunistas más en toda la isla ya quedaría lista para que podamos volver a construir el futuro democrático.

—Qué sorpresa tan linda —dijo la Pájara Pinta—, ¡Nicotiano por estos lares! Dichosos los ojos que te ven.

La Pájara tendría unos treinta años y era viuda de un marielito que desapareció un día para ser hallado, una semana más tarde, flotando en el Indian Creek con siete tiros en la espalda y las manos cercenadas. Un mes después aparecieron las manos junto a la puerta del Salsipuedes, todavía medio congeladas.

La Pájara Pinta era de una hermosura impresionante y tenía fama de chusma y facilona para abrirle las piernas, a cualquiera que le gustara, sin contar hasta tres. Antes, Nicotiano prácticamente no se había fijado en ella. Hundido en el mundo de sus esculturas, la Crabb Company y Mireya, no había tenido ojos para otras mujeres a pesar de que muchas lo goloseaban. Por eso la Pájara se quedó boquiabierta cuando, al preguntarle qué le apetecía, Nicotiano le respondió:

—Una colada y darte un beso, Pájara Rica.

Cuando salió de su perplejidad, ella se puso eléctrica.

—Espérate, que voy a poner música —fue su respuesta y el local fue ocupado por el piano y el ritmo burbujeante de toques de bongó, por los saxofones en capas melódicas que se metían una dentro de las otras como corrientes de agua de distintos colores y, al fin, por la orquesta entera con su plenitud de metales dando entrada al coro impertinente y a la seductora voz del Benny Moré flotando sobre la cascada de agua colorida:

Castellano, ¡qué rico y qué bueno baila usted!
Cosa buena, ¡mira cómo baila y usted no lo ve!
Decían que yo no venía, ¡y aquí usted me ve!

La Pájara empezó a moverse detrás de la barra: no a bailar; a menearse ligerísimamente, sin aguaje y sin hablar y sin mirar a Nicotiano, mientras preparaba dos mojitos muy cargados de ron y con demasiada hierbabuena para el tamaño de los vasos.

—Yo te pedí una colada y un beso, no un mojito.

—Beber y callar —dijo ella con una autoridad irresistible.

—Según la tía Ulalume, la hierbabuena es antiespasmódica, antidismenorreica y antihipocondríaca...

Ella se echó a reír.

—¡Salud! —dijo—. ¿Y qué más?

—Anafrodisíaca.

—¿Qué es eso?

—Que disminuye el apetito sexual, que atenúa el deseo desmesurado de disfrutar de los placeres sensuales.

—Entonces hice bien en poner mucha hierbabuena en el mojito. Así no nos asesinamos dentro un instante. Salud.

—Te quiero, Pájara.

—Mentira; me necesitas.

—Me gustas, Pájara.

—Eso sí puede ser cierto. Jura que no es bonche.

—Te lo juro por la tía.

Ella se alarmó y tocó madera en la barra.

—¡Niño, no seas cruel! ¿Cómo puedes jurar por la persona que más te quiere en el mundo? ¿No ves que le puedes causar un daño irreparable?

Nicotiano le recorrió, con un solo dedo, toda la línea del escote sin siquiera rozarle las tetas.

—¿Ya te dejó Mireya?

—¿Tú sabías que ella andaba con otro?

—Lo sabían hasta los postes de la luz, Nicotiano —y le acarició la cara, ella también con un solo dedo.

—Estoy mal, Pájara, muy mal.

—Estás mal pero eso se te quita. Porque también estás rico, riquísimo, tú eres un hombre muy atractivo, Nico, bonito no eres pero sí misterioso, medio loco y de una hombría llena de intensidad que se te sale por los poros. Eso no te lo va a quitar la desesperación; al contrario, ahora irradias deseo de entregarte, de buscar aventuras y eso te hace todavía más interesante. Cuando sufras, piensa en eso. Son muchirringuísimas las mireyas que desearían acostarse con un hombre como tú y compartir la vida contigo. Si ella prefirió a otro, que se joda.

La muchacha se empinó por encima del mostrador y lo besó.

—Tú siempre fuiste inalcanzable, Nicotiano —ahora le acariciaba la abundante vellosidad de los brazos—, vaya, no sé cómo decirlo, que tú no eras para mí. Tú y Mireya, vistos desde lejos... mira, es que no sé cómo ella ha dado este paso en falso, porque ustedes estaban como fabricados el uno para el otro.

—Pero todo se acaba. Se muere el árbol, se mueren las tristezas y también las alegrías.

—Es cierto —suspiró ella—: todo se jode un cabrón día.

—Cierra el bar, Pájara —suplicó él.

—Sí, coño, claro que lo cierro. Y haz lo que quieras conmigo.

Educada pero firmemente echó la Pájara a los viejucos jugadores de dominó. No fue difícil; El Salsipuedes era impredecible y pasara lo que pasara nadie hacía preguntas embarazosas.

Hicieron el amor intensamente. Era como si Nicotiano no quisiera salir de ella jamás. No salir de aquel licor que dentro de ella le abrasaba el sexo endurecido con contracciones que eran casi besos, casi chupones, al son de las ondulaciones de las deliciosas caderas de la muchacha. La Pájara siempre había goloseado a Nicotiano y ahora le parecía un sueño *poseerlo*. Tenerlo dentro. Para ella sola en ese instante que se prolongaba en el universo. Darle gusto. Atraparlo. «Singármelo a mi manera», pensó. Lo besó mucho y bien, le clavó los dientes en los hombros anchos de escultor y le chupó los dedos mientras él, ahora fuera de sí, se encajaba en ella con el ímpetu del que quiere ahuyentar la muerte.

Ella le preparó, al fin, una colada de café bien fuerte. Nicotiano miró el cuerpo de la muchacha con lujuria y admiración, y se sintió agradecido. Aquella hembra lo había hecho humano, pensó. Real. Un hombre de carne y hueso.

—Hace un calor como para seguir haciendo el amor.

—Tú la quieres mucho, ¿verdad?

Él asintió.

—Nicotiano, tú eres demasiado para mí. Yo no quiero enamorarme de ti.

—Yo de ti sí. En este instante, tú lo eres todo para mí. Eres tierna y limpia, Pájara.

—En este instante. ¿Pero en el próximo instante?

—Tú eres capaz de sentir cosas lindas. Nadie es demasiado para ti.

La Pájara Pinta sintió que algo se le anudaba y después se le desgajaba en un punto justo entre las tetas. Nunca jamás ningún macho le había dicho eso: que ella, la Pájara, la fletera, la chupapingas barata, la sata fácil de seducir con miraditas, la vulgar camarera del Salsipuedes, *era capaz de sentir cosas lindas.* Y *nadie* era demasiado para ella.

Los ojos se le anegaron en lágrimas y repitió:

—Ay, Nicotiano, ¡yo no quiero enamorarme de ti!

Él guardó silencio.

—Nicotiano —conjeturó ella—, Mireya tiene que haber estado muy confundida, o muy ofuscada la pobrecita, para dejarte a ti por ese comemierda.

Fue como si lo hubieran hincado con un punzón. Nicotiano dio un salto en el catre donde yacían y dijo:

—Pájara, ¿tú sabes quién es el tipo?

Ella se asustó.

—¿Pero tú todavía no lo sabes? ¿Nadie te lo ha dicho?

—Dime quién es.

A ella le tembló la voz. ¡Qué imperdonable indiscreción la suya! Había algo aterrador en la mirada de Nicotiano.

—Nico, no vayas a cometer una imprudencia...

—¡Quién es, coño!

—Nicotiano, tú no tienes derecho a desgraciarte por cualquiera...

Él empezó a vestirse con los movimientos de alguien que está perseguido por un fantasma.

—¡Que me digas quién es, Pájara!

—Es el dueño de la Galería South.

—Me voy.

—¿Lo vas a matar, Nicotiano? ¡Ay Dios mío, qué lengua tan larga tengo!

Él se detuvo.

—Ese hijoeputa... Y yo que incluso he expuesto allí mis cangrejos. ¿Tú lo conoces?

—Sí, y es un don nadie. Yo me acosté con él varias veces y no da nada, no sabe nada, singa como un niño de quince años. No vale la pena que te busques una salación por ese ñame con corbata.

Afuera, Maribarbola vigilaba.

Por lo general, estaba habituado a hacerlo pues el trabajo de la Crabb Company consistía en eso: el tedio inacabable de la vigilancia. Sin embargo, ahora era diferente. Ahora se trataba de su hermano. ¿Y si en medio de su locura cometía un crimen o se hacía daño a sí mismo?

La característica esencial del detective, decía Hetkinen, es soportar la monotonía, chequear, espiar, husmear, aguardar, acechar, observar y captar los más mínimos detalles. ¡Cuántas veces no se había pasado Maribarbola más de doce horas seguidas vigilando una casa, un auto, un supermercado o una ventana! O a veces, simplemente, una cabina telefónica, un latón de basura o una cajetilla de cigarros que alguien dejara, como por descuido, en una parada de ómnibus. En ese arte de velar, espiar y acechar, Maribarbola era el mejor hombre de la Crabb Company. Guarapito, en cambio, era una catástrofe. Se impacientaba, hablaba sin cesar, le daban ganas de orinar, no podía soportar el hambre, se dormía, quería oír música, se quejaba de que la vigilancia le daba estreñimiento. Sikitrake era más aplomado y estoico mientras Bartolo era silencioso, despierto y obediente, y sólo tenía el defecto de que siempre tenía que estar tomando café. Hetkinen decía: «Las cualidades que tenemos que tener son: tomar decisiones rápidas, tener una alta resistencia ante el maltrato físico y síquico así como una gran agilidad mental, todo esto sin contar el dominio de las armas de fuego, la defensa personal y la aparatura técnica.» El área de operaciones de la Crabb Company era lúgubre y diversa: Investigaciones privadas, Protección discreta, Servicio de vigilancia e información (garantía absoluta), Infidelidades y Conductas dudosas (discreción total y evidencias incontrastables), Operaciones relámpago, Transporte y custodio de fondos...

Cuando Maribarbola vio que su hermano se dirigía a la Galería South, comprendió que la Pájara le había soplado la verdad y se dispuso a intervenir a tiempo si quería evitar un desastre. Esta vez el escultor no dio muchas vueltas; parqueó rápido y mal el auto delante de la galería de arte y entró como un ciclón. Maribarbola no alcanzó a ver si Nicotiano, al salir del auto, había cogido el revólver que según nuestras reglas estaba obligado a llevar en un escondite del asiento.

El hombre estaba en su oficina. Nicotiano pasó como una fulguración junto a una secretaria que lo reconoció y que balbuceó con admiración: «Señor Nicotiano...» Y de pronto se halló delante del amante de su Mireya.

El hombre, reponiéndose de la sorpresa, se defendió:

—Está cansada de ti, eso no es culpa mía. Ustedes han seguido caminos separados y a mí la muchacha me gusta bastante.

—Bastante... —dijo Nicotiano con los ojos como dos ascuas.

—¡No hay nada que hacer, Nicotiano! Además, te diré que ella me persiguió y me asedió con su deseo y con su cariño y fue ella, prácticamente, la que me sedujo. Y yo no soy un terapeuta, ella vino a mí con una carga violenta de resentimiento hacia ti... hastiada de su situación... Pero seamos amigos, arreglemos las cosas civilizadamente... Yo al principio le dije: «Mireya, no te enamores de mí, mira que esto no es más que un juego...»

Lo único que Nicotiano logró articular fue:

—Y pensar que yo he expuesto aquí mis cangrejos... ¿Sabes que yo te apreciaba? No como amigo, pero sí como profesional, qué sé yo, como conocido en esta ciudad podrida. Un juego... ahora veo que eres un cínico y un bajo. Pero ella es demasiado hembra para ti. Tú con ella no puedes porque eres, intelectualmente, un enano. Y sexualmente eres más enano todavía. En medio de mi despecho, te tengo lástima.

Y se volteó para irse.

—¡Nicotiano! —gritó el galerista.

El escultor se detuvo y dio media vuelta.

—Demasiado hembra para ti, enano —repitió con asco.

Ya casi junto a la puerta, Nicotiano vio que en una mesita rodeada de butacas había un cesto con frutas. Eran frutas ya bastante pasadas y Nicotiano, velozmente, agarró una papayita arrugada, casi podrida, se volvió de pronto y como si fuera un *pitcher* rabioso porque su novena está perdiendo se la reventó al hombre en plena cara.

—¡Es mía, gran artista! —vociferó el hombre a sus espaldas mientras se limpiaba la cara y se sacaba una semilla de un ojo—. ¡Te la quité facilito y el enano eres tú! ¡Un par de miraditas, un poco de flirteo y en un dos por tres ya la tenía aquí, mira, chupándome esta que tengo aquí!

Cuando el tipo dijo esto, por suerte, ya Nicotiano estaba dentro de su auto. Ninguno de los dos hombres se percató de que Maribarbola había estado todo el tiempo apostado detrás de la puerta de la oficina, con la secretaria inmovilizada y la boca tapada para que no armara escándalo, presto a intervenir.

Nicotiano carecía de la facilidad de palabra de un escritor, pero ahora se disponía a redactar una nota que lanzaría a las corrientes del mar y por eso, mientras manejaba, repetía mentalmente lo que escribiría:

Querido amigo:
Termina una etapa de mi vida. Una ceguera incomprensible me impidió detectar, a tiempo, el estado de ánimo real de Mireya. Su insatisfacción. Su descontento. Las consecuencias hirientes de su esterilidad. El trabajo obsesivo ha sido un sustitu-

to de la Patria que no tengo, y eso me hizo dejar de verla. A ella,
que era la porción de tierra firme sobre la que se asentaban mi
creatividad y mi productividad. Ahora, empezar una vez más.

La playa estaba casi desierta. Junto a una garita
no muy lejana se divisaba un grupo de personas, quizá
una familia entera, abuelos, tíos, niños. Hablaban con
mucho aspaviento y efusión, grandes gestos, carcajadas.
El mar tenía un color añil profundo y estaba casi en calma. Las olas llegaban a la arena como besos cansados.
Nicotiano se sentó en la arena y escribió: *Querido amigo,*
reproduciendo seguidamente una versión de lo que había
pensado. Metió el papel dentro de la botella de ron, la
cerró bien y, sin quitarse los zapatos ni remangarse los
pantalones, se metió en el agua hasta la cintura y arrojó,
con todas sus fuerzas, la botella al mar.

Miró al horizonte y empezó a llorar otra vez.

Sin que él lo notara, dos niños se le acercaron sigilo-
samente. El mayor era flaco, pelado casi al rape y de unos
espejuelos cuyos lentes eran muy gruesos. El otro era más
rollizo, de menor estatura y de pelo muy abundante y rizado.

—Mira —dijo el menor—: un hombre llorando.

—Sí —corroboró el mayor con objetividad—:
ha venido a llorar frente al mar.

—Seguro que se le murió la madre —conjeturó
el menor.

Nicotiano se volteó y los niños le parecieron un
espejismo.

—No es mi madre la que ha muerto —dijo—;
es mi mujer.

—Debe de ser casi lo mismo, ¿no? —dijo el de
los gruesos lentes.

Un avión rojo y blanco sobrevoló la playa, lento
a la mirada humana, casi inmóvil, en busca del aeropuerto. Los tres alzaron la vista.

—Mira —dijo uno de los niños—; nada como
un tiburón.

—Los aviones no nadan —contradijo el otro—: vuelan.

—Sí nadan, nadan en el cielo.

—Bueno, entonces los tiburones vuelan en el mar.

—¿Qué tiró al mar, señor?

—Una botella. Mírenla, el sol la hace brillar.

—¿Con un mensaje dentro, como los náufragos?

—Sí —dijo el escultor—. Uno puede estar en tierra y naufragar.

Nicotiano salió del agua.

—¿Ustedes son cubanos, ¿verdad?

—Nosotros nacimos aquí —informó gravemente el menor.

—Pero igual somos cubanos —matizó el de los espejuelos—: los de aquí, y los de allá.

Y sacando algo del bolsillo, añadió:

—Mire, le regalo esto: un caracol.

Nicotiano lo observó. Era del tamaño de una semilla de mamey pero de un color naranja limpio y espeso, con una finas vetas marrón y unas líneas caprichosas de un matiz amarillento. Hacia el interior de las espiras el naranja se hacía más fueguino. Por fuera, tenía formaciones alcalinas de un blanco muy puro.

—Ese caracol le dará suerte en la vida.

—¡Llévelo siempre encima!

Y diciendo esto, echaron a correr.

Nicotiano apretó el caracolito y se lo metió en el bolsillo.

En la Liquor Store había ahora otra dependienta, una mujer macilenta que casi no tenía dientes en la mandíbula inferior. Junto a ella, en la caja, dormitaba un señor muy gordo. Nicotiano no hizo preguntas. Prosiguió su camino pensando volver a La Isla del Cundeamor pero fue a parar a la Calle Ocho. *Guayacán Restorán. Caibarién Supermarket. Antojitos Jewelery. Ayestarán Parking Lot.* Puso la radio y salió la WQBA («La Cubanísima»), después la WRHC («La Cadena Azul») y otras más, pero todas decían lo mismo: la caída de Castro era inminente, «... la próxima Nochebuena... ¡en La Habana!» Los profesores de la Universidad de la Florida, decía un locutor, eran unos «liberaloides, izquierdizantes, protocomunistas, filocomunistas traidores y abyectos que desprecian el ideal de una Cuba Libre...» En la Union Radio oyó algo acerca de La Isla del Cundeamor, un alto funcionario de la Transacción Cubano Americana decía que ya en la isla quedaba una sola casa, «habitada por una compañía famosa de seguridad y un escultor cubano que...» Nicotiano apagó y pensó que debería comer algo, pero no se le ocurrió dónde. Tampoco estaba seguro de si tenía hambre o no. Tuvo unas ganas terribles de encontrar a la chica de la Liquor Store pero eran tan escasas las señas que tenía, que ni el mismo Hetkinen la habría localizado. Después pensó que era absolutamente necesario ver a Mireya, oír de nuevo sus argumentos y rebatírselos. O solamente darle un beso, ¿por qué no? Darle un beso, aunque fuera en la frente o quizás hasta en los labios. O tal vez matarla. Pero tuvo la certidumbre de que todo era absurdo. Ya: estaba enamorada de otro, de aquél a quien él tenía por un don nadie, un burócrata mediocre, un nada con ene minúscula. Pero aquello también era absurdo y era una construcción deleznable que él inventaba para sobrevivir. Porque si el tipo no hubiera tenido ningún encanto ella no se habría enamorado tan arrasadoramente de él. Claro que el enano de la galería era, al menos para Mireya, encantador, un tipo agradable y un torbellino de tristeza y de celos lo envolvió. Vio a Mireya singando apasionadamente con su amante, la oyó gemir mientras el tipo se la metía con fuerza y creyó que iba a reventar de una angustia que era una punzada y otra y otra en el mismo medio del pecho.

Mientras conducía, otra vez a demasiada velocidad, se metió la mano en el bolsillo del pantalón empapado para apretar el caracolito que le habían regalado los niños. «Ese caracol le dará suerte en la vida», repitió mentalmente pero el caracolito no estaba en el bolsillo. Paró el auto. Buscó y rebuscó como un poseso en todos sus bolsillos, en la camisa, en el asiento y debajo del asiento, en todo el auto, después una vez más en todos los bolsillos. Pero no estaba. ¡No estaba!

Le dieron ganas de vomitar y no las contuvo. Abrió la puerta a toda prisa y vomitó asquerosamente en la calle. Se limpió la boca con el pañuelo, que por suerte estaba mojado de agua salada, y lo dejó sobre el asfalto y el vómito humeante.

Después tuvo la certeza de que lo único que le quedaba dentro era una aplastante tristeza. Trató de tararear una canción de Silvio Rodríguez que decía «no sé por qué estoy llorando, por qué estoy muriendo», pero fue incapaz de recordarla.

Pasó por el Salsipuedes y recogió a la Pájara Pinta.

Doublestein y yo...

—*Ula, ¿por qué a esta isla se le llama La Isla del Cundeamor?*

—*Esa enredadera delicadísima que ves allí, cubriendo parte de la pérgola, de la verja y la cerca, es el cundeamor. Aquí le llaman Wild balsam apple, en Brasil Melao de San Caetano y en latín su nombre es Momordica Charantia.*

—*Yo no le veo nada especial a esa enredadera.*

—*Es una planta silvestre y, como ves, trepadora. En Cuba crece en las cercas de los patios, de los potreros y de las fincas. Mi casa en Cuba tenía mucho cundeamor, cuyos frutos atraían a los zorzales, a los sinsontes y a muchos otros pajaritos.*

—*Es una planta que no sirve para nada; más bien parece mala yerba y las flores no son muy bonitas que digamos.*

—*Son florecitas sencillas, de un matiz amarillo que el solecito refuerza. Mira bien los frutos del cundeamor, Double. Son amarillos e indehiscentes, por lo que uno tiene que abrirlos, así, para poder verles las semillas...*

—*Son rojas.*

—*Sí, de un rojo intenso. Son, además, bastante dulces... Toma, pruébalas...*

—*¡Nada de eso, Ulalume! Aparta de mí ese fruto salvaje.*

—*En Cuba, los niños del campo las comen como si fueran golosinas y los chinos solían hacer una comida deliciosa con los frutos tiernos, cocidos, del cundeamor.*

—*Yo no soy un chino residente en Cuba.*

—*El cundeamor tiene múltiples propiedades: es, por ejemplo, vermicida...*

—*Qué cochinada.*

—Es antihelmíntico. Combate muy bien a todo tipo de gusanos y parásitos.

—Pues tendremos que producir esa bebida a gran escala y repartirla en Miami, a ver si nos deshacemos de lo peor de la gusanera parasitaria.

—El cocimiento de cundeamor, con unos pedacitos de hojas de campana, hace expulsar los tricocéfalos...

—Los gusanos de Miami son todos acéfalos.

—Contén delante de mí la envidia que nos tienes a los cubanos, y trágate tus prejuicios. Fidel acuñó eso de «gusanera» para denigrar en bloque a todos los que nos fuimos de su paraíso socialista. Sin duda hay verdaderos «gusanos» en Miami, pero no todos lo somos.

—A todos hay que darles cocimiento de cundeamor.

—El cundeamor restablece el flujo menstrual de las mujeres, es bueno contra los cálculos hepáticos y cura las erupciones cutáneas, las eczemas y los herpes.

—Quién iba a decir que una planta tan enclenque tuviera tantas cualidades. Es casi como ustedes los cubanos: trepadora y quién sabe si hasta venenosa, pese a la dulzura de las semillas.

—Todo es provechoso en el cundeamor: las hojas, los frutos, los tallos, las raíces... pero lo que no te he dicho aún es que también puede resultar dañina.

—¿No ves? Como ustedes los cubiches.

—El cundeamor tiene propiedades hipostenizantes, o sea que produce disminución de las fuerzas y, según la dosis, hasta postración.

—¡Y tú que querías darme a comer esas semillitas!

—Las semillas son buenas, bruto; sin embargo, el zumo sacado de la tripa del fruto es un drástico poderoso, capaz de hacerte vomitar hasta el alma turbia ésa que debe de estar corrompiéndose en alguna de las cloacas de tu organismo yanki.

—¡Uf! Qué engendros producen estos trópicos.

—Ya sabes, querido Double, por qué esta isla se llama La Isla del Cundeamor.

—Bueno, al menos me lo imagino.

—*Por último, te diré que un famoso biólogo incluye al cundeamor entre los vegetales «dudosos o peligrosos».*

—*Vamos, Ula, hablemos de negocios.*

9

La pérdida de Mireya, junto a la reacción descabellada de Nicotiano, me tenían a la deriva. Verlo sufrir sin rumbo, sin apetito ni sueño me mantenía en un estado de vértigo constante, qué maldita sensación de impotencia. Perdí el apetito yo también y le ordené a Maribarbola que no le quitara los ojos de encima. ¡Que lo siguiera a todas partes! Para colmo, Mireya ni siquiera me llamaba. ¿Tan ácido era su resentimiento? Al menos un timbrazo, cómo está, tía, de Nicotiano ya no quiero saber nada pero usted, cómo vive sin mí, cómo está, ¿me ha echado de menos?, ¿quién se encarga ahora del papeleo de la Crabb Company? Pero nada. Era como si todos nuestros años de intimidad y roce diario se hubieran esfumado.

En eso llegó Betty Boop.

Betty fue una racha de frescura que disipó el aire mortecino de mis tribulaciones. Llegó la pobre muy desmejorada, con los nervios destrozados, sola en el mundo y sin un centavo. La vergüenza la carcomía: la frustración «de no haber logrado nada en el exilio, sólo fracaso y más fracaso».

—No seré una carga para ti —me dijo resueltamente—; ayúdame un mes o dos, dame un techo, una cama y un plato de comida al día. Al cabo de unos meses ya me habré buscado un trabajo y seguiré mi camino.

Pero yo la traté como a una reina. La hice reposar, le di buena comida, salimos juntas a divertirnos, le compré ropa decente y buena. Betty no era mujer que soportara sentirse dependiente, y yo no traté de convencerla de que se quedara a vivir permanentemente en La Isla del Cundeamor. Pero sí hice todo lo posible para que se sintiera bien y se quedara por lo menos un año entero.

La compañía de Betty Boop me rejuveneció. En largas veladas con vino de Rioja o daiquirís helados, junto a la piscina o a la vera de la bahía, Betty me contó su terrible descenso a los infiernos y hasta algún que otro tabaco se fumó conmigo. Llorábamos juntas, nos desgañitábamos de la risa, nadábamos hasta quedar exhaustas. A veces, al canto del alba, nos íbamos a Miami Beach a bañarnos solas y desnudas. Para no llamar la atención, en caso de que algún pensionista judío hubiera madrugado en su hotel de la playa para darse un chapuzón, entrábamos al mar con los bikinis puestos. Pero una vez dentro nos desnudábamos como dos chiquillas traviesas para recibir de modo total las caricias del agua del amanecer. Algunas veces éramos objeto de otro tipo inesperado de caricias. Mientras flotábamos plácidamente en el agua fresca y cristalina, con el paisaje de hoteles color pastel ante nosotros, un enorme cardumen de lisas nos envolvía, juguetonas, amontonadas, caóticas como niños que salen del colegio, rozando nuestros cuerpos desnudos con sus aletas y sus duros cuerpos resbaladizos sin hacernos el menor daño. Las mañanas del océano eran espléndidas, y si una turbonada venía en camino el cielo se dividía, negro por un lado y resplandeciente por el otro, y nosotras nadando en la quietud que precede a la tormenta. Los buques lejanos flotaban entre lo oscuro y lo brillante como en un estanque de azogue.

Nuestro alto standard de vida le dio a Betty un poco de complejo de inferioridad. Cuando vio nuestra biblioteca quedó deslumbrada. Nuestra colección de cuadros cubanos de todos los tiempos la dejó enternecida: no sabía quién era quién ni qué era qué, pero la belleza de las imágenes y mis explicaciones avivaron su curiosidad.

—Tú eres una mujer culta —me dijo—; yo soy una burra supersticiosa. Esta ciudad está repleta de burros, y ustedes son la excepción.

Mientras buscaba un camino propio en la vida, Betty empezó a tomar clases privadas de «cultura general». Como en nuestra casa no había forma de ver la televisión, Betty empezó a leer novelas y poco a poco se habituó a leer algún periódico o revista todos los días. En el *Miami Herald* encontró el anuncio de las clases de «cultura general». El maestro era un mulato recién llegado de Cuba, apuesto y culto y Betty se habría enamorado de él si el hombre no hubiera sido maricón. A los pocos días de haber empezado las clases, me dijo:

—Mi maestro me ha recomendado que me compre, para mejorar mi vocabulario, un diccionario de seudónimos.

—¿No será de *sinónimos,* Betty?

Yo le pagaba las clases, y eso con muchísimo gusto pues Betty, con su destino difícil, se merecía lo mejor del mundo. También empezó a cantar. Se declaró «soprano lírica» y en los atardeceres nos cantaba danzones cubanos. Hetkinen le inspiró un gran respeto:

—Qué hombre tan bueno te has conseguido, Ula.

—Tuve que ir a buscarlo al fin del mundo, Betty.

Y le conté lo que pude de mi marido. Digo «lo que pude» porque la vida de Hetkinen está jaspeada de acontecimientos inconfesables.

—Él era oriundo de una familia de campesinos que vivían en un bosque mítico de Carelia; siendo joven se marchó a Helsinki, donde se hizo policía única y exclusivamente para planear y efectuar, con la mayor impunidad posible, un golpe maestro que le permitiera reunir un poco de capital. Junto a otro compañero y tras numerosos y minuciosos preparativos, asaltaron un transporte de fondos. El otro asaltante se fue a Australia con su parte del botín y Hetkinen, con su dinero, atravesó la frontera de Suecia y se escondió un tiempo en Haparanda. Su disfraz era perfecto y llevaba un pasaporte falso. Allí lo conocí yo.

—Haparanda —dijo Betty extrañada— suena a *parranda.*

—Pero no lo es; Haparanda es una ciudad dormida, unas cuantas calles, nada de fiestas, invierno crudo y blanco casi el año entero. Y en verano dicen que hay nubes de mosquitos que bajan de las regiones glaciales laponas y que oscurecen el sol de medianoche. Yo eso no lo sé, porque sólo estuve allí un invierno memorable. Nicotiano y yo estábamos de paso ya que allí se reúnen, cada invierno, escultores de todos los países del mundo con el fin de esculpir *en hielo*. Nicotiano estaba fascinado con la idea de producir la más efímera y frágil de las obras de arte, una escultura de hielo: un deslumbrante, transparente, gigantesco cangrejo de hielo. En el hotel estaba hospedado Hetkinen, disfrazado, armado, prófugo, con muchísimo dinero y, como ya te dije, papeles falsos. Desde la primera mirada nos enamoramos y yo me lo traje, de contrabando, al sueño de Miami.

—Ula —repuso Betty—, cuando tú dices «el sueño de Miami», yo lo que veo ante mí es una pesadilla.

Si Betty no hubiera llegado a mi vida en ese momento preciso, creo que me habría vuelto loca. Nicotiano seguía atormentado, yo apenas lo veía. Rehusaba hablar conmigo, había abandonado totalmente sus esculturas y los muchachos decían que era imposible sostener una conversación coherente con él. Lo poco que yo sabía de él era lo que me contaba Maribárbola, quien no siempre podía vigilarlo a causa de los trabajos de la Compañía. Yo esperaba con ansiedad el suministro de lápidas con nombres y epitafios en español que le había encargado a Kupiec, pero él se retrasaba y yo empecé a temer que ya tal vez lo hubieran quitado del medio. Cualquier día hallaban su cadáver enredado entre los mangles que bordean el McArthur, o simplemente acribillado en su timbiriche de desperdicios. Betty hablaba de él con cariño y con despecho, y no quería verlo.

—Quiero seguir andando —decía—; mejor sola que mal acompañada.

—Adelante —la animaba yo—, adelante.

Betty y yo acordamos organizar un banquete, invitar un poco de gente a La Isla del Cundeamor y comer, beber y parlotear. Guarapito y Cocorioco se encargarían de la comida. El pobre Cocorioco había tomado con mucha sangre fría la angustia de Nicotiano, pero estaba muy preocupado y la responsabilidad de una comelata lo distraería un poco. Por lo demás, seguía con su eterno dolor de muelas pero de ir al dentista nada.

Como dos adolescentes, Betty y yo nos afeitamos las cejas para pintárnoslas y alcanzar, como decía ella, «el efecto deseado». Las dos estábamos convencidas de que estábamos envejeciendo de la manera más agradable posible.

Pero había algo que Betty no se atrevía a decirme. En La Isla del Cundeamor era feliz, se sentía apreciada y desde el primer momento todos la tratamos como un miembro más de la familia, pero ella sentía una carencia, era como un cráter en su sensibilidad y yo lo notaba. Al fin me lo confesó:

—Ay, Ula, yo lo que necesito, a mi edad, es un hombre que me considere y me quiera.

Y me contó que, con la ayuda de su maestro de «cultura general», había redactado un anuncio que pensaba poner en el periódico. El texto decía así:

Esta comunicación va dirigida al señor (divorciado o legalmente viudo) que reúna las siguientes características: 1) Aspecto físico: agradable a la vista y al tacto (no demasiado grueso ni cursi). 2) Edad: entre 45 y 60 años aproximadamente. 3) Raza: no tiene la más mínima importancia; tampoco la nacionalidad o el color de la piel. Por lo demás: muy buen nivel cultural y social, equilibrado, saludable, decidido, de moral acrisolada, sincero y que duerma bien. Que, ante todas las cosas, le guste y le importe el matrimonio. LA PETICIÓN la hace una viuda de nivel social elevado, sin problemas económicos ni familiares, distinguida, sensible, trabajadora y fiel.

El texto me gustó. Estaba sazonado a la Betty, con su propia mezcla de sueños y verdades, deseos y realidades. La animé para que hiciera pública aquella petición cuanto antes, y me di cuenta de que yo podía hacer lo mismo para conseguir una chica apropiada que sustituyera a Mireya en el papeleo de la Crabb Company y que, además, me ayudara a redactar el libro que sobre Nicotiano y La Isla del Cundeamor me proponía escribir. Al fin quedó listo mi texto, después de muchas correcciones:

Esta comunicación va dirigida a la señorita o señora no mayor de 35 años que, independientemente de que sea fea, blanca, bonita, negra, rica o pobre, reúna los siguientes requisitos: Que sea capaz de guardar secretos. Que posea un conocimiento perfecto, oral y escrito, del idioma español. Que entienda claramente los conceptos de la amistad y el honor. Que sea capaz de cubrir un puesto para funciones propias de secretaria particular. Ofrecemos beneficios extrasalariales. Las aspirantes serán sometidas a una rigurosa entrevista de selección.

Decidimos enviar las solicitudes de modo que salieran en la edición dominical del *Herald*. Después, sólo quedaba esperar.

Un día, al fin, llamó Mireya.

—Qué ganas tenía de oír tu voz —le dije.

—No me guarde rencor, tía.

—Te quiero, mi niña, dime cómo estás.

—A Nicotiano no quiero verlo por los siglos de los siglos amén. Pero usted... ¿Me echa de menos?

—Mucho. Todo el tiempo. Tú siempre serás mi Mireya. Pero ahora que ya no vives aquí... ¿No podrías dejar de tratarme de usted?

—No quiero. Usted es demasiado dominante, y siempre quise guardar esa distancia.

—¿Para tenerme a raya?

—Para que no me demoliera con su cariño. ¿Cómo está él?

—¿Él?

—Él.

—Bastante bien —mentí.

—No le creo, tía. Yo sé que está sufriendo como un loco por mí.

—¿Te quiere mucho tu nuevo amor?

—Me tiene puesta en un altar. Por ahora vivimos en casa de mi mamá.

—¿Y eso por qué?

—Bueno... Él tenía otra mujer, de la que tiene que deshacerse...

—Entiendo.

—Si quiere, dígale que yo llamé. Y que soy, sencillamente, feliz.

—Se lo diré —volví a mentir.

—He encontrado mis raíces. Ahora sé quién soy. Y colgó. ¡Colgó!

Doublestein vino a verme una tarde. Yo lo recibí con gusto pues su compañía me agradaba. Quería proponerme un negocio y hablar de nuestros proyectos.

Doublestein tenía la voz más guaraposa de todos los anglos que viven en el Condado de Dade. Su español era una ricura, acertaba milagrosamente en los subjuntivos y sus erres eran bastante humanas. No era un cualquiera: Double era mi amigo y además mi socio principal en la comercialización de las esculturas de Nicotiano. Sin él tal vez habríamos estado acangrejados hasta el cuello en La Isla del Cundeamor, víctimas de la superproducción de Nicotiano.

Era Double un marchante eficaz, coleccionista ecléctico e inteligente. Tenía galerías en Boston, Nueva York, San Francisco y Miami. Su red de contactos en todo el país era impresionante. Double era una especie de truhán fino, un zorro de subasta y un inversor de puntería. Lo suyo era la pintura antigua, la pintura europea del siglo XIX, el arte impresionista y posimpresionista, la pintura y la escultura modernas, el arte contemporáneo en general, la cerámica continental europea, la cerámica china, la plata inglesa y, en menor grado, el mobiliario francés. Double estaba absolutamente convencido de que los cangrejos de Nicotiano valdrían millones si se les aplicaban las sutilezas de la mercadotecnia.

Doublestein le cayó mal a Betty. A Hetkinen tampoco le caía bien y Kafka no lo podía ver ni en pintura. La ojeriza que Kafka le tenía a Doublestein era misteriosa y también algo embarazosa. Más de una vez le había ripiado los pantalones a dentelladas. Lo curioso era que no le hacía daño; solamente lo aterrorizaba. En cuanto a Hetkinen, era normal que Doublestein le cayera mal: mi marido conservaba la adustez, la rusticidad y el ensimismamiento de un campesino finés; Double, por el contrario, era mundano y expansivo, con la conducta refinada y algo afectada de los triunfadores que jamás tuvieron que partir de cero. A mí Doublestein no me gustaba como hombre. A Hetkinen *lo civilicé yo.* A Double hubiera tenido que *descivilizarlo* para poder disfrutarlo. Y, sin embargo, había que reconocer que era atractivo. Viejuco sin ocultarlo, siempre bronceado, ni fofo ni musculoso, el pecho cubierto de canas rizadas y en la cara y el cuello arrugas de ésas que, en los hombres, en vez de afear atraen.

Venía vestido de blanco, un tabaco Montecristo en el extremo de la sonrisa. Saludó a Hetkinen y a Betty que leían bajo los parasoles.

—Debiste haberle puesto Marx al perro y Kafka al gato —fue lo primero que dijo.

Hetkinen se había tomado un día libre y leía el periódico sin mucho interés. Yo sé que escuchaba atentamente las palabras de Double. Betty había aprendido a hacer el trago predilecto de mi marido, el *koskencoco,* y trajo tres en una bandejita. El koskencoco se componía de vodka Koskenkorva, agua de coco fresco, abundante hielo picado, Malibú y unas gotas de Cointreau, todo bien batido.

Fuimos al grano. Doublestein había vendido en Italia una pequeña serie de cangrejos de alabastro por 60.000 dólares. Brindamos, y yo observé que Betty se quedó lela cuando oyó aquella cifra. El otro asunto que quería tratar el marchante y amigo era la preparación del lanzamiento en grande de Nicotiano.

—Tenemos que vender a tu sobrino en el Mercado de la Personalidad del Arte, es hora de introducirlo en la Maquinaria de la Celebridad. Nicotiano no puede seguir siendo «el genio invisible». Eso es un despilfarro y un capricho absurdo, nosotros no vivimos en el desierto de Sinaí.

Una mosca regordeta dio una vuelta en la luz radiante y se posó, la muy culona, en el borde del vaso de Doublestein. Hetkinen lo observó y yo le noté la maldad de su satisfacción. Un avión pasó muy bajo e hizo un ruido como de guerra.

—Es un DC-10 de la Eastern —dijo Double—. Aquí los ruidos desagradables no vienen de la tierra sino del cielo.

—Así es La Isla del Cundeamor.

Double descubrió la mosca bobona y la espantó con repugnancia. Entonces se sacó el Montecristo de la boca y habló con talante visionario:

—He prometido a coleccionistas y especuladores que Nicotiano va a salir, de una vez por todas, del seudoanonimato en que se empecina permanecer. Es decir, *lo vamos a sacar* de ese anonimato. Vamos a vender su cara y sus palabras. En la revista *Art in America* aparecerá un prolijo ensayo sobre su obra, así como una entrevista. Y en *Play Boy,* con un par de preciosuras blanquísimas y en cueros encima de un gran cangrejo de granito negro. Inauguraremos ocho exposiciones simultáneas en ocho ciudades diferentes. Nicotiano dará entrevistas, firmará autógrafos, asistirá a los saraos del Mundo Artístico. Tu sobrino puede llegar a convertirse en uno de los Grandes de nuestra época.

Mientras hablábamos, Betty y Hetkinen sorbían, amodorrados, sus koskenkocos. Kafka nos miraba desde las arecas.

—¿Dónde está Marx? —dijo Doublestein.

—Durmiendo en algún lugar ignoto.

Como si aquello hubiera sido una invocación, un lagarto nos pasó por al lado a mucha velocidad y Double puso otra vez cara de repugnancia. Pero sin que le diera tiempo a terminar la mueca, Marx irrumpió en la escena y atrapó con los colmillos al lagarto. Por la cabeza, de modo que el cuerpo del reptil se contorsionaba convulsivamente mientras Marx, impertérrito, se alejaba hacia las malezas.

—¡Qué asco! —gritó Doublestein.

—Double, ¿tú odias a todos los animales?

—De los animales, sólo soporto a las mujeres.

—Muchísimas gracias —dije yo sin mirarlo—. Las lagartijas, al igual que los guanajos, las cucarachas, los cangrejos, los grillos, los pescados y los hombres engreídos, forman parte de nuestra cultura.

—Menciona un solo bicho que no forme parte de «vuestra cultura».

—Los mercachifles del Arte —respondí mirándolo.

—En el fondo —disimuló Doublestein retomando el objeto de su visita—, todo artista anhela la fama y el reconocimiento universal de su talento.

Kafka se estaba acercando a nosotros, y a mí no me dieron ganas de decirle que dejara en paz a Doublestein.

—¿Quién va a escribir los artículos para *Art in America* y las otras revistas?

—Amigos míos; neoyorquinos y de una profesionalidad probada. A propósito... ¿Dónde está Maribarbola?

—Ocupado —fue mi respuesta.

Kafka pasó rozando las piernas del mercader.

—¡Help! —gritó Doublestein pero Kafka ignoró su pánico. Se dirigió a Hetkinen y le mordió levemente la mano. Mi marido se incorporó y dijo:

—Algo pasa.

Otro avión surcó el cielo de La Isla del Cundeamor y entonces oímos la primera descarga. Eran disparos de fusil automático, ráfagas entrecortadas, peligrosamente cercanas. Buscamos refugio en la casa, Doublestein quería esconderse en el sótano y Hetkinen no tardó en averiguar lo que pasaba: desde su azotea, Mr. McIntire había entablado una encarnizada batalla contra un avión de la PANAM que, por suerte, ya se alejaba.

—Va a haber que encerrarlo en un manicomio —dijo Hetkinen—; no salgan, podría ocurrírsele disparar contra nosotros.

McIntire seguía tirando ahora contra las nubes, contra el mar o contra nada. Y mientras tiraba, gritaba insultos incomprensibles.

—Ha perdido el juicio —dijo Betty.

—¡Nos va a asesinar a todos! —lloriqueó Doublestein.

En la verja de entrada los perros Gotero y Montaver anunciaban a ladridos que alguien se acercaba. ¡Era nada menos que la señora McIntire!

Estaba temblorosa, caminaba con dificultad, lloraba en ráfagas acalambradas y tenía un ojo del color de una ciruela madura mordisqueada por algún pájaro de pico grande.

—Me ha pegado, me ha amenazado con el rifle —se quejaba inconexamente—, nos va a arruinar, que se dé un tiro pero que me deje en paz, ¡que me deje en paz!

Double sirvió scotch para todos.

—¡Ayúdeme, señora Ulalume, por el amor de Dios!

—Ay, pobrecita —dijo Betty Boop y la abrazó—: es un manojo de nervios.

El tiroteo de McIntire no amainaba. Se oían sirenas de policía. Estábamos en el luminoso salón del primer piso.

—Cuántos libros —dijo sonándose la nariz la McIntire—, cuántos cuadros bonitos...

Y siguió llorando y bebiendo el whisky a sorbitos entre los brazos de Betty Boop. Las sirenas de la policía estaban ya en La Isla del Cundeamor. Afuera el tiroteo adquirió intensidad de campo de batalla. Tronaban armas de diferente tipo y calibre, se oían gritos y alguien, con un altavoz, conminaba a McIntire a rendirse. Después unas ráfagas seguidas de silencio. Después unos disparos sueltos. Después nada.

Siempre abrazada a Betty, como si la conociera de toda la vida, la señora McIntire nos contó que se arrepentía de no haberse hecho mi amiga desde hacía mucho tiempo. Me habló «del peligro que se cierne sobre La Isla del Cundeamor», ya que nos expulsarían por medio del chantaje y las presiones más bajas.

—Y *ellos* son muy poderosos, no tienen sólo un dineral sino también influencia política... Estamos perdidos —dijo—; a mi marido lo asediaron, nos cortaron los créditos, boicotearon nuestra empresa...

—¿Quiénes son *ellos*?

—Una organización cubanoamericana... Millonarios... Son los que gobernarán Cuba cuando se caiga Castro. Son una mezcla de partido político, consorcio comercial y mafia criminal... A mi marido lo han acosado, lo han amenazado, y ustedes no se salvarán... Son implacables en sus maquinaciones y de verdad están decididos a apoderarse de La Isla del Cundeamor... Yo me marcho a Tampa —añadió resignada y totalmente desbaratada—, a casa de mi hijo mayor.

Hetkinen entró seguido de Kafka y dos policías.

—¡No quiero declarar nada! —gritó la McIntire y se aferró a Betty.

—Señora —dijo el policía un poco crispado—, acompáñeme; siento mucho tener que darle una noticia muy grave.

La mujer apretaba a Betty con todas sus fuerzas y escondía la cara entre sus senos.

—Cálmese, por favor —enfatizó el policía—. Le ruego que me acompañe.

Todos guardamos silencio. Hetkinen me miró y yo, al instante, lo leí todo en sus ojos misteriosos como los lagos de Carelia.

En todos nuestros años de vecindad en La Isla del Cundeamor, fue ésta la primera y la última visita que nos hiciera la señora McIntire. Su esposo, siempre sin bajarse de la azotea, se había volado la tapa de los sesos.

Mireya y yo (por teléfono)...

—*En mi relación con Nicotiano, yo siempre fui la más desfavorecida.*

—*Yo cometí el error de no calibrar el alcance de tu frustración.*

—*¡Basta, tía! Fue él quien cometió ese error y no usted.*

—*Creí que tus funciones y responsabilidades como secretaria nuestra te libraban de esa sensación de subalternidad.*

—*Nicotiano tomó por sentada mi servidumbre voluntaria. Pero de pronto me di cuenta de todo: para él eran la fama y el aprecio de todos. Para mí, la renuncia, la entrega, la obediencia y un puesto en lo más oscuro.*

—*El dolor de esa certeza se acrecienta por el hecho de que no puedes tener hijos...*

—*Piense en esto, tía: en nuestra cultura ni siquiera tenemos un concepto claro para designar el hecho de que una mujer no tenga hijos... Estéril, ¿soy una estéril?*

—*No te atormentes, Mireya... Sigue tu camino y busca algo que se parezca a la felicidad. No te quedes pegada a lo que te falta, móntate en lo que tienes y avanza...*

—*¡Consejos, consejos! Mi mamá me tiene asqueada. Dice que esto me pasa por puta; que si fui incapaz de retener a un hombre tan noble como Nicotiano ningún otro jamás me querrá en la vida; dice que soy una acomplejada, que me creo más importante de lo que soy; que «ella» no se merece «esto»; que soy una malagradecida; que yo no actúo como una cubana; que he cambiado la vaca por la chiva; que soy una desfachatada; que una vez más demuestro que no quiero a mis padres; que lo último que se debe perder en la vida es la ver-*

güenza; que esas cosas no hubieran pasado en Cuba y que es mejor que yo le pida a Dios que ella se muera... Estoy tan abatida, tía...

—¿Por qué no nos vemos, Mireya? Aquí ya sé que no es posible, pero en algún restaurante, por ejemplo.

—En La Isla del Cundeamor deben de estar hablando horrores de mí.

—Para hablar mal de ti, en mi presencia, hay que matarme. Curiosamente, no es Nicotiano el que te tiene por el origen pecaminoso de todos los males.

—Nicotiano me quiere.

—Con un amor muy roto.

—Lo comprendo.

—¿Estás satisfecha, Mireya?

—Me siento dueña de mi cuerpo.

—¿Se lo has dado a alguien que vale la pena?

—Al menos a alguien que elegí yo, yo, yo con mi propia voluntad.

—Te deseo suerte, hija.

—No me diga hija. Tía... tengo miedo.

—¿Miedo a qué?

—A volver como una perra, babeando y con el rabo entre las patas.

—Para mí, tu dignidad está intacta.

—Si yo vuelvo, ¿cómo me recibiría Nicotiano?

—La vida es un flujo dinámico, hija. Tú tiras una piedra al mar y se hunde. Tiras un corcho y las corrientes se lo llevan. Tiras una pelota contra un muro y ella rebota. Te muerdes la lengua y ella sangra... Los sucesos marcan a la gente y sospecho que Nicotiano...

—A mí me da igual. Era sólo una pregunta.

10.

La Pájara Pinta empezó a sacarle la lengua de la boca. Pero lo hizo con tantos conatos de penetración y contracciones de reptil, seguidas de unas maniobras de retroceso tan astutas y lentas, que Nicotiano no registraba las caricias en la boca sino en una zona que iba de la pelvis a la base de la verga y de allí, en irradiaciones de marea alta, al glande.

—Qué lengua tan rica tienes —susurró él.

—Para lamerte mejor.

—Qué boca tan linda y tibia.

—Para tragarte mejor.

—Qué dientes tan grandulones.

—Para morderte mejor.

—Qué voz de niña mimada.

—Para mentirte mejor.

—Qué pelo frondoso y negro.

—Para envolverte mejor.

—Qué nalgas tan redondonas.

—Para que las goces, mi amor...

Ahora estaban de nuevo en el Salsipuedes, desnudos en el catre de la trastienda y en medio de un calor de perros.

—Nos estamos derritiendo de sudor —dijo Nicotiano y se espantó una mosca del ombligo.

—¡Nos estamos derritiendo de amor! —rió la Pájara Pinta—, ¡como dos raspaduras de amor a la candela! —y la mosca se posó en uno de sus pezones. No la espantó. Observó cómo el insecto se frotaba las manos ávidamente y después la cabeza, pero le dio cosquillas y la espantó de un manotazo.

Afuera Maribarbola había tomado una decisión: ya estaba bueno de perseguir a Nicotiano como un estúpido; ahora lo que había que hacer era interceptarlo y bajarlo de su nube. Su hermano había estado con la Pájara en todo tipo de moteles, en los hotelitos de la playa, en el Omni, en el Grand Bay Hotel y muchos otros, sin que él les perdiera la pista. Lo más inquietante eran sus citas en el Salsipuedes. La Pájara, descaradamente, cerraba el bar para abrirle las piernas. El solo hecho de estar en el Salsipuedes, en cueros, desarmado y haciendo el amor como un bendito, podía resultar peligroso para Nicotiano. Allí seguramente había droga, allí se hacían transacciones oscuras y se planeaban tenebrosos arreglos de cuentas.

Empezaba a atardecer en Miami y Maribarbola, siempre acuartelado en el auto, recibió una llamada de Guarapito que se estaba dando unos tragos con Sikitrake.

—Embulla a Nicotiano para que venga a Bay Side —dijo—, a ver si se deja de novelerías. Lo que él tiene que hacer es distraerse. Aquí hay una orquesta sabrosísima tocando junto al mar, hay hembras de todos los tamaños y colores y el ambiente está buenísimo.

—Déjame hablar con Sikitrake —contestó Maribarbola.

Había un énfasis extraño en las palabras de Guarapito, y Maribarbola sospechó que había dobles intenciones en lo del ambiente buenísimo.

Sikitrake, como siempre, fue sincero:

—Aquí está Mireya con el tipo. Comiendo, bebiendo y gozando. Medio borracha la muy puta. Trae a Nicotiano para que se cure en salud, si es que te parece sensato. Aquí los esperamos, tenemos una mesa reservada.

—Voy a hacer lo que pueda —fue la respuesta de Maribarbola—; no se vayan de allí.

Dentro del Salsipuedes, la Pájara había preparado dos daiquirís faraónicos, que sirvió en unas copas que parecían dos baldes de cristal.

—Eres exagerada para todo —dijo Nicotiano.

Una cucaracha, que a juzgar por lo errático de su andar parecía que estaba borracha o a medio envenenar, se había subido al catre y se acercaba al cuerpo desnudo de Nicotiano. La Pájara la reventó de un zapatazo.

—Singar en el Salsipuedes —dijo ella— es como estar en el Tercer Mundo. ¿No te parece?

Nicotiano se echó a reír. Era cierto: las paredes tenían rendijas, el refrigerador podría haber sido el de una cantina de mala muerte de Lima o de Bogotá y en el patio había matas de ají y de plátano, varias gallinas y una suciedad compuesta de taburetes desvencijados y cajas viejas de cocacola y de cerveza entre las que crecían, vigorosos, los yerbajos.

—Miami es el Tercer Mundo, Pájara.

Nicotiano encendió un tabaco.

—Ya casi no fumo —se disculpó—; pero con el daiquirí...

—¿No te sientes *fumado,* Nicotiano? —y le acarició el sexo todavía encharcado en las lubricaciones de ella—. Porque yo te he fumado todo lo que me ha dado la gana...

—Sí, Pájara —concedió él—, me has sacado todo el humo que has querido.

Las tetas de la muchacha eran verdaderamente suntuosas. Los pezones, ahora distendidos, estaban aún babosos de la saliva de Nicotiano. Él se las apretó, con las manos muy abiertas para abarcar aquellas masas.

—Tú casi me has devuelto el sueño, Pájara. Desde que Mireya me dejó, soy incapaz de dormir solo.

—Quiéreme mucho, dulce amor mío, y no pienses más en Mireya.

—Qué rico te quedó este daiquirí gigante.

—Es nuestra escarcha criolla-embriagadora-refrescante.

La Pájara bebió de su daiquirí con los ojos entornados y dijo, pensativa:

—Oye, Nicotiano, tú que sabes tanto... ¿Por qué se dice que algo es «criollo»?

Él también sorbió la escarcha criolla mientras otra cucaracha, ésta mucho más sobria y ágil, subía por la pared hasta el techo.

—«Criollo» es un término —explicó él— que se usó en Cuba para diferenciar a los esclavos nacidos en la isla de los que eran oriundos de Africa, o «negros de Nación». Luego, por extensión, se le aplicó a todo lo producido en Cuba, a la música y al azúcar, a los bohíos y a las brevas y en fin, a todos nosotros, que somos mestizos y criollos.

—Eh, cuidado, que yo soy blanca pura.

—Lo siento, Pájara; somos nietos de dos abuelas: una blanca y otra negra.

—Me encanta estar contigo. Entre palo y palo puede una hablar cosas interesantes.

Y añadió:

—Ay, carajo, cómo me gustas.

Nicotiano volvió a reírse. La Pájara observó que su risa era casi infantil: jovial y de una inocencia absoluta.

—Me gustaría darme una ducha —dijo Nicotiano echando mucho humo.

Ella lo sacó del catre y lo obligó a subirse nada menos que en el fregadero, el mismo fregadero de los vasos de los clientes. La Pájara sacó una ducha de mano con una manguera, la instaló en el grifo y empezó a echarle agua.

—Ésta es la ducha del Salsipuedes.

—¡El Tercer Mundo! —exclamó él muerto de la risa.

—En este país, la civilización empieza al norte de Cabo Cañaveral.

Una vez vestidos, abrieron el bar.

—La noche es joven —canturreó la Pájara— y llega vestida de satén.

A Nicotiano le costaba trabajo irse. En cuanto dejaba a la Pájara lo atacaba una angustia que lo sacaba de quicio, no sabía dónde meterse. Y a la cama le tenía miedo: yacía como un alambre de púas, tieso, espinoso, oxidado y sin ojos para cerrarlos y dormir. Y oía los ruidos de sus entrañas. Era como si tuviera varios corazones retumbándole en las orejas, los ojos y la boca.

—Aunque ella vuelva —dijo la Pájara—, y tú tengas la gandinga de recibirla de vuelta, te pido que sigas viniendo a verme. En secreto, como te dé la gana. Creo que me he enamorado de ti.

—Dame un café —dijo él y se sentó en la barra—. Ahora que me voy, de nuevo me agarra la tristeza.

—Somos tristes casi por deber, Nicotiano. Somos gente tontihueca y siguatunga. No tenemos remedio.

Nicotiano no entendió nada.

—Somos gente casitroca y guatimberra —siguió ella—. No tenemos remedio.

—¿Qué idioma es ése, Pájara?

Ella se encogió de hombros.

—No tenemos remedio —fue su respuesta, y sus ojos se nublaron de lágrimas—: somos casitrocos, guatimberros, siguatungos y tontihuecos. Todo eso quiere decir que estamos hechos para el sufrimiento y la gozadera sin entender dónde empieza uno y termina la otra. Y estamos hechos para la traición y la vanidad, para las ilusiones desmedidas y los amores sin sentido. O sea que estamos jodidísimos pero encantados de estarlo. ¡Puros siguatungos!

—Ay, Pájara, me estoy enamorando de ti.

Y salió al fin del Salsipuedes. Maribarbola lo vio salir, lo interceptó y le dijo:

—¿Cómo estás, hermano?

—¿Me estabas vigilando, Maribarbola?

—Hermano —dijo Maribarbola y le puso un brazo en el hombro—: vamos a beber algo a Bay Side. Sikitrake y Guarapito nos están esperando.

—Esos guatimberros —dijo ensimismado—, ¡siguatungos y tontihuecos!

Maribarbola lo miró de reojo y no dijo nada.

Guarapito y Sikitrake estaban en una mesa bastante cerca de la pista de baile y de la orquesta, prácticamente junto a la mar tibia de la noche. La atmósfera era agradable, de animación general, olor a buena comida y luces que competían con el globo amarillento de la luna.

—Luna llena —dijo Nicotiano.

—No te pongas a mirar los celajes —dijo Guarapito.

—¿A qué hora empieza a tocar la orquesta? —disimuló Maribarbola.

—Pronto, pronto —se frotó las manos Guarapito— y todos bailaremos; miren qué cantidad de hembras alucinantes: culos para todos los gustos.

Mireya y su nuevo amor estaban a sólo unas mesas de distancia. Pero la mirada de Nicotiano parecía haberse trabado en la luna llena.

—A mí me gustaría esculpir la luna —dijo— y convertirla en un cangrejo.

—¡Qué buena idea, compadre! —gesticuló Guarapito—. Así se la vendemos a Satanás por una fortuna.

—Yo no sé bailar —se lamentó Nicotiano y mintió; sabía pero era demasiado tímido para menearse en público.

—Pues pobre de ti —arremetió Guarapito—. Y pobre de Maribarbola que tampoco podrá bailar, a no ser que se decida: o es hembra y baila con machos, o es macho y baila con hembras.

—No empieces a joder —protestó Maribarbola.

Nicotiano no veía a Mireya, pero ella sí lo vio a él en cuanto llegó pues ya tenía localizados a Sikitrake y a Guarapito. La brisa marina, el ajetreo de los camareros, el tintineo de los vasos, la gente con su alegre parloteo y la compañía de sus amigos, colmaron a Nicotiano de una especie de relajamiento de ánimo que, en los últimos tiempos, no había sentido más que cuando estaba dentro de la Pájara Pinta. Nicotiano encendió una breva.

—Hacía tiempo que no veía una luna tan misteriosa —insistió.

—Nicotiano —rezongó Guarapito—: bájate ya de la luna de Valencia.

Y añadió, en su más depurado tonito burlón:

—¡Eh miren! Nicotiano enciende sus tabacos como si le estuviera mamando el pezón a una hembra muy erotizada.

Y encendió él mismo un tabaco, remedando con los labios los gestos groseros de quien mama aparatosamente un pezón.

—Pues a mí me parece —se vengó Maribarbola con una parsimonia devastadora— que cuando ustedes fuman sus tabacos lo hacen como si le estuvieran mamando la pinga a un hombre.

Guarapito se quedó petrificado.

Sikitrake, que también tenía un habano en la boca, se lo sacó rápidamente y lo miró con desconfianza. Nicotiano fumigaba, con aspecto entre soñador y bobalicón, su misteriosa luna llena.

—¿Pero ustedes no han oído el ultraje inaudito de esta cabrona mexicana andrógina? —Guarapito estaba indignado—. ¡Atreverse a decir que nosotros, los hombres fumadores de puros, somos unos mamapingas simbólicos!

—De mexicano tengo muy poco —dijo Maribarbola con desdén—; cuando más el lugar donde nací, del cual no tengo recuerdo. En cuanto a la comparación... la sostengo. Ustedes fuman como si chuparan vergas.

—¡Pero caballeros, esto es inadmisible! Este granuja acaba de ofender a toda nuestra cultura hispanoamericana, carajo, a toda nuestra concepción del mundo! A partir de ahora ya no podrá uno fumarse un tabaco sin que lo atenace el complejo de que le está mamando la picha a alguien.

—A Dios —suavizó Sikitrake—; fumarse un tabaco es como mamarle la pinga a Dios himself.

—Oye... Seguro que fue por eso que Fidel dejó de fumar —reflexionó Guarapito—. Eso de mamarle la polla a Dios debió de ser demasiado para su estatura histórica.

—Estatura histórica —machacó como un eco deformado Maribarbola.

Nicotiano se enredó entonces, como si hablara con la luna, en una aburrida disertación sobre el tabaco. Dijo que fue la tarde del lunes 5 de noviembre de 1492, o tal vez al día siguiente, cuando Colón (o sea el mundo, así dijo) supo lo que era el tabaco. Dijo que Colón, estando en Cuba, había enviado a dos judíos de su tripulación, Luis de Torres y Rodrigo de Jerez, a realizar una exploración en el interior de la isla. Al regresar, aquellos señores trajeron la novedad de las hojas narcotizantes, y probablemente ya el gusto de fumarlas. Dijo que a Rodrigo de Jerez lo torturó la inquisición en España por echar por las narices un sahumerio diabólico, y que el Rey Jacobo I de Inglaterra demostró, científicamente, que los chorros de gases con los que Satanás martiriza a sus víctimas en el infierno son idénticos a los que el tabaco produce. Por último dijo que el Papa Urbano VIII, en el siglo XVII, proscribió el tabaco en todas sus formas pero que otro Papa, Benedicto XVIII, era un sumiso amante del rapé y que Sigmund Freud se fumaba unas veinte brevas cubanas al día mientras que Winston Churchill unas quince.

Guarapito, que no oyó más que el final del monólogo, pensó: «¿Cómo no le van a pegar los tarros si lo único que hace es hablar mierda?» Pero no dijo eso, sino que se empinó con orgullo y dijo:

—Mire usted: así es que el tabaco cubano no sólo participó en el descubrimiento del sicoanálisis, sino que ayudó a ganar la Segunda Guerra Mundial.

—Claro —abundó Maribarbola mordazmente—: mientras Hitler destruía a toda Europa, Churchill se entretenía mamándole la picha a Dios nada menos que unas quince veces al día.

—Por eso Dios lo ayudó a ganar la guerra —concluyó Sikitrake.

—Qué va, señores, nosotros somos demasiado condescendientes con la Marimacha. ¡Insinuar que somos unos chupapollas! Una insolencia de tal magnitud no debería quedar impune.

—Ustedes son unos siguatungos y unos casitrocos —murmuró Nicotiano pero nadie lo oyó.

Mireya, en su mesa, se mesaba teatralmente los cabellos, con ambas manos y levantando mucho los codos. Su nuevo amante estaba de espaldas y no había descubierto a Nicotiano y compañía; ella lanzaba miradas constantes, de soslayo a veces pero la mayoría de modo directo y desafiante.

Maribarbola tuvo deseos de ir y sentarse a conversar con Mireya. Habían sido amigos, muy buenos amigos, y él seguía apreciándola. ¿De dónde surgía ahora toda aquella hostilidad? «Todo esto es indigno de Mireya y de Nicotiano», pensó.

Nicotiano llamó al camarero y le pidió una botella de mezcal.

—¿Esa mierda? —refunfuñó Guarapito—. Yo prefiero ron, chico.

—Mezcal de Oaxaca, por favor —insistió Nicotiano—: una botella de Gusano Rojo.

De pronto, Guarapito se acobardó. ¿Y si aquel guateque terminaba como la fiesta del guatao? ¿Y si Nicotiano cometía una imprudencia, balacear a Mireya por ejemplo? Pero confiaba en que Nicotiano no estuviera armado. Además, allí estaban ellos para evitar una catástrofe. Después de haber pensado esto, siguió arrepentido de la payasería de haber traído a Nicotiano a Bay Side. ¿Para qué hacer sufrir más al pobre muchacho? Porque lo del mezcal no era una excentricidad más de Nicotiano, sino un acto autodestructivo, para emborracharse asquerosamente.

—¿Por qué no nos vamos? —propuso Guarapito—. Esto está un poco aburrido, ¿no?

—Nada de eso —rebatió Maribarbola—; aquí nos quedamos hasta que venga la música.

Llegó la botella y bebieron. Nicotiano seguía sin darse cuenta de que tan sólo a unos metros Mireya le dedicaba miradas sardónicas y veloces.

—Miren —dijo guarapito con asco—: el gusano del mezcal está vivo.

—Esto es un purgante, coño —constató Sikitrake.

—Maribarbola —dijo cargosamente Guarapito—, tú que no eres hombre ni mujer, y por lo tanto neutral, ayúdanos a dilucidar por qué un hombre puede volverse loco por una pérfida mujer.

Por toda respuesta, Maribarbola miró al mar.

En el escenario había ahora cierto movimiento, micrófonos que alguien cambiaba de lugar e instrumentos que alguien afinaba.

—Disculpa, Maribarbola —siguió Guarapito, ahora en un tono más ofensivo—, tú no puedes saber por qué un hombre se vuelve loco por una mujer; tú sólo sabes de locas que se enamoran de otras locas.

—Basta ya de mortificar a Maribarbola —intervino Sikitrake—; a veces me parece que estás enamorado de él.

—¡Jamás! —gritó Guarapito—, ¿para que me asesine don Doublestein?

—¡¿Quién?! —gritó Maribarbola y agarró por la solapa a Guarapito.

—Yo creo —dijo Sikitrake para ablandar la cosa pues se veía que Maribarbola estaba a punto de estallar— que la solución de ese misterio es la papaya. Eso es lo que nos vuelve locos. Eso es lo que no somos capaces de compartir con nadie.

—Es verdad —se acotejó la solapa Guarapito—: la raja sedosa, la jugosa-milagrosa.

Nicotiano dejó de mirar la luna. Bebiendo y fumando pensaba todo el tiempo en la forma en que Mireya se había entregado a su amante: dónde, qué se habían dicho, cómo se habían acariciado, quién había desvestido a quién, si ella le había susurrado en la oreja: «Síngame, dame más, dámelo todo», si ella le había contado cuánto odiaba a su Nicotiano, si el tipo le había arrancado gemidos y si le había dado gusto hasta llevarla al orgasmo muchas veces. Entonces dijo:

—El poeta y sacerdote Ernesto Cardenal ha escrito sobre el sexo de la mujer: «ese poco de infinito».

—Para venir de un cura —sentenció Guarapito— no está mal.

—Dice el poeta nicaragüense —prosiguió Nicotiano— que la producción de fuego por frotamiento la aprendió el hombre de *ese* frotamiento. Y en algún lugar evoca así el sexo femenino: «Ah, cosmos chiquito.»

—Qué bonito, chico... —dijo Sikitrake un poco enternecido.

—A mí no me gusta —objetó Guarapito—; es demasaiado sideral... vaya, es como comparar la dulce fetidez de un bollo con Yuri Gagarin o con el planeta Júpiter.

—La Dulce Fetidez —remedó Maribarbola malignamente.

Guarapito se lanzó a la carga:

—Maribarbola-Marisata-Marimacha-Mariputa-Mariquita lo que hubiera querido ser, si nunca hubiera entrado en la Crabb Company, es una ambulancia: que la abran por detrás y le metan un hombre entero dentro, para salir después a toda velocidad chillando de gusto por las calles.

—Guarapito —preguntó Nicotiano—, ¿tú no te cansas de corroerle el hígado a mi hermano?

La música impersonal de los altavoces cesó, y en el aire nocturno flotó entonces una especie de silencio jaspeado de sonidos de trompeta y pitidos de flauta, golpecitos de tumbadora y risas, vasos chocando y cubiertos en acción. Maribárbola observó que en la mesa de Mireya se producía una agitación. Por lo visto estaban enzarzados en una disputa.

Con un abanico de timbal se abrió a la noche marina el ritmo del son. Una gangarria fañosa apuntalaba el compás que avanzaba en meneos crecientes. Eran Hansel y Raúl, esas voces cubanas de Miami, que ahora decían:

> *Déjalo que regrese*
> *que ya no puede vivir sin ti*

—Qué rico el ritmo —dijo Sikitrake.

—El hombre necesita el ritmo como necesita la luz —dijo Guarapito—. ¿Verdad Marimacha-Marimocha-Maribombona-Maribombástica?

—Guarapito —dijo sin poder contener la risa Maribárbola—... déjate ya de joder. Mira que no está el horno para pan de piquitos.

—Pensándolo bien —siguió el razonamiento Nicotiano— todas las funciones vitales se realizan rítmicamente: el bombeo del corazón, la circulación de la sangre, la respiración, el pulso.

—El pulso mío es como un guaguancó —dijo Guarapito meneando el culo en su asiento.

—Y la menstruación de las mujeres, y caminar es puro ritmo...

—Es verdad —insistió Guarapito—, el cuerpo trabaja a fuerza de tamborileos, trompetazos y coros que cantan sin decir nada... Vaya, que hasta las tripas laboran danzando.

> *Déjalo que regrese*
> *que ya no puede vivir sin ti...*

—Y singar es lo más rítmico de todo —concluyó victoriosamente Sikitrake.

La gente bailaba alegremente. Unos con giros delicados, de exquisita precisión; otros con desenfreno y todos sensualmente.

> *Yo creo que él se merece*
> *otra oportunidad...*

La primera canción terminó sin que Mireya saliera a bailar; la segunda, una melodía acaramelada y acariciadora, no se hizo esperar. Un oleaje de trompetas arrastraron una resaca de guayos y tumbadoras líquidas y el ritmo se fue haciendo cada vez más grato, el oleaje con más espuma en las crestas.

> *No se puede vivir así*
> *no podemos seguir...*

Nicotiano bebió un repulsivo buche de aquel licor-candela, y el retrogusto de madera quemada o gusano vivo le pareció adecuado para la ocasión: Mireya estaba en la pista de baile. Primero creyó que era un espejismo producido por el exceso de luna. Pero no; allí estaba su Mireya con el príncipe de sus sueños. Ahora las trompetas y el son eran un llamamiento a la calentura de la sangre.

> *De repente*
> *tú te has vuelto insoportable*
> *me haces miserable*
> *y no sabes ni por qué...*

Todos miraron a Nicotiano. Había puesto una cara de bobo que hubiera dado risa si la situación no fuera, en realidad, tan grave al menos para él; se había quedado con la boca medio abierta como un mongólico que golosea un helado y Guarapito pellizcó a Maribárbola y dijo en tono un poco suplicante:

—Oye, Mari, ¿tú no crees que es hora de irnos?

—¿Será que tengo que matarla? —musitó Nicotiano pero lo hizo mirando la luna, y Guarapito y Sikitrake intercambiaron una mirada que significaba: «¿Qué hacemos?»

Una flauta cortó la brisita con olor a licor, desodorantes y comida con un ímpetu que agitó a los bailadores.

Sin un momento de alegría
sin un momento de placer...

Mireya bailaba con todas las virtudes de las hojas de un arbusto grácil bajo las ondas del viento. Nicotiano la miraba intensamente. Cada uno de los meneos de los hombros y la cintura de Mireya aceleraba el remolino de su zozobra. Todos vieron cómo Nicotiano se disminuía ante sus ojos, pero no de un modo simbólico sino físico y palpable, se encogía y se doblaba y parecía que se iba a convertir, al compás de la música, en un trapo estrujado que no iba a servir ni para limpiar las sobras y las manchas de la mesa.

Que no se puede
ya no se puede
no, no se debe
vivir así...

—Incomprensible —bisbiseó Guarapito hacia Sikitrake—; como si ella fuera lo mejor del mundo. Este Nicotiano me saca de quicio.

—Increíble —asintió Siki—; un tipo que vale tanto, amilanarse ante una pelleja como Mireya.

Entonces Maribarbola, para sorpresa de Guarapito y Sikitrake, llenó de mezcal el vaso de Nicotiano y dijo:

—Bebe, coño, y haz algo.

Nicotiano no reaccionaba.

—¡Que bebas, carajo!

Nicotiano obedeció como un bebé.

—Sabe a fango —dijo.

—Pues trágatelo, traga fango —insistió Maribarbola con la misma decisión en la voz de cuando estaban cumpliendo alguna misión de peligro y se transfiguraba, daba órdenes, actuaba con una inexorabilidad que provocaba admiración y un poquitico de miedo.

—La luna se está riendo de mí —dijo Nicotiano.

—La que se está mofando de ti es ella, chico —dijo Guarapito.

—Bebe —ordenó Maribarbola.

La música era sonsacadora, y Guarapito dio rienda suelta, al fin, a su instinto de perro perseguidor:

—Miren cómo menea el culo, señores.

Sikitrake lo siguió en un contrapunto que atizaba y hería:

—Bambolea las caderas y se pega a él de espaldas, con tremenda ricura, para que el tipo le goce las nalgas al ritmo del son.

—Prácticamente están singando mientras bailan.

—Públicamente, un palo en un lecho de síncopas.

—La verdad es que está radiante.

—Y cómo mira para acá la muy desconsiderada.

—¿Quién iba a decir que nos iba a salir tan guaricandilla?

Mireya parecía absolutamente dueña de la situación. Movía en redondo la cintura, amagando y provocando. Su pareja no se movía mucho, sus pasos eran titubeantes, un tanto rígidos y fuera de compás, lo cual acentuaba el salero rítmico-lascivo de la muchacha.

—Vámonos, caballeros —dijo Guarapito como si fuera a ponerse de pie—; Nicotiano no se merece este show.

Entonces Nicotiano apretó los ojos y, cuando los abrió, ya la luna no lo miraba. En medio de su vértigo, tuvo miedo de que lo atacara un acceso de llanto. Eran fundados sus temores, pues una afluencia de algo escocedor inundó su nariz y sus ojos.

—Mira cómo se frotan.

—El hombre aprendió a sacar fuego de *ese* frotamiento.

—¡Ah, cosmos chiquito!

—¡Atención señoras y señores! ¡Mujer frustrada de gran escultor busca pinga en las esquinas!

Maribárbola, que casi no había probado el mezcal, estaba a punto de vomitar. Viendo las cosas con frialdad, Mireya no hacía otra cosa que bailar ni más ni menos depravadamente que las otras muchachas. Se divertía con su nuevo amor, eso era todo. Requiebros al socaire de los floreos de la flauta.

Nicotiano apuró el mezcal que quedaba en su vaso y murmuró:

—Tiene sabor a sangre.

Los tres se crisparon, pero cuando Nicotiano se abalanzó sobre la pista de baile ninguno de los tres se lo impidió. Tropezando con las mesas y dando tumbos entre las parejas llegó Nicotiano hasta ellos, agarró a Mireya por la cintura sin que ella ni el hombre tuvieran tiempo de reaccionar, la cargó con sus brazos flacos pero duros de escultor y, dando un par de pasos por entre los sorprendidos bailadores, tiró ruidosamente a Mireya al mar de la noche.

La orquesta siguió tocando, Hansel y Raúl hicieron un veloz comentario irónico sobre «la nadadora nocturna» y la bachata siguió su curso con más brío mientras el nuevo compañero de Mireya intentaba pegarle a Nicotiano quien, a pesar de su borrachera, esquivaba los golpes con movimientos asombrosamente eficaces, prueba del entrenamiento a que lo tenía sometido Hetkinen. Fue un misterio, pero también una suerte, que Nicotiano no lo golpeara. Guarapito irrumpió en la escena y se hizo pasar por policía de paisano: se llevaba preso a Nicotiano, a grandes empujones, por alterar el orden público. Pero un par de guardias de verdad, empleados de Bay Side, acudieron a restablecer la calma y Sikitrake, con un paripé digno de las peores series televisivas del crimen, sacó una placa falsa de policía antidroga mientras gritaba:

—¡*Vice!* ¡Aquí no se mueve nadie!

Y salieron aparatosamente del local. A Nicotiano, como a un delincuente de tercera categoría, lo metieron de cabeza en la camioneta blindada de la Crabb Company y partieron, con un chirrido de ruedas y grandes carcajadas que Nicotiano no oyó, hacia La Isla del Cundeamor.

Cuando llegaron, ya yo estaba enterada de todo. Mireya, fuera de sí, había llamado: el hombre la había dejado, empapada de agua de mar, en casa de su madre y se había ido lleno de ira. La acusaba de fingir que se divertía con él, «bailando con tremendo desparpajo», mientras que lo que hacía era «darle celos a Nicotiano». Le había dicho sonsacadora, falsa, mujer inestable en quien no se podía confiar.

Era como si aquella noche todos hubiéramos estado empeñados en graduarnos de imbéciles.

—Todos los conflictos cubanos terminan siempre en el mar —declaró Guarapito.

—Tienes que dejar en paz a esa niña —le dije yo a mi sobrino mientras se reponía con un soberbio plato de chilindrón de chivo.

—Si está en casa de su mamá —reflexionó él después de un largo silencio mientras se tomaba una taza de café demasiado cargado para la hora—, y si el tipo la dejó lleno de ira, pues voy a verla. Quién sabe si me necesita.

—¿Pero será ñame este muchacho? —se preguntó, incrédulo, Guarapito.

—Nicotiano, acuéstate a dormir y no seas ridículo —le imploró casi Maribarbola.

—Nada vale nada sin Mireya —respondió él—. Ni mis esculturas, ni yo mismo, ni ustedes.

—Nosotros nos vamos a dormir —declaró, encabronado, Sikitrake.

—Sí —constató Guarapito—; esto empieza a tener visos de sainete.

—Me da igual lo que ustedes piensen —replicó Nicotiano con una rebeldía de adolescente.

—Te vas a buscar una salación, Nicotiano; no exageres más la nota.

—Ya la tiraste al agua, compadre —intervino Sikitrake—; acuéstate ahora a dormir. Mira que las desgracias no vienen solas. Como dice Guarapito, si sigues te vas a salar la vida.

—No puedo, no puedo dormir, no puedo.

Como si lo hubiera picado una avispa, Guarapito se acercó a Nicotiano y lo agarró por la cara, fuertemente, con ambas manos. Así permaneció un momento, mirándolo con fijeza a los ojos, como si intentara descubrir allí dentro el desvalimiento y la obsesión de su querido amigo. Talmente parecía que iba a darle un beso. Pero lo que hizo, de pronto, fue propinarle un tremendo cabezazo en la frente de modo que Nicotiano se desplomó en el sofá muy aturdido.

—Tú lo que buscas —le imputó Guarapito— es aniquilarte. Tú nunca te has querido la vida.

—Es verdad —intervino Sikitrake con voz cansada—, tú eres un extraño en este mundo. Nunca has aceptado que ésta es tu vida, tu única vida, aquí y ahora en Miami, y que tienes que vivirla.

Nicotiano se acarició la frente golpeada.

—Ella era la Patria que no tengo; era la mujer de la vida que no acepto y era —ahora lo comprendo—, hasta la hija que nunca tuve.

—¿Y qué? —arguyó Guarapito ahora también exhausto—. Patria no tenemos ninguno e igual gozamos, lo mejor que podemos, de la cabrona vida. Mujeres... hay miles que te darían sus mejores cuidados, su consideración y además muchas hijas.

—¡Una mujer no es un país, cojones! —vociferó Sikitrake, que había perdido la calma.

—No puedo dormir —dijó el escultor y se puso de pie—; la angustia no me deja.

Él sabía que cerca del aeropuerto había un restaurante que se llamaba «La Yuca Frita del Exilio», donde un trío llamado Los Panchitos amenizaba las comelatas.

—Ahora mismo voy a contratar a Los Panchitos para darle una serenata a Mireya. Creo que se merece un desagravio. No debí tirarla al mar con ropa y todo.

Todos nos miramos en medio de un silencio que nos pareció grotesco.

El restaurante estaba abonado. Un guardia detuvo a Nicotiano en la puerta y dijo que no podía entrar, pero cambió instantánemanete de opinión cuando recibió un billete de a veinte.

—Sólo quiero hablar con los músicos —dijo Nicotiano.

—OK, OK, pero no te quedes.

El local estaba repleto de viejas papudas y culonas que, en compañía de una caterva de viejos lánguidos, festejaban el cumpleaños de un anciano que parecía una momia en guayabera. Flotaba en el ambiente un olor raro, algo entre el sofrito de tomate, cebolla, ajo y ají y una mezcla de fragancias trasnochadas, de otras épocas de brillo y gloria.

La parentela del anciano era numerosa y con ínfulas de gente importante, como suele suceder en Miami: el que no tuvo fincas en Cuba era de apellido ilustre; el que no tuvo cargos políticos en la Cuba de Ayer pertenecía al Country Club de La Habana, o al menos ganó puntos conspirando contra la tiranía de Fidel Castro. En este caso, la reliquia humana a quien festejaban había sido colaborador cercano del doctor Carlos Prío Socarrás, miembro del Partido Revolucionario Cubano (Auténtico) y último Presidente de la República de Cuba.

—¿Qué clase de canciones desea para la serenata? —preguntó el Panchito-líder.

Nicotiano no supo qué contestar.

—Tenemos melodías para toda ocasión: reconciliadoras, sarcásticas, hirientes o conmovedoras. Otras son vengativas y pérfidas, diseñadas para dejar en la amada un profundo cargo de conciencia.

Nicotiano no sabía que el arte de las serenatas fuera tan complejo.

—También tenemos —añadió el músico— canciones frívolas, adormecedoras, fúnebres, escabrosas, líricas...

—Elijan ustedes —y acordaron un precio por diez minutos de música.

Partieron hacia la casa de los padres de Mireya en Coral Gables, pero por el camino Nicotiano empezó a arrepentirse. La borrachera se le había disipado con el chilindrón de chivo y el café, y empezó a sentirse ridículo. No obstante, una intensa ternura hacia Mireya lo instó a continuar.

Cuando llegaron eran casi las dos de la mañana. Hacía fresco y los jagüeyes cavernosos de Coral Gables exudaban un aroma agreste. Los grillos tenían organizada una serenata aparte. Los Panchitos se colocaron debajo de la ventana de Mireya, metidos en un bello malangal, y comenzaron con un solo de guitarra; las maracas acariciaban la armonía melosa del acompañamiento.

Tanto tiempo disfrutamos de este amor
nuestras almas se acercaron tanto así
que yo guardo tu sabor
pero tú llevas también
sabor a mí...

Nicotiano pensó: «Que salga, coño, que salga y me vea.» Pero nada. La música era especialmente bonita en la quietud vegetal de la noche. Ahora Los Panchitos cantaban:

Lloraré, llorarás
sin poder prescindir del ayer
que es una obsesión...

Dentro de la casa, Mireya se revolvió en la cama. Cuando le llegaron los primeros acordes y voces estaba inmersa en una pesadilla de sangre y agua turbia: soñaba que estaba de parto y que pujaba, pujaba furiosamente despatillada en el taller de Nicotiano y custodiada por oscuros cangrejos espectrales, pero por más que sufría unas contracciones salvajes y se iba en agua y sangre no paría nada, no paría nada. Se levantó, fue a la ventana y tuvo que pellizcarse para saber que ya no soñaba. ¡Allí estaba Nicotiano dándole una serenata! Fue al baño y llenó un cubo de agua. Primero pensó ponerle sosa cáustica o al menos detergente. Pero al fin lo que hizo, casi sin darse cuenta, fue verter en el balde todo un frasco de su perfume habitual.

—Esto le arderá mucho más que la sosa cáustica —se dijo.

Abajo, la música seguía sobando el terciopelo de la noche. Junto a las malangas crecía una bella mata de papaya y Nicotiano hacía como que bailaba con ella. Desde arriba, la mata de papaya parecía una mujer de larga cabellera en la penumbra, y las papayas colgantes recordaban unas tetas grandes y umbrosas.

Una estela de espuma se queda
como rastro de mi triste adiós
y mi alma agobiada se lleva
tu imagen, que en ella grabó...

Mireya abrió la ventana y se dejó ver. En algún sitio un perro empezó a ladrar. Los Panchitos eran una visión bastante patética; diluidos en el malangal, fantasmagóricos y con las caras hacia arriba como las imágenes de los cuadros medievales.

Pero Mireya se sintió conmovida. ¡Hasta ese punto de demencia había llegado Nicotiano!

>*Adiós... mi perfumada flor...*
>*Adiós, me voy con mi cantar...*
>*Las olas del inmenso mar*
>*recojan mis penas de amor...*

—¡Basta! —gritó, y vertió el agua perfumada.

Los Panchitos salieron corriendo para tratar de poner a salvo los instrumentos, pero en vano. Todos quedaron ensopados y perfumados.

—¡Y ahora piérdete de mi vida! —fue el grito de la amada, quien puso un fuerte punto final a su frase con un iracundo ventanazo.

Maribarbola, incrédulo y lleno de pena, había visto la estrafalaria escena desde su auto. Y sus sospechas se hicieron realidad: Nicotiano no regresó a La Isla del Cundeamor, ni fue a buscar a la Pájara Pinta, sino que se dirigió a la Liquor Store en busca de la muchacha negra que se le había clavado en el corazón.

Y esa noche ella estaba allí.

Las calles estaban desiertas y la muchacha, sola en el local, lucía desamparada y expuesta a la incertidumbre de la nocturnidad miamense, pero al mismo tiempo segura de sí misma. Esta vez la conversación fue mucho más amigable, casi tierna. Nicotiano notó que ella se alegró espontáneamente al verlo.

—¿Ha llovido? —preguntó ella mirándole las ropas empapadas. En su semblante se abrió una sonrisa radiante.

—Le di una serenata a mi ex mujer —dijo con llaneza Nicotiano—. Una serenata de despedida, por que ahora sí que me la voy a arrancar del alma. Y como ves, me tiró un cubo de agua.

Él dijo esto con un gesto simpático y una sonrisa que era como una petición de disculpa.

—Pero hueles a flores —dijo ella y abrió aún más su bella sonrisa.

Él se encogió de hombros.

—Huelo a ella.

—Quizá tu ex mujer no esté *tan segura* de haberte arrancado de su alma...

—Ahora ya no me importa. La quiero todavía, pero tengo que seguir andando, vivir, no puedo morirme por esa mujer.

Ahora fue ella la que se encogió de hombros.

—Yo me llamo Mary —dijo.

—¿Te acuerdas de mi nombre?

—Nicotiano. La Isla del Cundeamor. Son nombres que no se olvidan.

Y de nuevo aquella sonrisa, que hacía muchos estragos en el sistema nervioso de Nicotiano.

—Mary, me gusta mucho tu sonrisa.

—Por favor, no me des a mí también una serenata. ¿Qué vas a comprar?

—Nada, sólo he venido a verte.

Ella bajó la vista.

—¿Cuándo vas a Cuba? —dijo él.

—En cuanto pueda.

—¿Cuándo vienes a La Isla del Cundeamor?

—Cuando tú quieras.

Y esto lo dijo con otra voz, más seria y mirándolo de frente. Nicotiano se sintió flojito, muy flojito en las piernas.

—Mañana mismo —acertó a responder y se le acercó—. No deberías trabajar aquí de noche.

—Ya lo sé. Es peligroso. Pero de algo hay que vivir. Yo no vivo en ninguna Isla del Cundeamor. Yo vivo en Liberty City.

—Vente a vivir conmigo —Nicotiano le agarró
una mano y, sin que ella lo evitara, se la besó.

—Cada cual vive donde puede —replicó ella
sin retirar la mano.

Nicotiano se dobló por encima del mostrador y
se besaron.

—Compra algo —dijo ella con cierta tristeza,
como si quisiera borrar el beso, pero Nicotiano estaba eu-
fórico. Fue a los estantes y empezó a coger botellas al azar.

Desde el auto, Maribárbola vio entrar a un joven
en el establecimiento e inmediatamente bajó el parabrisas.
De modo instintivo, retuvo en su mente algunos elementos que pudieran describirlo: de raza blanca, pelo lacio cas-
taño tirando a rubio, una camisa de cuadros rojos por fuera
del pantalón, unos veinte años, corpulento, tenis blancos.
Quizá fuera el aire de hombre acosado que creyó verle, la
ojeada nerviosa que lanzó a ambos lados de la calle antes de
entrar; de cualquier modo, Maribárbola se puso en guardia. Sintió el levísimo escalofrío en la nuca y la misma serenidad impersonal y fría, como una daga guardada en un
congelador, que siempre lo embargaba ante la posibilidad
inmediata de la violencia. Mientras Nicotiano, de espaldas
a Mary, llenaba de botellas un cesto, el joven sacó una pesada pistola calibre 45 de acero inoxidable y Maribárbola vio,
a través de la puerta de cristal entreabierta y a unos pocos
metros de distancia, cómo la enfilaba contra la empleada.
Al mismo tiempo Maribárbola, siempre sin salir del auto,
sacaba su descomunal Colt Python 357 Magnum y apun-
taba, apoyado en la ventanilla, totalmente relajado, concentrado e inmóvil, al atracador armado.

Lo que sucedió dentro del local fue vertiginoso.
Nicotiano conminó imprudentemente al asaltante a
abandonar el local, el muchacho giró sobre sí mismo y lo
encañonó quizá para amedrentarlo o simplemente para
dispararle y Maribárbola, sin esperar un solo segundo y
dándole gracias a Dios por no tener a Nicotiano en la
línea de tiro, apretó el gatillo dos veces.

El muchacho se estrelló sin ni siquiera gritar contra una estantería repleta de ron Bacardí, produciendo un alud de botellas. Mary se parapetó debajo del mostrador y Nicotiano, en virtud de las enseñanzas de Hetkinen practicadas hasta la extenuación, pateó la mano del herido ya que el joven atracador, víctima del dolor y del pánico, se apretaba con una mano el muslo y con la otra movía la pistola sin atinar a disparar. La patada de Nicotiano hizo volar el arma hasta una congregación de botellas de 7-Up que estallaron con un sonido gaseoso. Ahora el muchacho se quejaba horriblemente y yacía en un creciente charco de sangre: pedía auxilio y aullaba, decía algo sobre su mamá, la llamaba con voz que languidecía. Nicotiano, que no podía ver sangre sin desmayarse, se sobrepuso a la primera oleada de mareo y venció el desmayo. Aquel hombre necesitaba ayuda. Se quitó el cinto y ya estaba haciéndole un torniquete al herido cuando Maribarbola entró en el local, se apoderó de la pistola —era una Colt Delta Gold Cup, nuevecita— y le arreció el torniquete al muchacho pues ahora el fluido de sangre era un verdadero chorro. Para entonces ya Nicotiano había perdido el sentido y yacía bocabajo, con la cara hundida en la sangre del asaltante. Mary, convencida de que los dos hombres habían sido alcanzados por los disparos, se asomó en el mostrador y cogió su pistola, pero estaba demasiado aterrorizada para disparar contra Maribarbola.

—Señorita, salga —dijo Maribarbola con una tranquilidad que no era de este mundo, sin volverse siquiera para mirarla—, yo soy hermano de Nicotiano y él está ileso; usted ya no corre peligro alguno.

—¡Están muertos! —gritó ella—. ¡Están muertos!

—Cálmese y llame a una ambulancia.

Maribarbola le trabajaba la herida al muchacho. Ella salió y dijo, venciendo el temblor de las manos:

—Déjeme, yo soy estudiante de medicina y tengo cierta experiencia. ¡Dios mío! Una de las balas tiene que haberle perforado el fémur, y me temo que la arteria femoral. Se está desangrando.

Mary llamó a una ambulancia y a la policía, no sin antes examinar a Nicotiano y cerciorarse de que estaba ileso. Entonces empezó a llorar.

—Qué asco —sollozó—, qué asco.

—No diga que este muchacho intentó atracarla; diga simplemente que entró huyendo y que un desconocido, que se dio a la fuga, lo balaceó desde afuera...

—Váyase, váyase... ¡Llévese a Nicotiano!

—Mire —y le mostró los antebrazos del atracador—... están acribillados a pinchazos. Es un drogadicto, y la droga obliga... En fin, haga lo que le parezca.

—¡Váyase!

Sin mirarla, Maribarbola cargó a su hermano. Entonces Mary dijo:

—¡Mire qué ensangrentado está Nicotiano! Dígale que me llame, por favor. Pero no aquí, que me llame a mi casa.

—¿Él tiene su número de teléfono? —preguntó Maribarbola secamente.

Ella se desesperó, miró en torno en busca de algo, las manos le temblaban de nuevo.

—¡No tengo, no encuentro con qué escribir!

—Diga el número dos veces; a mí no se me olvida.

Ella lo dijo. Tres veces pero no despacio. A Maribarbola no se le olvidó.

El torniquete le había restañado un tanto la hemorragia al delincuente. Maribarbola salió con Nicotiano a cuestas y Mary vio cómo la noche agridulce de Miami se los tragaba de un sorbo. Su hermano tenía —pensó Maribarbola— un nauseabundo olor al perfume de Mireya, a alcohol y a sangre ajena.

Guarapito y Sikitrake...

—¿Qué te parece Alma Rosa, Guarapito?

—Que es un corazoncito de melón-melón-melón. Mírala cómo toma el sol junto a la tía, con esas tetas maravillosas y ese bikini chiquitico. Le viene bien el color negro por ser tan paliducha...

—Es la blancura que trajo de los nubarrones y los fríos de Madrid. El solivio de Miami la va a poner primero roja y después morenita.

—Una hembrita como para chuparla toda-todita, desde el dedo gordo del pie hasta las orejitas.

—Pero a nosotros ni nos mira.

—Qué lástima que la tía haya empleado a una tortillera. Con Maribárbola ya teníamos bastante, ¿no te parece?

—Oye, Guarapito, tú no puedes vivir sin fastidiar a Maribárbola. ¿No te duele un poco eso de estar ofendiéndolo todo el tiempo?

—Él-ella es el único engendro mariconeril por el que daría toda mi vida. Pero la daría como hombre, no te equivoques.

—Guarapito, escucha bien, que esto va en serio: yo he sorprendido a Alma Rosa Contreras tirándole miraditas a tu rabo de caballo...

—¡No seas hijo de puta, Sikitrake! No me des esperanzas locas, mira que me dan palpitaciones... Lo que yo sí creo es que ella está medio metida con Nicotiano.

—No lo creas; él está tan embobado con su negra, que no tiene ojos para ninguna otra mujer. Y para Alma Nicotiano no es más que un objeto de museo.

—Yo me singaría con muchísimo gusto a Alma Rrrrrosa Contrrrrrrreeeeras, aunque sea todo lo torrrrrrtillera que le dé la gana.

—Qué extraño, hermano, yo siempre me imaginé a las lesbianas como adefesios humanos, con los pies planos y el cuerpo lleno de herpes, asmáticas todas ellas y con las tetas caídas.

—Y con los dientes amarillos, gordiflonas y la voz de trombón de circo.

—Alma Rosa es La Diosa Prohibida.

—Nos ignora con una majestad descojonadora.

—Yo a veces creo que a ella también le gustan los machos. Bisexual, tú sabes...

—Pues fájale entonces.

—¡Los fósforos! Me inspira un respeto extraño.

—La muy cabrona. Es casi un respeto como el que uno le tiene a Maribarbola, ¿verdad?

11

Betty y yo no tardamos en recibir un aluvión de cartas de respuesta a nuestros anuncios en el periódico. A ella, todos los hombres que respondían le parecían despóticos, ramplones, vacuos, altisonantes, aventureros y presuntuosos. Yo, por mi parte, tampoco podía decidirme. Ninguna muchacha me parecía lo suficientemente confiable, desarrollable, modesta y calificada. A todas las hallé livianas, sin espíritu crítico y exentas del más mínimo reducto de educación humanista. Las cartas de respuesta no hablaban de jóvenes con personalidad e irradiación propias sino de marionetas de la publicidad, la moda, las ambiciones vanas y los espejismos de la época. A todas las mandé a freír buñuelos. Del montón de cartas que recibíamos, elegíamos sólo unas cuantas para las entrevistas; Betty, por razones obvias, era todavía más exigente con las respuestas de los hombres y no quiso encontrarse más que con dos de ellos, a los que rechazó de plano. A todos los encuentros acudíamos juntas, para darnos ánimo, apoyo y buen consejo.

Pero al fin hubo una carta que me impresionó más que todas por su laconismo y la turbulencia afectiva que evocaba. Detrás de la nota entreví una conciencia depresiva pero segura de sí misma:

Soy una mujer que cumple casi todos los requisitos que usted necesita; usted también, señora, parece reunir las características de alguien con quien tal vez se pueda establecer una colaboración franca y estrecha. Habiendo dejado tras de mí algunos quebrantos muy

*duros de olvidar, no tengo de qué vivir. Pruébeme a ver
si sirvo.*

Sin titubear lo más mínimo la llamé al teléfono
que me daba y que resultó ser —lo averigüé enseguida—
el de un hotel de mala muerte de la playa. A la autora de
esa carta me aventuré a hacerle objeto de un privilegio
excepcional: la invité a La Isla del Cundeamor.

Yo hubiera querido hacerle la entrevista a bordo
del *Villalona;* allí habríamos tenido más intimidad, una
sensación más pura de estar solas en el mundo, flotando
en el mar, ser más islas todavía. Pero últimamente a
Bartolo le había dado por salir «de romería» con su familia, diz que a los cayos o de pesquería, y el *Villalona*
no estaba nunca disponible. Así es que Betty y yo recibimos a la aspirante en la biblioteca. Nosotras nos servimos unas copitas de jerez; la chica dijo:

—Yo prefiero algo más fuerte; estoy nerviosa.

De entrada, me agradó que reconociera un nerviosismo que, por cierto, no se le notaba. Tomó ron añejo con hielo y yo comencé sin rodeos:

—Señorita, debo decirle que el trabajo para el
que busco una empleada...

—Sinceramente —me interrumpió ella—... no
tiene por qué tratarme de *señorita...* Si no le molesta,
tutéeme ya desde ahora.

—¿Cómo te llamas?

—Alma Rosa Contreras.

—Tienes nombre de heroína de telenovela mexicana —dijo Betty, y la muchacha se echó a reír.

—Bueno —proseguí yo—, el trabajo para el
que pretendo contratarte puede llegar a hacerse algo
pesado, pero las condiciones de remuneración son ópti-
mas. En cuanto a mis preguntas, recuerda que no hay
preguntas estúpidas, sino *respuestas* estúpidas. Responde
las que te dé la gana y deja pasar las demás.

—Usted dirá.

—Es cierto lo que dice Betty; tu nombre tiene un dejo de amores fallidos, fracasos inmerecidos y llantos reprimidos.

—Usted dirá.

—¿Tienes hijos?

—Uno. Varón.

—Cuídate de criarlo como si él fuera el ombligo del mundo; ésa es la causa de la infelicidad de la mayoría de los hombres.

—Y usted, ¿tiene hijos?

—Hoy, la que pregunta soy yo. No, nunca he parido; tengo un sobrino, Nicotiano, que es escultor y a quien pronto conocerás, y un hijo adoptivo, Maribarbola. Ellos son toda mi vida.

—Lo siento, pero nadie es nunca toda la vida de nadie.

—¿Crees en Dios?

—No.

—¿Nunca te hizo falta creer en algo que te trascienda?

—Sí; muchas veces.

—¿Qué significa para ti la palabra *amistad*?

—La palabra en sí, nada. La amistad, en cambio, significa sinceridad en todas las circunstancias y una voluntad de lograr un máximo de lealtad.

—¿Tus padres viven en Miami?

—No, en Madrid.

—¡Ay, en Madrid! —exclamó Betty, que ya le venía cogiendo cariño a la muchacha—. ¡La Gran Vía, el Museo del Prado, Las Ramblas!

—Las Ramblas, señora, no están en Madrid.

—¿Cómo son tus relaciones con tu madre?

—Infernales.

—¿Y con tu padre?

—Complicadas... Mire, señora —tomó la palabra la joven—, estoy intentando arreglar mi vida.

Asentarme, brindarle una educación a mi hijo. Yo en Madrid trabajaba en una academia de idiomas. Enseñaba inglés. Allí me enamoré de un argelino que era maestro de francés y tuve a mi hijo con él. Así no más, sin casarme ni nada. En realidad, yo apenas lo conocía. Mi madre me botó entonces de la casa... con la aquiescencia cobarde del viejo, a quien, a pesar de todo, adoro. Mi niño es mulato, mezcla de sarraceno y de cubana...

—¡Lindísimo debe de ser! —intercaló Betty—, una preciosura de chiquillo.

—Mi situación en Madrid se hizo... difícil.

—Insostenible.

—De pronto me quedé sin trabajo. El argelino también quedó desocupado y sin consultarlo conmigo se largó solo a París. Me dejó un papelito en la mesa: «No me busques; suerte.»

La muchacha hizo una pausa y Betty le agarró dulcemente una mano.

—A mí me trajeron de Cuba a Miami teniendo sólo seis años; o sea que soy bilingüe. Por eso, ahora que estoy pasando por esta crisis, he regresado. Aquí tengo una tía viuda que me va a cuidar al niño mientras yo trabajo. Pero en cuanto reúna algún dinero, volveré a Madrid. Yo aquí no puedo vivir la vida entera. ¿Me entiende, señora?

—No me digas *señora;* dime tía.

—OK, tía.

—¿Sabes manejar una computadora?

—Sí.

—¿Contabilidad?

—No.

—¿Mercadotecnia?

—Nix.

—¿Informática de oficina?

—Nix.

—¿Taquigrafía?

—Nada.

—¿Historia de Cuba?

—Bastante.

—Eso sí que es importante. ¿Por qué se fue el argelino?

—Por cobarde.

—¿Qué es ser cubana?

—Sinceramente, no lo sé; un destino como otro cualquiera... quizás una manera especial de soñar y fracasar.

—¿Qué patriotas e intelectuales cubanos asistieron al entierro del Padre Félix Varela cuando murió en La Habana en 1851, o sea el mismo año en que nació José Martí?

—Ay, tía, qué pregunta tan pedante —protestó Betty Boop—, ¡no acalambres a la muchacha con esas pesadeces mira que ya ha sufrido bastante!...

—El venerable Padre Varela, «el hombre que nos enseñó a pensar» a los cubanos, no murió en La Habana sino aquí en La Florida, en la más absoluta miseria, en San Agustín. Y no fue en el 51 sino en 1853, o sea el año en que nació Martí. En 1911, si mal no recuerdo, sus restos fueron trasladados a Cuba. Hoy descansan, si no me equivoco, en la Universidad de La Habana.

—Ahí tienes, Ula, para que aprendas a respetar a la juventud.

—En esta casa, que será también la tuya y tu centro de trabajo, hay muchos hombres atractivos (y sobre todo seductores y descarados) que entran y salen sin cesar. ¿Te gustan mucho los hombres? ¿Eres capaz de controlar tus atracciones?

—Los hombres no me atraen en absoluto; desde lo del argelino sólo me gustan las mujeres.

—Muy buen gusto que tienes, hija —sentenció Betty Boop con la frente en alto y sin soltarle la mano.

—¿Tú comes de todo?

—De todo, pero frugalmente.

—Se te nota en la cadencia de las tetas —intercaló Betty Boop—; te haría falta un poco más de carne en ellas.

—¿Cuál es tu mejor virtud?

—La perseverancia.

—¿Qué defectos tienes?

—No sé bailar. A veces lloro sin saber por qué. Soy injusta con todo el mundo cuando tengo la menstruación y aborrezco que me mangoneen.

—Alma Rosa, aquí tienes 1.000 dólares de adelanto.

—Pero tía...

—Estás contratada. Mañana empezamos.

—Es que aún no me ha explicado en qué consiste mi trabajo.

—En escribir algunas cartas, ordenar documentos, sacar cuentas de vez en cuando, recibir llamadas telefónicas, ser mi buena amiga, guardar secretos y, tal vez, transcribir un libro, algo parecido a una novela, que te voy a dictar sobre mi sobrino, mis amigos, Miami y esta casa.

—¿Un libro? ¿Contra quién irá dirigido?

—¿Cómo contra quién? No entiendo tu pregunta.

—Ay, tía, no sea ingenua; usted sabe muy bien que todo lo que se escribe en Miami va siempre dirigido en contra de alguien.

—No había pensado en eso.

Brindamos, nos abrazamos, chachareamos de lo lindo hasta tardísimo y la invitamos a que asistiera a la cena que estaban preparando Cocorioco y Guarapito.

Nicotiano empezó a salir con Mary y sus heridas comenzaron a sanarse. Todavía dormía mal pero dejó de beber como un imbécil, comía mejor y regresó a sus esculturas. Por lo pronto su relación era forzadamente platónica ya que ella desconfiaba y se resistía a acostarse con él. Aquella reticencia de Mary hacía que Nicotiano la respetara y la admirara sobremanera, ya que él notaba que ella *quería,* que lo deseaba con un ardor que casi podía comerse a mordidas en el aire que los separaba. Y ella también sentía, en todo su cuerpo, que él se deshacía por ella. Pero no se le entregaba, ni él la forzaba a que lo hiciera.

Una tarde Nicotiano decidió ir al Salsipuedes para terminar de una vez con la Pájara Pinta. El único que estaba en el Salsipuedes, tomándose un café con leche, era Bartolo.

—Yo te hacía con el *Villalona* en el mar.

Bartolo le respondió con evasivas. Estaba un poco nervioso pero Nicotiano no se percató de ello. Dijo algo de que Hetkinen siempre le daba los trabajos más aburridos de la Crabb Company y que, paseando en el *Villalona,* reponía las fuerzas y la concentración. Bartolo dejó el café con leche a la mitad y se marchó.

—Pájara —propuso Nicotiano—, vamos a tomarnos unos tragos en algún lugar. Tengo que hablar contigo.

—Espera, mi chini, que me voy a acicalar.

Nicotiano la esperó en el auto. ¿Cómo decirle que ya no quería verla más, que para él ya aquella aventura había terminado? Ante todo, temía herirla. No podía decir que la amaba pero sí que sentía una fuerte ternura hacia ella. Habían hecho de sus encuentros una lucha amorosa y un juego de finísimo erotismo, sin pudor ni tapujos, y en ese jueguito ella se le había acercado, lo había envuelto con su encanto y su inmediatez. Nicotiano estaba nervioso. Sencillamente, no tenía experiencia en esos lances y no sabía cómo hacer. ¿Comunicarle cínicamente que ya estaba bien, que ya no le interesaba? Puso la radio. Unos acordes celestiales de órgano le hicieron pensar en una misa y no se equivocó, pues una voz engolada y honda flotó sobre la corriente del órgano diciendo:

Creo en Dios y creo en Cuba, mi patria,
y en su presencia en el alma de sus hijos.
Creo en las raíces de la Nación cubana,
asida a las rocas de sus próceres.

Creo en su espíritu de independencia,
forjado en maniguas y ciudades.
Creo en la herida triangular de su bandera,
y en la blanca pureza de su estrella solitaria.
Creo en los huesos de sus muertos...

Nicotiano cambió bruscamente de estación:

¡Confíe en la inigualable HACIA CUBA Inc.!
¡Los más seguros envíos de paquetes a Cuba, dinero, ropas,
medicinas y chucherías con absoluta seguridad y garantía!
¡Entregas a domicilio en toda la isla, no recargo sobre el precio,
usted incluye un paquete de café Pilón y nosotros no le cobramos
por ese envío! ¡Confíe en HACIA CUBA Inc.!

Apagó la radio. En la acera de enfrente vio a un hombre tomándose un cafecito sin bajarse de su motoneta. Tenía puesto un sombrero de yarey muy sucio y medio roto, vestía muy mal y su piel era curtida, también sucia, y a Nicotiano le pareció que era un guajiro de la Cuba profunda que todavía actuaba y pensaba como si estuviera en su terruño. En el guardapaquetes de la motoneta había amarrado una caja de cocacola que llevaba repleta de legumbres. El hombre partió con su motoneta (que era de un matiz rosado, pintado a mano por él mismo, muy parecido al de los hoteles de la playa) y Nicotiano se sintió, sin saber por qué, un poco más solo. La Pájara se estaba «acicalando» de verdad y Nicotiano miró en torno, los viejos cubanos deambulaban como en busca del tiempo perdido entre los puestos de batidos y de café mientras el sol canicular lo hacía todo más negro y más blanco, *Los tres conejitos Bakery, El Morro Joyería, Mike González Fantasy Garden-Flowers for all ocasions-¡Lo más dulce es una flor!*

Entonces le vino a la mente aquel nombre estrafalario que para muchos era entrañable, *Sagüesera*, pero que para otros tenía connotaciones desagradables: gusanera, sabuesera... ¿No era aquel mote, más que un aplatanamiento de las palabras South y West, una expresión autoinfamante con la que los cubanos de Miami se castigaban y se denigraban a sí mismos *como grupo humano*? South West... South Westsera... presencia pululante de cubanos... Sagüesera.

Volvió a poner la radio y cerró los ojos:

¡La mejor cantina de Miami y la más abundante, catering service to your home in aluminium containers, la comida más sana y buena, igualita que la que usted cocina en su casa, frijoles negros-black bean soup, mariquitas-Plantain Chips, Picadillo a la criolla-Ground Beef Creole...

¿Qué hacía él en ese lugar y ese instante de su vida? ¿Qué había detrás de aquellas fachadas, habría en la Calle Ocho otra cosa que fachadas, fachadas como en una película mediocre? Miami entero, él mismo, ¿no eran fachadas vivientes? ¿Qué había detrás de la fachada? La Pájara se acercaba y Nicotiano se preguntó qué sería de toda aquella obsesión cuando los cubanos pudieran regresar libremente a la isla. Y se preguntó qué habría sido de la Pájara, y de él mismo, si se hubieran quedado en Cuba.

Como casi siempre, Nicotiano estaba triste pero ahora aún más, porque no hallaba la fórmula de decirle a la Pájara que ya lo poco que los había unido no existía. Lo mejor sería no complicar las cosas. «Pájara, me has tratado con mucha ternura. Pero ya no quiero estar más contigo...»

Como ella quería comer, fueron al Versalles ya que estaba bastante cerca. La Pájara se había puesto una minifalda color verde fosforescente que le hacía juego con los aretes, unas argollas muy gruesas. La minifalda era tan ceñida que casi no podía caminar.

El Versalles estaba animado. Nicotiano estuvo a punto de decir: «Y pensar que en este restaurante se planeó el asesinato de Orlando Letelier, el ministro de Salvador Allende que...» pero no le dio tiempo. Apenas se habían sentado cuando Nicotiano vio que Mireya, que estaba en una mesa cercana, se dirigió a ellos sin darles tiempo a nada. Para no llamar la atención, Mireya se sentó junto a ellos con una sangre fría que dejó perplejo a Nicotiano y dijo con rabia contenida y un brillo sibilino en sus bellos ojos:

—¿Conque tan bajo has caído, Nicotiano? Esta tipa es una furrumalla y tú eres tarrudo *dos veces*. ¿O acaso no sabes que ella es la querida de Bartolo?

Y dio media vuelta, dejando envenenado a Nicotiano y totalmente desolada y vencida a la Pájara.

—¿Es cierto, Pájara?

Ella respondió en medio de un sollozo:

—Ay, qué vergüenza, coño. Esto me pasa por puta.

Nicotiano sintió un retortijón en el vientre y unos deseos impostergables de defecar. Se metió en el servicio pero, en cuanto abrió la puerta, un tremendo piñazo en la barriga, que por poco lo manda de cabeza al meadero, lo dejó sin resuello. Entonces, como una máquina, asestó sin mirar unos golpes de bajo vientre que dejó a su sorpresivo agresor tirado en el piso mefítico del servicio de caballeros. Fueron movimientos terribles y contundentes, absolutamente indignos de un artista, pero era como Hetkinen decía: los movimientos de la violencia tienen que desencadenarse automáticamente, de modo inexorable y sin que medie reflexión alguna.

El agresor era el nuevo compañero de Mireya, que por casualidad estaba en el servicio propiciando así, sin saberlo, la maniobra ensañadiza de la muchacha. Al ver entrar a Nicotiano, el tipo le espetó sin más unos golpes para vengarse del humillante papayazo en la cara y del papelazo que le había hecho representar en Bay Side. Cuando Nicotiano salió del retrete, todavía el hombre se retorcía de dolor.

—¡Tarrudo! —alcanzó a decirle, pero Nicotiano no volvió a pegarle. Salió del restaurante muy ofuscado y dispuesto a largarse solo.

Pero la Pájara estaba dentro del auto.

—Perdóname —imploró bajito, sin mirarlo—, dame una oportunidad.

—Ya todo terminó —dijo él—; no te guardo rencor. Has sido generosa conmigo. Gracias por todo.

—Yo lo tenía a él primero; entonces llegaste tú... Al principio no me atreví a contarle la verdad a ninguno de ustedes... Después como que no me pareció tan mal tenerlos a los dos... Ustedes son tan distintos... Esto me pasa por puta.

—Da igual. Bájate, por favor.

—Pero ahora sé que yo no quiero a Bartolo, ¡yo te quiero a ti!

Parecía que a la Pájara le iba a dar una convulsión. Se retorcía en el asiento, rezongaba malas palabras y ahora había empezado a darse cabezazos contra el cristal de la ventanilla.

Eran cabezazos fuertes que retumbaban en toda la máquina.

—Nunca antes —dejó de golpearse— tuve a ningún hombre mejor que tú. ¡Y ahora te pierdo miserablemente! Soy una siguatunga asquerosa, ay, Santa Bárbara bendita, que me dé una sirimba y me quede tiesa aquí mismo!

Nicotiano cerró los ojos y se sintió infinitamente desorientado. ¿Qué era la vida? ¿Qué era una pareja? ¿Cómo era por dentro el amor, para qué servía el sexo? ¿Acaso todo el mundo entendía esas cosas y él no? ¿Entonces todo el mundo tenía que singar con todo el mundo para sentirse reales, importantes, queridos y realizados? La Pájara lloraba y la pintura de los ojos le había enfangado toda la cara.

—¡Quiéreme, Nicotiano! Todo el mundo comete errores en la vida...

—Pájara, por favor, síguelos cometiendo sin mí.

—Al lado tuyo Bartolo es una gandinga... ¡Ay, cojones, qué escache! —y la acometió de nuevo a darse golpes.

—Yo estoy enamorado de otra.

Fue como apretar un botón. Ella dejó de llorar y de golpearse, trató de limpiarse el enfangamiento de maquillaje que le habían producido las lágrimas y habló con un orgullo que no por lastimero dejaba de ser orgullo:

—Ésos son otros veinte pesos —dijo—; pero si quieres volver, ya sabes dónde puedes encontrarme. Tú eres lo mejor que he tenido, Nicotiano, tú eres una persona humana de verdad, tú eres un hombre como los que no hubo ni habrá jamás en este Miami de pacotilla. Vete, me lo merezco. Pero me dejas por dentro como una piltrafa de amor.

No bien hubo dicho «piltrafa de amor», la Pájara le dio un veloz beso en el hombro, como si temiera que él se lo fuera a rechazar, y salió. Nicotiano percibió un dolor en el vientre similar al de los golpes que había recibido en el baño del restaurante, pero de una forma continuada que le subía hasta el pecho y la garganta. Vio cómo Mireya y su nuevo compañero se alejaban. Iban tomados de la mano y discutiendo. Observó también que la minifalda de la Pájara, incapaz de contener las maravillas de la muchacha, se le había rajado y casi llevaba una nalga afuera. La misma nalga que él besara y chupara hasta dejarla morada.

—Una piltrafa de amor —repitió él, y por primera vez desde que Mireya lo dejara por otro sintió unas ganas irreprimibles de dormir. Dormir y no soñar con nada.

Durante la cena salieron a relucir noticias buenas y malas. La mejor de todas fue que nuestro Cocorioco, instado por el bueno de Guarapito, había ido al fin al dentista.

—Me repararon todas las muelas —dijo el viejo— como si fueran las piezas de un motor oxidado. He rejuvenecido, ¿no me lo notan?

—Primero tuve que secuestrarlo a punta de pistola —exageró Guarapito—; después hubo que ponerle anestesia general.

La otra noticia buena fue que Betty había recibido una carta que la tenía inquieta y añorante. La nota decía así:

> *Soy un caballero de muy puros sentimientos pero de crapuloso pasado y que por ello anhela, arrepentido, reconstruir su vida en compañía de una dama que no puede ser otra que usted. Acosado por el destino, me marcho lejos de esta ciudad envilecida. La invito a que sea mi compañera de por vida.*

Confieso que a mí también me impresionó aquel texto, por su concreción y por el deseo casi desesperado de vida nueva que expresaba.

—Ula —me dijo Betty un poco avergonzada—, me tomé la libertad de enviar una nota a ese caballero invitándolo a la cena de hoy, pues no me atrevo a esperar un segundo más. ¡Las ganas de conocerlo me consumen!

A mí la idea me pareció espléndida.

—Ésta es tu casa —le respondí.

En la pérgola, sobre un húmedo lecho de hojas de plátano, estaba la mesa con la ensalada de langosta que había preparado Guarapito. El plato fuerte sería pargo relleno, especialidad de Cocorioco. Los pargos que compraron eran verdaderamente opulentos, de un rosado esplendoroso y luciendo cada uno su negro lunar como cuño de distinción caribeña.

Nunca nadie hizo pargo relleno con la inspiración de Cocorioco. Necesitaba horas para escamarlos y sazonarlos con ajo machacado, pimienta blanca, sal, hojitas de albahaca y zumo de limón. Después los cubría con rueditas de cebolla morada y ajíes verdes y rojos. En ese adobo los dejaba unas horas. Mientras tanto hervía, en una gran cacerola y a fuego muy lento, camarones, cangrejos y carapachos de langostas, cuya masa picaba y juntaba con trocitos de jamón y más ajo y ají. Finalmente, hacía un sofrito de cebolla y tomate y lo mezclaba con la masa de jamón y mariscos, dejándolos un buen rato en un baño de jerez seco, ya fuera Tío Pepe o La Ina. Ése era, una vez refrescado, el relleno de cada pargo, que Cocorioco horneaba sólo unos momentos antes de ser consumidos.

—¡Oh! —exclamó Doublestein, que fue el primero en llegar—, todo ese poderío del *cuban flavor* me da vértigo. I think I need a drink.

El barman del recibimiento era mi marido; después cada cual se servía a sus anchas. Como camarera teníamos a Florinda, que en realidad era mi tintorera de tantísimos años. Ella y su marido tenían una tintorería en la Sagüesera y Florinda venía una vez por semana, recogía la ropa sucia y traía la que ya había lavado y planchado. Era la única persona, además de los muchachos de la Crabb Company, que tenía llave propia para entrar libremente en la casa y era el único ser del mundo exterior a quien los perros, Kafka incluido, dejaban pasar sin ladrarle o despedazarlo.

Bartolo y Sikitrake estaban fuera, trabajando, así es que no asistirían a la comelata. Guarapito brillaba como la estrella masculina de la noche, con su rabito de caballo y un espectacular traje de lino rojo, camisa roja de seda y cinturón de cuero negro como el de los zapatos. La estrella femenina era Alma Rosa Contreras, con un vestido sobriamente estampado en negro y blanco que le realzaba las caderas y las nalgas, con un sensual escote que provocó el siguiente comentario de Betty:

—Me equivoqué con las tetas de Alma Rosa. Está muy bien dotada la niña.

—Betty —le dije yo—, tienes una fijación enfermiza con las tetas propias y las ajenas.

—Todas las mujeres tenemos esa obsesión, porque sabemos que es la obsesión de los hombres.

—¿Cómo estás, Guarapito? —dijo Doublestein, que venía de guayabera.

—Chévere —respondió el muchacho—: sin Patria pero singamos.

—¡Uf! —dijo Doublestein con desdén—, ustedes sólo piensan *en eso.*

—¿Y qué es *eso,* Mr. Double? —respondió Guarapito con sorna.

—La Patria y el sexo.

—*Eso* es lo que hace que el mundo siga perteneciendo al Sistema Solar: el orgullo nacional, la folladera y la plusvalía.

—Oye, chico —dijo Doublestein agradablemente asombrado—, eso del Sistema Solar y la plusvalía no está mal, ¿sabes?

Maribarbola y Alma Rosa se hicieron amigos de inmediato. Maribarbola le mostró los recovecos de la casa, los árboles y flores más interesantes del jardín (las grandes, majestuosas matas de malanga le encantaron), el taller de Nicotiano (ella quedó deslumbrada), y en toda la velada estuvieron muy juntos, riéndose y conversando. Guarapito hizo algunos amagos de matador con mi nueva secretaria y amiga, meneítos, requiebros vagos, acercamientos y retiradas, miraditas y piropeos, pero todo parecía resultar patético y fallido. Al fin Betty se le acercó y le susurró:

—Guarapito, allí no hay nada para ti: Alma nos prefiere a nosotras las hembras.

Él se llevó una mano al corazón:

—¿Es tortillera? Qué dolor... qué envidia le tengo al sexo débil, capaz de despertar la lascivia de esa ricura.

Mi invitado de honor era Curro Pérez, un viejo amigo que me tenía preocupada porque era alcohólico y en largos periodos no hacía otra cosa que encerrarse y beber. Para colmo era diabético, y no hacía mucho

Hetkinen le había salvado la vida por pura casualidad. Mi marido necesitaba preguntarle un dato para una investigación concerniente a cierto grupo político de Miami y lo encontró seminconsciente, víctima del exceso de alcohol y la falta de alimento, en su apartamento.

Curro Pérez era un caso trágico. De haber sido más astuto, audaz y desvergonzado, habría podido vivir como un rey en el sueño de Miami: Curro había sido miembro de la Brigada de Asalto 2506, o sea veterano de la histórica invasión a Bahía de Cochinos en 1961. Esa página de su vida le habría bastado para hacer una carrera próspera en cualquier negocio de Miami, pero él se había «renegado» no precisamente arrepintiéndose de lo que había hecho, sino distanciándose de los demás veteranos y haciendo ciertas declaraciones que le habían acarreado el repudio general. Cuando lo vi llegar, me entristecí; estaba escuálido y macilento, tenía un salpullido algo infectado detrás de las orejas y toda su humanidad irradiaba penuria, autoaniquilamiento y precariez. Se veía que había hecho un esfuerzo por arreglarse un poco, pero el pantalón de poliéster y el pulóver de tres kilos, para colmo requetelavado, le daban el aspecto de un niño de orfelinato.

Curro Pérez se acercó a mi marido y solicitó con hidalguía su trago de bienvenida:

—Dame un ron en las olas doradas de crestas sin espuma que se rompen en las rocas del atardecer...

—Un momento, Curro —respondió Hetkinen—; habla primero con la tía.

Le dije que si seguía emborrachándose se iba a morir, que era un comegofio impenitente y que si no aceptaba el dinero que yo le ofrecía, para que pudiera comer caliente tres veces al día, le iba a retirar para siempre mi amistad. En varias ocasiones había rechazado la ayuda económica que le envié con Guarapito y por eso ahora, sin darle tiempo a nada, le metí trescientos dólares en el bolsillo.

—No te los bebas —lo amonesté—; come sabroso y deja de ser negligente con la insulina.

Nicotiano se apareció con Mary, que estaba bellísima. Llevaba un vestido estampado de florecillas rojas bajo un fondo blanco, de modo que su cuerpo de curvas firmes se insinuaba bellamente. Nicotiano nos la presentó a todos un poco de lejos, como con prisa (era ella la que no quería quedarse mucho rato pues se sentía fuera de ambiente) y Guarapito le susurró a Maribarbola:

—¡María Santísima! Al lado de esa beldad afroamericana, Mireya es un ripio y un estropajo.

—Suerte que tiene el cubano —bromeó Alma Rosa Contreras mirando pícaramente a Guarapito, y a éste no le hizo gracia el chiste.

Yo me llevé a Mary aparte, se la presenté cuidadosamente a Kafka como una nueva integrante del clan y le dije:

—Quiero que sepas que ésta es tu casa. Nicotiano me ha hablado mucho de ti. Parece que él te ama, pero eso lo sabrás tú mejor que yo. A partir de ahora, puedes entrar y salir de aquí como quieras y cuando quieras: aquí tienes a una amiga para lo que se te ofrezca. Y si quieres venirte a vivir con nosotros, mañana mismo puedes hacerlo. Además, desearía que me dijeras, cariñosamente, tía.

—Muchas gracias, tía, tendré en cuenta todo lo que me ha dicho.

Comieron un poco de ensalada y ya se iban a despedir cuando Doublestein abordó a Nicotiano. Ignorando totalmente a Mary, le pasó un brazo por los hombros y le dijo:

—Te vamos a convertir en El Escultor de Fin de Siglo.

—Te presento a mi futura esposa.

—Oh, cuánto gusto... Está usted divina con ese vestido.

—Gracias.

—Necesito bloques de granito *Rojo Dragón* y *Rojo Coralito* —dijo Nicotiano— y un poco de mármol *Travertino*. A ver si me consiguen mármoles que recuerden los matices de los mármoles cubanos: *Gris Siboney, Orquídea Sierra, Arena Pinar*...

—Haga el favor de tomar nota, señorita —le ordenó Double a Alma Rosa Contreras, pero ella lo cortó de cuajo:

—Esta noche estamos de fiesta, Mr. Doublestein. Mañana me reuniré un momento con Nicotiano y anotaré todo lo que solicita.

—Vivir para ver —dijo Double desconcertado—: los pájaros tirándole a la escopeta.

—Te van a lanzar —dijo Guarapito— como si fueras un cohete de la NASA.

—Sí —sonrió Nicotiano—; después me pasaré toda la eternidad dando vueltas por el espacio sideral de la historia del arte como un necio inmortal.

—¿De qué le sirvió a Van Gogh morir en el anonimato y la miseria? —preguntó retóricamente Doublestein—. ¿Cómo iba a imaginarse el pobre Vincent que sus sublimes *Girasoles* estaban predestinados a valer un dineral y a adornar las paredes de la Compañía de Seguros japonesa Yasuda?

—¡Hazte millonario, Nicotiano! —brindó Guarapito—, así nos compramos un castillo medieval en Europa.

—Yo propongo —dijo Nicotiano con cara demasiado seria— que Maribarbola aparezca como el autor de mis esculturas.

Guarapito aplaudió:

—¡Ay, qué rico, *la esculptriz*!

—Lo propongo en serio —insistió Nicotiano, y Doublestein no sabía qué pensar—: que Maribarbola me suplante, que dé él la cara, que se convierta en un falsario, en un magnífico impostor.

—Yo no tengo nada en contra —bromeó Maribarbola.

—Tengo que pensarlo —dijo Doublestein con aire meditabundo y Nicotiano, ya con ganas de marcharse con su Mary, dijo:

—¿Quién diseñó los relieves del Palacio de Nínive, cómo se llamaba el escultor etrusco que nos dejó el portentoso sarcófago de Cerveteri, hecho de terracota? ¿Quién colocó las piedrecitas de los mosaicos pompeyanos, quién pintó los frescos de Bonampak? Y las cabezas olmecas de San Lorenzo y La Venta, ¿quién las cinceló?

—Pero, querido Nicotiano —objetó Doublestein—, en aquel tiempo no existía el Museum of Modern Art, ni las subastas de Sotheby's. Así es que olvídate de esa excentricidad: pronto vendrá un ensayista neoyorquino a ver tu taller y hablar *contigo,* no con Maribarbola. El artista eres tú y con eso ponemos punto y aparte a tus fantasías.

—Qué lástima —se lamentó amargamente Guarapito—, la carrera de la memorable esculptriz Maribarbola fue la más fugaz de la historia del arte.

Mary y Nicotiano se despidieron furtivamente y se metieron en la casa.

—Están enamoradísimos —dijo Betty.

—Van a singar —dijo Guarapito.

—No seas bestia —protestó Betty Boop.

—Tendremos mulaticos —profetizó Guarapito.

Cuando Mr. Doublestein se enteró de que Curro Pérez era veterano de la invasión de Playa Girón, se pegó a él como una rémora.

—No desearía hablar de mi experiencia de mercenario de la libertad —dijo sarcásticamente Curro.

Pero después de beberse unos cuantos vasos de *ron en las olas doradas de crestas sin espuma que se rompen en las rocas del atardecer* (que no era más que ron añejo con hielo y soda) Curro Pérez empezó a cantar la canción que ya todos se sabían:

—Ustedes, yankis rastreros, abyectos inmorales y aprovechados, nos reclutaron, nos adiestraron, nos alentaron, nos embarcaron y nos financiaron; ustedes nos dieron las armas y las municiones, ustedes lo planearon todo y ustedes nos enviaron a librar una batalla perdida de antemano. ¡Estirpe de son of a bitches!

Doublestein se asustó.

—No diga *ustedes,* por favor... Yo soy inocente.

—OK. Fueron la CIA y el Gobierno de su país. Y hoy, a más de treinta años de aquella ruindad, las Fuerzas Armadas de Este País se niegan a reconocer nuestra indiscutible condición de *veteranos del ejército norteamericano.*

Había rencor en la voz de Curro Pérez.

—¿Acaso no portábamos armas norteamericanas? ¿Acaso no nos entrenaron oficiales norteamericanos y no nos trasladamos en Unidades de Transporte del Ejército de Este País?

—Sírvase un poco más de ensalada, Curro —lo conminó piadosamente Cocorioco.

—La Primera Dama de este país —arguyó Doublestein con el dedo índice en alto—, que entonces era Jacqueline Kennedy, los llamó «héroes» a ustedes.

—Es que no nos conocía. Eso fue aquí en Miami, en el Orange Bowl Stadium, el 29 de diciembre de 1962. Yo estaba presente. Kennedy estaba invernando en Palm Beach y organizó un acto impresionante para pasarle revista militar a nuestra tropa de vencidos, más unos seis mil muchachos que reclutaron entre la juventud. Jacqueline fue con él. En ese acto solemne, ante unos cincuenta mil espectadores, un miembro de la Jefatura de la Brigada 2506 le entregó a Kennedy una bandera cubana que, supuestamente, había ondeado en la Comandancia de Playa Girón y que habíamos salvado de las manos de los comunistas. Kennedy tomó la bandera y dijo: «¡Yo les puedo asegurar que esta bandera será devuelta a la Brigada en una Habana Libre!» Pero lo que Kennedy no sabía era que el sinvergüenza que le entregó la bandera había desertado el día 19 de abril a las 14:00 horas sin dar orden de retirada ni avisar siquiera a más de 400 soldados que todavía combatían en Playa Girón y en San Blas. Tampoco sabía Kennedy que la famosa bandera no había estado en ninguna Comandancia ni un carajo, sino que había sido confeccionada a la carrera, el día anterior, en una casa de la Sagüesera. Y se lo digo yo que la vi, que el triángulo quedó malogrado y la estrella tenía los picos disparejos. Como usted ve, Doublestein, los Kennedy no tenían la más puta idea de qué fue lo que pasó.

—¿Y qué fue lo que pasó? —inquirió Doublestein.

—Pues que en febrero de 1961 yo andaba mocoseando por Miami, camino de Nueva York, donde estaban mis padres. Y cada vez que me encontraba con un pariente o un amigo, me decían: «¿Y a ti, manganzón, todavía no te ha reclutado la CIA para participar en la invasión?» Aquello era como un carnaval y daba la impresión de que todos mis amigos ya se habían alistado. Había una atmósfera de arranca-y-dale, se decía que las milicias en Cuba estaban a punto de virarse contra Fidel y que todo aquello se iba al carajo.

Mientras el mercenario de la libertad relataba estas cosas, llegaron Sikitrake y Bartolo pero sólo para hablar un poco con Hetkinen. Antes de irse de nuevo, Bartolo se me acercó:

—Tía, ¿puedo llevarme el *Villalona* de nuevo este fin de semana?

—Tú ya casi vives en el yate —le respondí con una sonrisa.

Sin que yo me diera cuenta, Doublestein, sin ningún tipo de consideración por su estado de salud, le servía ron a Curro Pérez en cantidades homicidas.

—¿Y qué pasó después? Usted, señor Curro, es un personaje histórico.

—Después me alisté y me trasladaron a un campamento con mucho misterio, y de allí nos transportaron en avión a Guatemala. El campo de entrenamiento militar estaba enclavado en un sitio al que nosotros llamábamos *Garrapatenango,* pues estaba lleno de garrapatas que nos atormentaban las muy cabronas.

—Los asesores militares...¿eran guatemaltecos o cubanos?

—Bah, eran americanos. Nuestro oficial se llamaba John y le decíamos John Wayne. Yo me divertí bastante: tirando tiros, marchando, comiendo bien. Lo que no me gustaban eran los madrugones, a los que siempre fui alérgico.

—Pero usted era diabético... ¿No era una imprudencia irse a la guerra?

—Pero si nos decían que en Cuba no nos iban a ofrecer resistencia... A nosotros nos juraron que la guajirada miserable se nos uniría instantáneamente. Imagínese cuál sería la magnitud del fraude, que nos dieron dos uniformes, uno de combate y otro *de desfile,* ya que las perspectivas eran: desembarcar, ser vitoreados por el pueblo cubano y dirigirnos directamente a La Habana, donde desfilaríamos victoriosamente ante los ojos del mundo... Mire, yo me siento orgulloso de ser el único soldado diabético de la historia del ejército de Este País.

—Sospecho que, de modo simbólico, usted insinúa que la Brigada de Asalto 2506 era un ejército de diabéticos.

El ex mercenario se encogió de hombros y una sonrisita pasó volando por sus labios.

—No sería extraño —dijo—: todos nuestros problemas nacionales estuvieron siempre relacionados, de una forma u otra, con el azúcar.

—Y usted insiste —prosiguió Doublestein para espolearlo— en que es veterano de *nuestro* ejército.

—Lo soy. Aunque no me lo reconozcan, lo soy. En Girón me jugué la vida por Este País. Y los muy hijoeputas no me lo quieren reconocer asignándome la pensión reglamentaria que me merezco. Quién sabe si póstumamente me reconozcan mis méritos.

El suculento olor de los pargos era capaz de levantar a los muertos.

—O sea, que usted desembarcó en Playa Girón...

—Nada de eso. Yo caí en un infierno llamado Horquitas. Allí caí, del cielo lindo de Cuba.

—¡Ah! Usted es paracaidista.

—Lo fui esa vez y después nunca más. Imagínese que el único entrenamiento que nos dieron fueron «los cinco puntos de contacto» cuando uno cae a tierra, y eso lo ensayamos dejándonos caer nada menos que de un barril.

—Usted bromea...

—No, no, de un barril. Y mi descendimiento en Horquitas fue el primero y el último. Con decirle que me fracturé una pierna, y eso fue lo que me salvó el pellejo. Porque allí estaba la caña a tres trozos. ¡A tiro limpio nos recibieron! A mí me hicieron prisionero unos guajiros milicianos, que por cierto me trataron muy bien, y ésa es toda la historia de mi gloria. ¡Y yo que me había puesto directamente el traje de desfile para no perder tiempo!

Casi a la hora del postre, Betty se me acercó inquieta y entristecida:

—Ula, el caballero de la carta no ha acudido a la cita. ¿No será que se extravió buscando La Isla del Cundeamor?

En eso empezaron a ladrar los perros de la verja. Hetkinen y Guarapito fueron a ver quién era. Cuando volvieron se dirigieron a Betty, y yo comprendí inmediatamente que algo extraño sucedía ya que Guarapito se estaba destornillando de la risa.

—Afuera hay un señor —dijo mi marido— que me pidió le entregara esta nota a *una viuda de nivel social elevado, sin problemas económicos ni familiares, distinguida, sensible, trabajadora y fiel.* Esa señora debe de ser usted, ¿no Betty?

—La misma que viste y calza —respondió orgullosamente ella, y salió toda nervios a encontrarse con el que tal vez sería el hombre de su vida.

—Hazlo entrar —le dije.

Y cuando vino con él, por poco me da un patatús de pura alegría.

—¡Mira, Ula —exclamó Betty y me mostró al hombre como si fuera una corona de laurel—, el distinguido caballero cuya respuesta me impresionó tanto... no es otro que Kupiec!

Y añadió:

—¡Mi Kupiec!

Betty estaba trémula de alegría, daba saltitos y vueltas de vals, mariposeaba entre los invitados y repartía besos mientras que el retonto de Kupiec, de cuello y corbata, parecía un chiquillo con un merengue en la mano a punto de darle la primera mordidita.

—Mañana mismo nos vamos a México —anunció Kupiec— a recomenzar nuestras vidas. Me he comprado, cerca de Veracruz, un rancho grande con piscina y criados y muchos caballos, vacas y extensas tierras: una mansión digna de mi esposa Betty.

(Yo sabía que eso era puro embuste, una hábil y necesaria maniobra de desinformación de Kupiec para que los traficantes que lo asediaban no dieran jamás con él. El plan de Kupiec, que elaboró en colaboración conmigo, era el siguiente: primero pasarían un año en una finca en Santa Cruz de Tenerife, en el Valle de la Orotava, con el Teide como guardián alteroso de sus vidas; después viajarían un poco por Polonia, patria de Kupiec, quien sentía añoranza por las riberas del Vístula en Torun y las olas negras del Báltico en Gdansk, Gdinia y Sopot. Después, finalmente, se irían de verdad a México, a un rancho como Kupiec había descrito, pero que no estaba en Veracruz sino nada menos que en Chiapas).

—Yo sabré hacerte feliz —prometió Betty Boop.

—Yo también a ti, Betty —respondió él, y se besaron bajo vítores y aplausos.

—Querida amiga —me dijo Kupiec con la gravedad del que encabeza una carta importante—, si yo no hubiera nacido judío, lo único que hubiera deseado es haber nacido cubano.

—Parecen una pareja de folletín —susurró Maribarbola en el oído de Alma Rosa.

—Estas cosas sólo ocurren en el potaje de Miami —respondió ella con una sonrisa cómplice.

Todos brindamos llenos de júbilo, salvo el mercenario Curro Pérez que se había quedado profundamente dormido en su asiento.

—México es un refugio tradicional para los tránsfugas norteamericanos —acotó Doublestein con mala leche pero bajito, como para no aguar la fiesta.

En cuanto tuvo una ocasión, Betty se separó de su Kupiec, a quien parecía amarrada con una cuerda invisible, y me dijo al oído:

—El *amarre* que le hice funcionó de perilla, Ula, ¿no es maravilloso? A mí mi virgencita no me falla.

Le dije que sí, que era como cosa de novela, y que seguramente Kupiec deseaba, intensamente, construir una existencia apacible, sin fraudes ni robos ni peligros, en su compañía.

—Dinero tiene de sobra —le dije—, ya sabrás administrárselo.

—Ay, Ula —dijo Betty Boop emocionada—, esto es como el American Dream...

Lo que Betty no sabía, era que *yo* estaba detrás de aquel milagro. Ya desde que leyó la nota de respuesta, Betty se percató de la corrección del español usado por el remitente, e incluso algún comentario me hizo al respecto. Pues bien, lo cierto es que la nota no la escribió

Kupiec, sino yo. Porque al ver el desánimo de Betty al no encontrar marido, y las ganas desesperadas que tenía de hallar un camino propio, independiente de mí y de La Isla del Cundeamor, y al mismo tiempo al oír los lamentos de Kupiec acerca de la vida de perros que viviría fuera de Miami en la soledad más marchita, de prófugo y de apátrida, me dediqué a sondear el terreno y ver si Kupiec podía ser un hombre bueno para Betty. No tardé en saber que lo era: Kupiec me corroboró lo que yo me sospechaba, o sea que él la quería, y por cierto de modo arrasador. Una transformación verdadera se había producido en el alma de aquel truhán. «Tengo amargos remordimientos —me confesó—; Betty Boop no actuó como una puta, sino como una mujer desesperada.»

—Y tú no eres un mísero y ruin comprador de cuerpos —lo aleccioné yo—, sino un infeliz que tiene que aprender lo que es el valor de una compañía femenina responsable y amorosa.

Entonces, una vez que estuve segura de que todo iba a salir bien, procedí a usar mis dotes de alcahueta y le mostré, como si lo hubiera hallado por casualidad, la nota de ella en el periódico. Él mordió el anzuelo, quiso contestar «para retar el destino» y yo redacté su respuesta. En cuanto Kupiec oyó la traducción que le hice, la aprobó pleno de esperanza y yo vi una vez más que él, de veras, quería unirse a nuestra Betty.

En medio del café, los capuchinos, el boniatillo con coco, los pasteles de calabaza, el dulce de guayaba con queso crema, los pudines villaclareños, el helado de vainilla con mermelada de mango, las señoritas, el coñac y los demás licores y frutas frescas de la sobremesa, que la tintorera Florinda traía en unas bandejas de loza andaluza, Curro Pérez se despertó de pronto y exclamó:

—¡Qué manera de tirar tiros aquellos milicianos, coño! Yo me alisté en las oficinas del Frente Revolucionario Democrático, que en aquel tiempo estaba en la avenida 27 y la calle 10 de la Sagüesera. El sueldo era de 175 dólares al mes, lo cual me pareció razonable si se tenía en cuenta que aquello no era más que un tropelaje de mentirita. Yo pensé de la siguiente manera: ser patriota siempre es bueno; y si de contra le pagan a uno por serlo, pues mejor todavía. Cuando al fin partimos hacia nuestro gran destino de desembarco en Cuba, nada más y nada menos que Tachito Somoza nos fue a despedir al muelle. Recuerdo que nos dijo: «Dénles duro, carajo.»

Doublestein aprovechó el errático acceso de vigilia del ex mercenario y le sirvió, arteramente, una copa sobrehumana de coñac.

—¿Qué es esto? —preguntó el ex soldado y se empinó la mitad de la copa.

—Eso es jugo de toronja —respondió cortésmente Doublestein—. ¿Y qué más sucedió en La Bahía de los Cochinos?

—El caso es que al caer la tarde de aquel 18 de abril de 1961, ya los invasores estábamos diezmados y apendejados. Nuestros gloriosos jefes solicitaban, con grandes gemidos, que Este País interviniera en el conflicto con el poderío faraónico de sus Fuerzas Armadas. ¡Imagínese qué sarta de héroes serían nuestros líderes, que el Cuerpo de Jefatura de la Brigada, compuesto por 45 miembros (uno de los cuales fue el rata que le entregó la bandera falsa a Kennedy) fue la única unidad *que no sufrió bajas*. Todavía el día 19 se combatía fieramente en Playa Larga y Playa Girón. La verdad histórica es —e hizo un gran gesto con la copa de jugo de toronja— que allí se peleó con mucho valor *en los dos bandos*. Hasta que nuestra gente, ya sin Jefatura ni moral ni ayuda de los yankis abyectos, empezó a huir en desbandada hacia los pantanos de la Ciénaga de Zapata. Yo, por mi parte...

—Siga, siga —lo instó Double—: esto es fascinante. Tome, tome más jugo, refrésquese la garganta.

—No sé de qué modo, si en yipi o a cuestas de algún compañero de armas, no lo sé, fui a parar a un terreno cenagoso con mi pierna rota. Allí me dejaron y allí, víctima del pánico o del shock, o simplemente por la falta de insulina que se me perdió con la mochila, me desmayé plácidamente. Cuando me desperté, había un hombre muerto junto a mí. Era un miliciano que tenía todas las tripas fuera.

En este punto de su historia, Curro Pérez hizo una pausa que siempre hacía, tomó mucho coñac y la emprendió a llorar compungidamente. Ahora que sollozaba, se acentuaba su estado calamitoso.

A Doublestein le pareció innecesario que el ejército de su país despilfarrase horas de burocracia y dinero dándole una pensión a aquel rastrojo humano.

—¡Y estábamos rodeados de cangrejos! —exclamó, limpiándose los mocos con la servilleta—. ¡Ay! Virgen de la Caridad, aquellos cangrejos... ¡Le estaban comiendo los ojos al muerto, delante de mí, señor Double, no las tripas, sino los ojos, y de milagro no me los comieron a mí también! Do you understand? Le mordían los ojos, la masita nauseabunda de los ojos del muerto con las muelas...

Doublestein, instintivamente, alejó el cuerpo de aquel hombre, e hizo una mueca que sustituyó la sonrisa que se imaginó producir con su boca de diablo viejo. Entonces se disculpó:

—Lo siento, señor Curro, pero tengo que ir al servicio.

Y como Curro Pérez iba en camino de quedarse dormido otra vez, entre Cocorioco y Florinda se lo llevaron y lo acostaron en una de las habitaciones que teníamos reservadas para los huéspedes imprevistos. Ya en la cama, mientras yo le inyectaba la insulina, el pobre mercenario traicionado y sin pensión americana desvariaba con los ojos en blanco:

—A mí no se me fracturó ninguna pierna ni un carajo, a mí lo que se me fracturó fue el destino. ¡Cojones!

Mientras esto ocurría en la cena bajo las estrellas y los aviones, en la cama que había sido de Nicotiano y de Mireya, Mary yacía desnuda, tornasolada y húmeda, con los bellos muslos de irisado esplendor totalmente despatillados. Mientras le acariciaba los senos, pellizcándole suavemente los pezones con ambas manos, Nicotiano tenía la boca perdida en el encanto de la pelambre espesa y negra del sexo de la muchacha. Ella, aferrada a la cabeza de él, gemía en un dulce murmullo de quejas que lo eran y no lo eran, como si aquella ensalivada caricia, persistente y delicadísima, la venciera más allá de todo pudor. Hicieron el amor con un deleite que a las veces se hizo casi violencia y que no parecía acabarse nunca. Al fin quedaron entrelazados, blandos, encharcados en las secreciones del amor y unidos ahora por el acto más íntimo que puede unir a un hombre y una mujer.

Ella le contó que en 1984, en plena guerra, había pasado unos meses en Nicaragua como enfermera voluntaria. Sus estudios de medicina, bastante avanzados pero interrumpidos por falta de recursos, le permitieron ser muy útil en una aldea cerca de Jinotega: un pobre caserío al que se llegaba atravesando montes y ríos y caminos intransitables, un par de calles lodosas que con las lluvias se convertían en pantanos donde los puercos hozaban. Las lomas rodeaban la aldea, los campesinos se entrenaban en el uso de las armas para combatir a los *contras* y ella, junto con una enfermera sueca, de Luleå (que siempre tenía diarreas pero que no se rendía ante ninguna dificultad) vacunaron a los niños de la zona, enseñaron a los campesinos a diversificar su alimentación y, en más de una ocasión, prestaron sus servicios a los muchachos que bajaban heridos de los combates. En Jinotega, en Matagalpa y en Managua, prosiguió su historia Mary, había conocido a muchos cubanos, y Nicotiano se imaginó lleno de celos que, con toda seguridad, ella habría tenido alguna relación amorosa con algún «cubano de allá». Mary rehusaba mudarse y establecerse en La Isla del Cundeamor, ellos eran tres en el apartamentico de Liberty City, su mamá (que tenía una afección en los riñones) y un hermano menor a quien no quería dejar solo.

Pero mientras lo besaba ardorosamente confesó que estaba enamorada de él, que nunca jamás creyó que fuera capaz de enamorarse de un blanco y menos de un cubano de Miami, pero que lo estaba, así eran las cosas del amor, una lucha maravillosa y por dentro le burbujeaban un montón de sentimientos lindos y tiernos hacia él, y aunque fuera insensato quería tenerlo cerca todo el tiempo, porque cuando se encontraba lejos de él sentía como una quemazón en el pecho que la ponía inquieta y la hacía infeliz. Nicotiano le contó que a él le pasaba lo mismo, que ella le había devuelto el sueño y la confianza en la vida, y con muchas descripciones del mar de la noche y de las magias del amanecer la convenció para salir juntos en el *Villalona,* pasar unos días de soledad en el mar o en alguna playa desierta, pescando y haciendo el amor o sólo soñando boberías, y ella lo abrazó con todas sus fuerzas y le dijo que sí, que le encantaría tenerlo para ella y ser suya en la vastedad del mar, pero que tendrían que llevar varios kilogramos de pastillas contra el mareo.

Afuera, la noche inmensa y estrellada seguía cálida y con aromas de pargo relleno, eructos de coñac y pudín de calabaza, balsámicamente atenuados por las brisas de mangle y sal bajo un cielo de miríadas de luceros tibios y algún que otro avión ruidoso que nos hacía recordar al pobre McIntire. Besándose como dos adolescentes estaba la flamante pareja de Kupiec y Betty cuando llamó Sikitrake, irritadísimo, y pidió hablar urgentemente con Hetkinen. En un lugar oscuro de Miami, él y Bartolo habían recibido, de manos de unos testaferros, el cargamento de lápidas «conseguidas» por Kupiec.

—Sikitrake tiene noticias alarmantes —me dijo Hetki y me pasó el auricular.

—Tía —dijo secamente Sikitrake—: reviéntale un huevo en la cara al pajuato de Kupiec. Entre las lápidas que se robaron en el Woodlawn Park Cemetery los ladrones de medio pelo que él alquiló, está nada menos que la del doctor Carlos Prío Socarrás, ex Presidente de Cuba.

Nicotiano y Bartolo...

—Bartolo, ¿es verdad que tú andas con la Pájara Pinta?

—¿Con quién?

—Con la muchacha del Salsipuedes.

—No entiendo, Nicotiano; tú nunca has sido hombre de chismoteos.

—Respóndeme.

—Pues si tanto te interesa... francamente, sí.

—Pero tú eres casado y tienes hijos.

—¿Y eso qué tiene que ver, Nicotiano?

—Todo es una falsedad y una bajeza. Yo también he estado con ella.

—No cojas lucha, hermano, a mí me da igual. La Pájara no vale nada.

—Entonces ni tú ni yo valemos nada. Yo creo que ella estaba enamorada de mí.

—¡No seas ridículo, Nicotiano! La Pájara no se enamora de nadie, esa mujer no sabe acostarse sola.

—Coño, Bartolo, yo creo que yo tampoco sé acostarme solo.

—La Pájara lo que busca es pinga, Nicotiano.

—Es duro aceptar eso. No sé, me da la impresión de que ella busca otra cosa, alguien que se ocupe de ella de verdad...

—Eres un ingenuo. Mira, Nicotiano: para crecer hay que traicionar. Si eres fiel, te engañan, te pisotean. Y si no traicionas te achantas, no avanzas en la vida porque no aprendes. Dime, coño, mencióname una sola cosa que no esté hecha a base de traiciones: los negocios, el amor, la revolución misma, ¿cuántas traiciones no encierra, cuánta suciedad no hay detrás de las sublimes consignas? Y el exilio... ¿qué ha sido de los cubanos en esta ciudad desde 1960? Un nido de víboras. Un sálvese quien pueda. Todos aplastando a todos sin moral ni misericordia. Tú no puedes mantenerte limpio en un mundo que no flota en el cielo azul, sino en mierda.

—La Pájara también tiene sentimientos de ternura que son verdaderos, ella también tiene derecho a que la respeten y la quieran.

—¿Y qué?

—Que nosotros somos los que la rebajamos.

—Bien, hermano: métete a redentor y ya verás cómo te crucifican. Si la Pájara le abre las piernas al primer hombre que la corteja y le da un poquito de atención, ¿eso es culpa mía? ¿Qué valor le da ella misma a su sexo? ¿Mireya, tu querida y adorada Mireya, era una hembra digna? Mireya te pegó los tarros porque te perdió el respeto, porque dejó de ver y de apreciar lo que tú vales. Para las mujeres, los hombres que se singan a cualquier mujer a sus espaldas son excitantes, son interesantes, vale la pena conquistarlos. La gente codicia las cosas que otros quieren tener, y las mujeres todavía más. Así está hecho el mundo. Tú nunca le fuiste infiel a Mireya, o sea que nunca le hiciste sentir que otras te codiciaban.

—Tú hablas de los seres humanos como si fueran cosas, objetos que dependen de las leyes del mercado.

—Tú sabes más de los misterios de los bloques de piedra que de la vida dura y sucia de todos los días. También hay un mercado de la carne humana, hermano, y un mercado de la personalidad.

—No sé qué pensar, Bartolo.

—Si no traicionas, te estancas.

12

La despedida de Kupiec y Betty fue triste y misteriosa. Para evitar el Aeropuerto Internacional de Miami, que es un nido de soplones, de traficantes y de truhanes, partieron en auto una noche de truenos y chubascos hacia Nueva York, donde pasarían unos días en un hotelito de Manhattan. De allí irían a Boston pues Kupiec quería despedirse de su abuela. Después, al fin, desaparecerían vía Canadá hacia su bucólico destino de ultramar en el Valle de la Orotava, en espera del destino definitivo y grande de México. Betty lloró descorazonadoramente, y Kupiec estaba también muy descompuesto. Lo de la lápida de Prío Socarrás había puesto en estado de ebullición al exilio entero y el pobre Kupiec estaba avergonzado hasta los calcañales. La cabeza del culpable ya tenía varios precios y algunas organizaciones anunciaron cuantiosas recompensas al que hallara la lápida robada. El revolico tomaba dimensiones cada vez más apocalípticas en la radio, la televisión y la prensa.

—Mi Kupiec —decía Betty muy oronda— ha puesto al exilio en estado de emergencia.

—Nunca antes fui tan ineficaz —se lamentaba él—. ¡Ay, tía, cómo te he defraudado! ¡Si yo pudiera ayudarte a salir de este atolladero!

—No vamos a manchar nuestra amistad —lo consolé— por la piedra sepulcral de un sinvergüenza.

Y se marcharon.

Hetkinen convocó una reunión de urgencia para tomar una decisión acerca de la puñetera lápida presidencial. ¿Qué hacer con ella? ¿Dejar que Nicotiano la convirtiera en un cangrejo, de modo que el epitafio del doctor Prío quedara indeleble en el carapacho en forma de anuncio o trade mark? ¿Devolverla mediante terceros y cobrar la mayor recompensa, anunciada nada menos que por nuestros enemigos de la Transacción Cubano Americana? Sikitrake y Maribarbola no estuvieron presentes en la reunión, ya que se encontraban realizando unas pesquisas sumamente delicadas y discretas, concernientes a la presunta existencia de un peligroso traidor dentro de la Crabb Company: todas las sospechas recaían sobre Bartolo pero aún no teníamos elementos de juicio para acusarlo de nada. A pesar de ciertas evidencias, todos nos negábamos a creer en su traición.

Yo hablé de esta manera:

—Amigos: la agitación vocinglera, habitualmente lengüetera y feroz, de las estaciones de radio cubanas de Miami, se han emponzoñado hasta grados tan vergonzosos de vulgaridad y virulencia patriotera con motivo del robo de la lápida del ex presidente Prío Socarrás, que en cualquier país civilizado habrían provocado el asco general de los radioescuchas. El clima de histeria colectiva que se ha creado puede resultar funesto para nosotros.

Aquí Hetkinen me quitó la palabra. Sacó un magnetófono y dijo:

—Les ruego que escuchen, sólo como ejemplo, esta grabación:

—¡*Que todo el sufrido exilio cubano* —exhortaba un locutor con voz emocionada— *se una como un solo hombre poseído de fervor patriótico y dé un fiero pero sereno paso al frente para contribuir, más allá de mezquinos intereses de partido o de ideología y aunque sea con un dólar, con diez, con cien, a la campaña cívica de engrandecimiento de la figura magna del doctor Carlos Prío, último Presidente democráticamente elegido en nuestra República y cuyos restos descansaban en paz en esta tierra hospitalaria de Miami, hasta que unas manos vendidas al ya muy maltrecho y boqueante Comunismo In-*

ternacional, en contubernio con los elementos profidelistas que
operan en secreto en el seno de nuestra comunidad, profanaron
su tumba para oprobio de todos los cubanos de ayer y de hoy.
¡Esta afrenta ignominiosa será castigada sin contemplaciones!
Por eso, cubano de corazón, contribuye con un dólar, con diez,
con cien, a la campaña...

—Que Dios nos coja confesados —dijo Cocorioco.

—Algún día los sicólogos tendrán que aclarar el misterio —dijo Alma Rosa Contreras— de cómo un puñado de emisoras de radio y unos pocos locutores charlatanes e incultos han logrado mantener, década tras década, en un permanente estado de hipnotismo aterrado a la casi totalidad de la comunidad cubana de Miami. ¿A ustedes no les provoca náuseas la verborrea de ese imbécil?

—A mí lo que me dan ganas —dijo Guarapito— es de ir a la emisora y darle una patada en la cara para que escupa unos cuantos dientes y se le hinche la sinhueso. Así no podrá hablar tanta mierda por unos días.

—Carlos Prío Socarrás —dije yo a modo de información— nació en 1903 y murió en 1977. Fue Presidente de Cuba del 48 al 52.

—Sí —dijo Cocorioco con nostalgia y un poco de vergüenza, como si hablara de cosas sucias en contra de su voluntad—, Prío era medio fullero, pero yo voté por él. En 1952 lo tumbó Batista con su cuartelazo del 13 de marzo.

—¡Uf! Qué República era aquélla —suspiró Alma Rosa Contreras.

—A mí me gustaría hacer un cangrejo de esa lápida —dijo Nicotiano.

—Un cangrejo leproso —propuso Guarapito—; ¿oye, tú sabes si hay cangrejos leprosos?

—Sería injusto, hijo —suplicó casi Cocorioco—; no digan esas cosas, por favor. Prío tuvo sus cosas buenas. Incluso conspiró para derrocar al tirano Machado en la funesta década del 30... Tan mala gente no era.

Entonces Bartolo, que acababa de regresar del mar con el *Villalona,* tomó la palabra:

—El tirano Machado, cuyo apodo era «El Asno con Garras», está enterrado en el mismo cementerio, el Woodlawn Park Cemetery en la Calle Ocho.

—¿Dos mandatarios cubanos en el mismo cementerio? —dijo Hetkinen francamente asombrado.

—Así es —prosiguió Bartolo—, y Anastasio Somoza también descansa allí, sólo que su tumba no tiene nombre. Cuando lo tenía, siempre la profanaban con plastas de mierda y graffitis de improperios. Tuvieron que hacerla anónima.

—La tumba del tirano desconocido —acuñó Nicotiano.

—Miami es un vertedero de politiqueros —reflexionó Hetkinen y después dijo:

—Le pregunté a Doublestein qué valor podría tener la lápida de Prío convertida en cangrejo, y me respondió: «Si somos capaces de ocultarla un tiempo prudencial, yo podría vendérsela a un coleccionista millonario cubano por un dineral...»

Cocorioco hizo entonces una proposición magnífica:

—Si es que Nicotiano se empecina en trabajar esa piedra, yo se lo respeto; podríamos sumergir el cangrejo-lápida presidencial en el mar, donde ya Nico y yo tenemos varios cangrejos gigantes, para que se cubra de formaciones coralinas, esponjas, escaramujos y ese relieve madreporario que hace a los cangrejos todavía más misteriosos.

—Es verdad —aseguró Nicotiano—; el efecto que causan después de tenerlos un tiempo en el mar es impresionante. Y la idea no fue mía, sino de Cocorioco.

—Yo siempre he dicho que Cocorioco es un genio —dijo Guarapito, y dio la siguiente información—: En un canal de la televisión ha aparecido un hombre encapuchado que asegura que él, por ser un agente arrepentido de la Seguridad del Estado Cubana infiltrado en Miami, sabía que el paradero de la piedra sepulcral del doctor Prío no sería conocido jamás, ya que había sido trasladada en submarino a Cuba para ser pulverizada, a mandarriazos, en el Palacio de las Convenciones de La Habana en presencia de los hermanos Castro.

Nicotiano y Alma Rosa se echaron a reír al unísono. ¡Qué tiempo hacía que no veíamos la risa abierta y cálida de mi sobrino! Y Alma Rosa le susurró al oído a Nicotiano: «El submarino era seguramente amarillo.»

Guarapito continuó:

—Como si alguien hubiera apretado un botón en una maquinaria mágica, de pronto se han empezado a vender todo tipo de chucherías y quincallerías con Carlos Prío como objeto de veneración: cortinas, pulóveres con su imagen, gorras, bolígrafos y pirulíes que dicen en letras de colorines: «Que viva Carlos Prío», toallas, sobrecamas, medallas de oro o de metales de fantasía y hasta trajes de baño y globos con la cara del doctor Prío Socarrón. Un cafetín de la Sagüesera se especializó, en un santiamén, en la producción de raspaduras, boniatillos y queques que dicen: «Prío-Prío». Y en todas partes hay estatuillas de plástico y de escayola que reproducen, en miniatura, la lápida robada.

—Qué Dios nos coja confesados —se santiguó Cocorioco, como si aquella vergüenza fuera culpa suya.

—Sólo falta —concluyó Guarapito— que vendan condones con la cara de don Carlos Prío Socarrás.

—Hagamos polvo esa mierda —propuse yo.

—Señores —intercedió ya sin mucho entusiasmo Cocorioco—, ese hombre fue senador de la República a los 37 años de edad... ¿No deberíamos guardarle alguna consideración a su memoria? Después de todo, no se debe hablar mal de los muertos.

—Carlos Prío no está muerto —dijo Guarapito con la mano en el corazón y los ojos entornados—: él vive en lo más puro del alma de La Patria.

—Si por mí fuera —dijo Alma Rosa con mucho respeto—, yo haría lo que propone la tía: pulverizar esa mierda.

—O acangrejarla —dijo Nicotiano.

Entonces Hetkinen tomó la palabra:

—Como ustedes saben, ya estamos absolutamente solos en La Isla del Cundeamor. Tras el suicidio de McIntire ya la Transacción Cubano Americana es la dueña y señora de nuestra isla. Pues bien, la Transacción ha anunciado que, gracias a las pesquisas que financiaron, «los mejores detectives privados de Este País han encontrado la lápida robada, que será devuelta a su sitio en un acto solemne y televisado esta misma tarde». Lo que han hecho, simplemente, es mandar hacer una falsificación de la lápida original.

—¡Cómo se atreven esos cabrones!

Un aire de estupefacción nos dejó lelos a todos. Hetkinen continuó:

—Yo propongo que, simultáneamente al «acto solemne de devolución», entreguemos nosotros a la policía, en otro «acto solemne y televisado» la lápida verdadera, para dejar en ridículo a la Transacción y aprovechar la ocasión para demostrar, irrebatiblemente, la eficacia investigativa de nuestra Crabb Company.

—¡Qué harto estoy de ser cubano! —exclamó Cocorioco.

—¡Ay, coño! —se golpeó la frente Guarapito—. En el Renacimiento, Hetkinen se hubiera llamado Maquiavelo. Hetki, ¿cómo se dice *maquiavélico* en finés?

—Hetki —dije yo—: adelante; le vamos a aguar la cumbancha a la Transacción.

Alma Rosa se frotó febrilmente las manos y Nicotiano dijo:

—Qué lástima; un cangrejo menos.

—Que Dios nos coja confesados —se santiguó otra vez Cocorioco.

Lo que sucedió después fue vertiginoso y divertido, y de ello queda constancia en los archivos de la policía de Miami y de la cadena Telemundo. Mientras la lápida se restituía, en patriótica ceremonia, con una piedra falsificada a toda prisa a expensas de la Transacción Cubano Americana, la Crabb Company (salvo Nicotiano, que estaba esperando a Mary para irse al mar con el *Villalona*), Alma Rosa y yo nos dirigimos al cementerio. Llegamos, por si acaso, escoltados por dos perseguidoras de la policía y por reporteros de todas las cadenas de radio y televisión acreditadas en Miami. En virtud de su importancia para la comunidad cubana, aquellos acontecimientos estaban llegando a los hogares de los televidentes en el mismo instante en que se producían. La Dirección del Woodlawn Park Cemetery confirmó públicamente que nuestra lápida era la genuina, con la ayuda de dos de los herederos del doctor Prío que, por razones que sólo ellos conocían y por suerte para nosotros, aborrecían a la Transacción.

Una vez más se comprobó el impacto arrasador de la televisión en las sociedades modernas. En un dos por tres, la Transacción cayó en el desprestigio y el vilipendio. Cesaron las campañas radiales, y las ventas de artículos con la imagen del ex Presidente cayeron en el olvido.

Telemundo nos hizo una entrevista-relámpago a Hetkinen y a mí.

—Demás está decir, queridos televidentes —comenzó el entrevistador— que el escándalo de la lápida presidencial robada del Woodlawn Park Cemetery ha adquirido dimensiones históricas. Las interrogantes se agolpan en un inverosímil carnaval de enigmas, pero aquí en el estudio tenemos, en exclusiva para Telemundo, a la tía Ulalume y al maestro detective Mr. Hetkinen, que son los artífices del logro principal que ha conducido al esclarecimiento del truculento suceso que ha tenido casi en vela al exilio cubano en pleno: el hallazgo de la piedra sepulcral genuina, la verdadera lápida del doctor Carlos Prío, que en paz descanse, gracias a las eficaces operaciones investigativas de la Crabb Company y no la falsificación que la Transacción Cubano Americana, incomprensiblemente, ha tratado de hacer.

Aquí una pausa para anuncios comerciales: detergente, dientes postizos y cocacola (*you can't beat the feeling*), chalets junto al mar azul y chicles Juicy Fruit (*It's a packet full of sunshine*), papas fritas congeladas y cuchillas Gillete, *the best a man can get.*

—Señora Ulalume —recomenzó el entrevistador—, según nuestras fuentes usted es una cubana de honor en Miami. Usted es miembro de los Amigos Latinoamericanos del Museo de Ciencia y Planetarium, es miembro del Big Five Club y del Hispanic Ladys Auxiliary, usted pertenece a la Liga Contra el Cáncer y a los Friends of the Miami Dade Public Library... Señora Ulalume, ¿fue Prío un buen presidente?

—Prío se forjó en la fragua de su antecesor en la Presidencia de la República, Grau San Martín. Era Grau —que lo conocí yo personalmente— un hombre refinado en el trato y en la labia, y de cuerpo era esbelto como lo que era, un esgrimista. Grau no se casó jamás. Se rumoreaba que alquilaba prostitutas de altura, pero de eso no puedo darle razones seguras... Lo que sí sé es que Grau era la típica mosquita muerta; tanto en la vida privada como en la política sabía hacerse el chivo loco a la perfección. Era también un hombre lábil e impredecible. Se dejaba mangonear por su cuñada, doña Paulina, que fue el verdadero Poder Ejecutivo del Gobierno durante el mandato del profesor Grau San Martín.

—O sea, que Prío fue el heredero político de Grau.

—Cuando Grau llegó al poder, repartió los cargos gubernamentales entre sus amigotes. Con decirle que el gorila ignorante que había sido su guardaespaldas quedó convertido, de la noche a la mañana, en Jefe de Policía. A su hermano Joseíto o Pepe San Martín, que era arquitecto, le regaló la Cartera de Obras Públicas. Joseíto se puso entonces a construir en toda La Habana lo único que sabía, o sea pequeñas plazas, y el pueblo le puso el nombrete de «Pepe Plazoleta». Y todo esto en un país sin presas, sin hospitales, sin escuelas para los niños del campo...

Aquí el entrevistador se puso nervioso y me interrumpió:

—¿Cuáles eran las consignas políticas de Grau?

—«Habrá dulces para todos.»

—¿Cómo? No la oí bien, señora Ulalume. ¿Ése era el principal eslogan político de Grau?

—Sí señor, así eran las cosas en Cuba; el otro eslogan de Grau era: «Cubanía es amor.»

—Es decir, señora Ulalume, que para usted es importante saber quién fue Grau para entender quién fue Prío.

—Exactamente. ¿Usted sabía que fue durante la Presidencia de Grau que ocurrió lo de «El Enigma del Diamante del Capitolio Nacional»? En dos palabras se lo contaré. Sucede que en el Capitolio Nacional de La Habana hay, desde 1928, una estatua de bronce gigantesca. Es una hembra majestuosa, rolliza y desproporcionada, como todo lo que se hace en Cuba en nombre de la Patria, que simboliza la República de Cuba. Pues bien, delante de ella, en un sagrario de mármol, oro y bronce, había un diamante que marcaba el punto cero desde el cual partían todos los caminos, carreteras, trillos y guardarrayas del país. Un día de marzo de 1946 se descubrió que la joya no estaba. De inmediato se supo que los ladrones tuvieron que haber gozado de una impunidad absoluta, ya que el engaste de la joya estaba sólidamente construido y el ruido para desprenderla tuvo que haber sido de ampanga. Nunca más se supo nada del Diamante del Capitolio hasta que, unos quince meses más tarde, el vocero de prensa del Palacio Presidencial anunció, sin dar más explicaciones, *que la joya robada había aparecido, envuelta en papel de cartucho, en la mesa de trabajo del señor Presidente, Ramón Grau San Martín.*

—Bueno, señora, pasando ahora a la figura de Prío... ¿Cuál era su proyecto político?

—«Quiero ser un Presidente cordial.»

—¿Así explicó el doctor Carlos Prío sus anhelos políticos?

—Como lo oye.

—Pero no olvidemos que Prío construyó las universidades de Oriente y de las Villas... En 1952, sólo Venezuela superaba el ingreso nacional bruto del pueblo de Cuba... No olvidemos tampoco que fue Prío, además, quien propició la fundación del Banco Nacional de Cuba... No en vano el Presidente Harry Truman le otorgó a Carlos Prío Socarrás la gloriosa medalla de la Legión del Mérito de los Estados Unidos.

—Bueno, no sé si usted sabe que esa medalla también se le otorgó en Washington a Fulgencio Batista, quien derrocó a Prío en un golpe de Estado y tiranizó a Cuba y asesinó a miles de cubanos...

—Volvamos al tema, señora...

—Lamentablemente, cuando Prío se hizo Presidente colocó a su parentela en los cargos más importantes de la Administración. Por ejemplo a su hermano Antonio, que no tenía calificaciones de ningún tipo, lo metamorfoseó nada menos que en Ministro de Hacienda. Tan descarado era el trapicheo que el pueblo, a ese Ministerio, le decía «La cueva de Alí Babá y los Cuarenta Ladrones». Era una atmósfera, joven, de estraperlo, pillería, rapiña, desparpajo y estafa al Erario Nacional. Y cuando Batista le dio el cuartelazo de marzo de 1952, Prío no opuso resistencia alguna porque ¿quién iba a jugarse la vida por él? ¿Los tahúres, los pandilleros, los politiqueros corrompidos y los chulos? Carlos Prío Socarrás llenó cordialmente sus maletas de dólares, se asiló en una embajada y de allí vino para acá.

—Ha sido una versión muy personal de la señora Ulalume que Telemundo no comparte, por supuesto, pero respeta. Ahora, para concluir, unas preguntas al señor Hetkinen. ¿Qué puede decirnos acerca de las pesquisas que dieron como resultado el hallazgo de la lápida presidencial verdadera?

La cámara enfocó los fríos pero tiernos ojos casi grises de mi marido:

—La Crabb Company se caracteriza por su estricta profesionalidad y su absoluta discreción. Desde el instante en que supimos que la piedra sepulcral de un ex presidente de Cuba había sido vilmente robada, la tía nos pidió que hiciéramos lo posible por encontrarla a pesar de que Prío haya sido un político... digamos... *típico* de la Cuba de aquella época. Movilizamos entonces todos nuestros recursos, que son inagotables, y ya al cabo de unos días hallamos una pista que, trabajando con perseverancia, nos llevó al éxito de una manera incruenta.

—Mr. Hetkinen, ¿podría esclarecernos el detalle de cómo se pudo establecer, con absoluta seguridad, que la lápida genuina era la de la Crabb Company y no la de la Transacción?

—Por el epitafio —respondió Hetkinen—. La lápida robada tenía la siguiente inscripción: «Carlos Prío Socarrás, 1903-1977.» Y debajo: «Miembro del Directorio Estudiantil Universitario de 1930.» Sólo después ponía que Prío había sido presidente del 48 al 52. Pues bien, a los falsificadores de la Transacción, unos verdaderos chapuceros, se les olvidó todo lo del Directorio Estudiantil de 1930. El resto es fácil deducirlo.

—¿Qué le parece, Mr. Hetkinen, la actuación de la Transacción Cubano Americana, al intentar el fraude inconcebible de devolver una lápida falsa?

—Esa organización, supongo, está compuesta por personas de una decencia intachable. Pero su fervor patriótico enfermizo, así como su proclividad a confundir la Historia de Cuba con sus negocios privados, los lleva a excesos que rozan con la delincuencia y, como en esta ocasión, con el más craso ridículo.

—Todo el pueblo de Miami sabe que usted ha rehusado cobrar las jugosas recompensas que...

—Lo siento, señor; nosotros no hacemos negocios con el honor de todo un pueblo.

—Muchas gracias.

Cuando salimos de los estudios de Telemundo, afuera se habían formado dos pequeñas pero beligerantes manifestaciones de cubanos enardecidos. Un grupo gritaba invectivas contra mí, decían que yo era una vendepatria, una fidelista encubierta y una comunistoide. El otro grupo era igualmente agresivo pero su mensaje era el contrario. En cuanto me vieron, empezaron a vitorearme y a cantar a paso de conga:

> *¡ Ya los gusanos no tienen cueva*
> *porque la tía se las tapó*
> *se las tapó*
> *se las tapó*
> *porque la tía se las tapó!*

—Te admiro, tía —me dijo Alma Rosa Contreras y me abrazó. Yo me sentía satisfecha y victoriosa.

Pero cuando llegamos a La Isla del Cundeamor, encontramos a Marx decapitado; la cabeza del gatico estaba clavada en una de las flechas de los fierros de la verja de entrada, justo encima del cartel que decía

¡PELIGRO!
CUÍDENSE DE LAS OPINIONES DE NUESTROS PERROS.

Le habían achicharrado un ojo con un tabaco encendido y el cuerpo, a medio desollar, lo habían tirado en el interior, de modo que Kafka tuvo que intervenir para que Gotero y Montaver no se repartieran sus despojos. Kafka no pudo perseguir los asesinos; según Cocorioco, que era el único que se encontraba en casa, todo fue muy rápido pues los culpables operaron en una moto, de la que ni siquiera se bajaron. A Marx le habían cercenado las garras delanteras; tres días más tarde las recibimos por correo en un macabro paquetico.

A raíz de estos sórdidos sucesos, Alma Rosa se enfermó; apenas comía y durante casi una semana no salió de La Isla del Cundeamor ya que tuvo que mantenerse en cama, muy débil y con vómitos a toda hora, de modo que Nicotiano o Maribarbola traían a su hijo a la isla para que se vieran. El niño nadaba en la piscina o jugaba con Kafka (y con Nicotiano, quien mostró por el chiquillo un interés que nos sorprendió a todos y que lo mantenía embebido en su compañía horas enteras) y después lo llevaban de nuevo a casa.

La ceremonia del entierro de Marx fue sencilla y emotiva, yo pronuncié unas pocas palabras de despedida y en su tumba, situada a la sombra de uno de mis jagüeyes, dejamos una cruz de mármol con su nombre barrocamente labrada por Nicotiano y Cocorioco. En un diminuto búcaro de cristal yo mantenía siempre un ramito de flores frescas.

Hetkinen ordenó redoblar la vigilancia en La Isla del Cundeamor, pues temíamos ante todo por la vida de Kafka. En algunas partes de la isla ya había movimiento de grúas y de excavadoras; la casa que fuera de los McIntire seguía, sin embargo, en pie. Una sensación de zozobra me embargaba, pero a nadie se lo decía. Dentro de mí crecía la oscura certeza de que irremisiblemente tendríamos que abandonar La Isla del Cundeamor.

Fue entonces cuando Alma Rosa y yo comenzamos a escribir este libro.

Una mañana salí al jardín acabada de saltar de la cama, sin ni siquiera cepillarme los dientes y como siempre descalza para disfrutar del masaje limpio de la hierba húmeda, y al acariciar mis aguacates y sentir el aroma de mis hierbas tomé conciencia de que una depresión invencible casi me estaba paralizando. Sentí en todos los líquidos y los tejidos de mi cuerpo que hasta ese momento mi vida se había desplegado como un documento insignificante que la luz, el destino y los años deterioraban cada vez más de prisa. ¿Qué sería de nosotros si teníamos que abandonar aquella isla?

Todos dormían aún, incluso el bueno de Kafka. La única que estaba en movimiento era la lavandera Florinda, que había venido esa mañana —mucho más temprano que de costumbre, por cierto— a llevarse la ropa sucia y a traer la ya lavada y planchada. Entré en la casa y fui a la cocina para prepararme una taza de café bien fuerte a ver si me reanimaba.

Lo que yo no sabía era que Florinda, alevosamente, me acechaba escondida en un rincón. Cuando yo entré, se situó detrás de mí. Estaba temblorosa a pesar de haberse bebido, ya a esa hora y expresamente para atreverse a cometer el crimen, medio vaso de ron. Florinda levantó la mano derecha, en la que blandía un punzón envenenado que había traído envuelto en una bolsa de plástico. Las piernas se le doblaron un poco, pero resistió y se mantuvo en pie. Venció también un acceso de vértigo que casi la tira al suelo. Apretó entonces el punzón y lo levantó aún más, como para encajarlo con fuerza más salvaje. Pero yo llevaba puesta la bata de casa con *La Santa Bárbara de Wikiki,* de modo que Florinda sintió cómo la mirada de la santa la enfocaba y la encandilaba, la acusaba de puerca triadora y de homicida. Yo hice un leve movimiento y me puse de lado, siempre sin percibir la presencia de mi alevosa agresora; Santa Bárbara miró ahora de soslayo a Florinda, que era incapaz de consumar su perfidia pero también incapaz de bajar el punzón y arrepentirse. Mientras ponía azúcar en el café, y un poco de leche para espesarlo un tantito, yo moví ligeramente los omóplatos y Santa Bárbara hizo una mueca que contenía incriminación, decepción y asco, y Florinda empezó a llorar a mis espaldas siempre con el punzón en alto.

Me volví y Florinda soltó el punzón, que cayó a mis pies descalzos hiriéndome el dedo gordo del pie izquierdo. Entonces la pobre mujer se dejó caer en una silla, totalmente desbaratada y lastimosa. Gimiendo como una niña que se ha quedado huérfana, Florinda dijo:

Dos desconocidos habían ido a verla a la tintorería; sin demasiados preámbulos ni rodeos, le ofrecieron diez mil dólares por el asesinato. Ella se negó primero y entonces ellos la amenazaron con arruinarle el negocito de la tintorería: era mejor que recapacitara, el crimen sería perfecto ya que el punzón tendría en la punta un veneno que con el más leve roce *en cualquier parte del cuerpo* resultaba letal. Al cabo ellos tenían todos los medios para destruirle el puerco negocio de la tintorería, tanto medios jurídicos como financieros y comerciales, y la misión de quitarme del medio era tan sencilla de cumplir que no tenía sentido rechazar la recompensa.

—En estos tiempos de vacas flacas... —le dijeron.

Al ver que el punzón me había hecho un rasguño —por cierto que se me clavó junto a la uña— Florinda creyó que mis horas estaban contadas. Yo también lo creí, y me apresté a dejar esta vida más o menos dignamente. Pero la pequeña herida ni siquiera se me infectó, y el análisis del punzón reveló que lo del veneno era mentira, el punzón estaba limpio: habían enviado a la pobre Florinda a una encerrona, y a mí me habían reservado una muerte atroz.

—Quién iba a adivinar —me dijo después Maribarbola— que *La Santa Bárbara de Wikiki* te iba a salvar la vida.

A pesar de que hicimos todo lo que pudimos, a Florinda fue imposible protegerla del todo. Cuando ya creíamos que la dejarían en paz, una tarde la arrolló una máquina en Collins Avenue pereciendo la pobre instantáneamente. El culpable se dio a la fuga y el crimen quedó impune. La velamos en la Funeraria Rivero y la enterramos en el Woodlawn Park Cemetery, a unos pocos metros de la tumba del doctor Carlos Prío Socarrás y no lejos de la bóveda sin nombre de Anastasio Somoza.

En medio de esta atmósfera de amenazas y de quebrantos, Nicotiano entró en un periodo de extraordinaria creatividad. El amor de Mary le había insuflado nuevas energías y volvió a sus esculturas con un brío que satisfizo mucho a Doublestein y a Cocorioco. Una tarde en que el cielo se había encapotado de nubes grises, casi verdosas y con destellos rojizos en los bordes infectados, Cocorioco y Nicotiano estaban puliendo una escultura que parecía lo que no era pero que representaba lo que el ojo se empeñaba en descubrir allí donde no podía ser.

—Yo lo que estoy puliendo aquí —advirtió Cocorioco— no es una muela de cangrejo ni un carajo sino un vientre de mujer, y esto es el ombligo y aquí está la entrepierna y detrás los abultamientos de las nalgas, muy parejitas por cierto...

—El cuerpo de la mujer —explicó Nicotiano— crece ante la vista cuando se desnuda. En el sentimiento, la desnudez de la mujer da una sensación de infinito. La frente de una mujer, la boca, el cuello... son regiones donde uno se extravía si no se cuida. Sobre todo *cuando las mujeres hablan, cuando le dicen cosas a uno estando desnudas...*

—Hijo, yo nunca te había oído hablar así. Debe ser el enamoramiento que...

—Los senos, por ejemplo, apelan a lo más débil y entrañable que tenemos los hombres, quizás a lo más puro, pues representan nuestro deseo de sentirnos seguros, niños y machos al mismo tiempo, protegidos y excitados, fuertes y desvalidos. Y después todas esas hondonadas que nos subyugan, esas curvas suaves, esos ventisqueros y barrancas, esos abultamientos, como tú bien dices...

—Todo eso es muy lindo, niño, pero qué coño tiene que ver con nuestros cangrejos.

—Cocorioco, sinceramente no lo sé.

—Es mejor así; el día que te enteres no vas a ser capaz de hacer un cangrejo más.

—Y si yo dejara de esculpir, Cocorioco, ¿qué harías tú?

—Me voy al muelle ése de Cayo Hueso donde hay un mojón de cemento que dice: *«90 miles to Cuba»*, me tiro al mar y empiezo a nadar hasta que se me acaben las fuerzas y ya no pueda regresar.

Pasó una hora o quizás más, sin que ninguno dijera nada. Afuera, el aguacero era torrencial y las ráfagas de viento habían perdido toda noción de decencia.

—Cocorioco —dijo al fin Nicotiano—, me he enamorado de una negra.

—Y yo me alegro, muchacho. Porque si te hubieras enamorado de una mujer verde, o jabá, o albina, siempre y cuando sea tan simpática y buena como Mary, yo me habría alegrado igual.

Entonces los interrumpió la llegada del ensayista neoyorquino que Doublestein había enviado para que visitara el taller y entrevistara a Nicotiano. Cocorioco se enfureció.

—¡Estamos trabajando! —le espetó—, tenga la bondad de retirarse.

—¿Usted es el escultor? —preguntó el ensayista sin saludar a nadie. Era alto y delgado, tenía una nebulosa de caspa fresca en el cuello de la chaqueta mojada y un ojo medio extraviado. Pero su aspecto era franco y afectuoso, y si no se tenía en cuenta la veta de vanidad que presidía todos sus gestos uno podía reprimir, sin grandes problemas, los deseos de abofetearlo.

—No —respondió Nicotiano—. Acá el señor y yo somos simples ayudantes. El artista no se encuentra.

—Qué lástima que viniera por gusto —se lamentó Cocorioco—; con estos aguaceros...

—Así son los trópicos —constató el neoyorquino—: tristes.

El ensayista a sueldo de Double sacó una libretica y empezó a deambular, boquiabierto, entre las esculturas. Sobaba los cangrejos, los medía abriendo mucho los brazos y los comparaba unos con otros.

Al fin dijo:

—Estoy fascinado. De verdad que hay que ser un *spic* para meterse a hacer cosas de esta categoría. Yo

siempre lo he dicho: es el atraso, el cretinismo, el subde-
sarrollo y la brutalidad lo que engendra el verdadero
arte. Nosotros y los europeos estamos ahítos, estériles y
paralizados de tanto bienestar, de tanta cultura, de tanto
progreso. Ya no inventamos, sólo nos regodeamos en
nuestros propios excrementos mentales. ¡Esto sí que es
creación! Sólo una ciudad tan embrutecida como Miami
podía dar al mundo unas obras de esta envergadura. Esto
es... —y aquí empezó a garabatear en la libretica lo que
iba diciendo— *concreción alucinada de los sedimentos inme-*
moriales de la cultura popular insular y orillera con toda su
pobreza intelectual, pero surgida de un genio desarraigado y
solitario, desgarrado y de una capacidad visceral para relacio-
nar orgánicamente lo vegetal con lo erótico y lo animal con lo
onírico en entrecruzamientos de morfologías de sutiles insinua-
ciones, cuya belleza espeluznante, monstruosa, no veíamos desde
que los surrealistas... Pero ahora tengo que irme —se
interrumpió—. Otro día vendré a entrevistar al maestro. ¡Adiós, señores!

Y esto último lo dijo en un español altisonante
y macarrónico.

Nicotiano y Alma Rosa...

—*Doublestein quiere hacer de ti una celebridad...*

—*Él está contagiado con las locuras de mi tía y no tiene sentido de la proporción. Yo no soy un gran escultor.*

—*No lo sé; lo que sí te aseguro es que tus cangrejos tienen una tremenda capacidad de asombrar. Son un poco como tú: incomprensibles.*

—*Alma, ¿eso es un halago?*

—*Tú eres un hombre triste, Nicotiano.*

—*Doublestein desearía que yo fuera, además de un escultor, un empresario. A menudo me habla de Tiziano, que fue el primer pintor que comprendió la importancia de difundir internacionalmente sus imágenes. Tiziano disponía de un aparato de propaganda como ningún artista de su época ni siquiera soñó tener, fue un maestro con agallas de comerciante que sirvió de un modo casi «moderno» a clientes como la Iglesia, el papado, los soberanos, y fue inmensamente rico. Yo no soy Tiziano, Alma, yo soy Nicotiano.*

—*Desearía revelarte un secreto.*

—*¿A mí? ¿Por qué a mí, Alma?*

—*No sé, será que contigo... contigo a mí no me daría vergüenza nada.*

—*¿Nada?*

—*Creo que nada, Nicotiano.*

—*Tú eres una muchacha triste, Alma.*

—*Es un secreto sin mayor importancia... La tía y yo estamos escribiendo una novela sobre La Isla del Cundeamor.*

—*¿Un libro sobre todo esto? Qué insensatez. Por fuerza tendrá que ser un libro caótico e inverosímil. Siempre y cuando no se lo tome en serio... Pero bueno, ¿ése era el secreto?*

—Hay otros secretos, Nicotiano, que yo podría revelarte; pero son todavía más tristes e insensatos.

—Alma, contigo a mí tampoco me daría vergüenza nada.

—¿Nada?

13.

Y el mar se abrió ante ellos.

Mary no había visto nunca a Miami desde el mar, y sentada junto a Nicotiano en la caseta del timón le pareció rutilante bajo el sol que hería la vista, aplastada y llena de verdor. Incluso los feos rascacielos del *downtown,* que siempre le daban una opresiva sensación de impersonalidad, casi de violencia, desde el mar le parecieron entrañables y nostálgicos mientras se empequeñecían como gigantes abandonados hasta hacerse un espejismo de cristalería y cemento en el mar reverberante.

Mary recapacitó un poco sobre esos sentimientos de ternura mezclada con rechazo; Miami era su lugar de nacimiento, su patria chica, pero también era la cuna de todas sus humillaciones. Una ciudad de otros, no de ella, no de sus hermanos, no de sus amigos y amigas. Una ciudad de blancos. ¿Qué tenía que ver ella con los edificios del *downtown,* los bancos y las oficinas del Poder? Pero no dijo nada. No quería envenenar la alegría del viaje, del buen tiempo radiante que la brisita hacía todavía más disfrutable y de la buena voluntad de su compañero, porque Nicotiano, de veras, no escatimaba ocasión de demostrarle su amor. A pesar de mil sentimientos contradictorios, con Nicotiano se sentía a gusto; una emoción que era como un flujo de líquido tibio en todo su cuerpo la hacía sentirse tierna, deseosa de dar y de recibir cercanía y caricias, casi podía decir que se sentía segura, a salvo de todas las maldades del mundo, junto a aquel cubano blanco y noble a quien apenas conocía.

—Nicotiano, ¿dónde está Cuba?

—¿Cuba?

—Sí; desde aquí, si quisiéramos llegar a Cuba, hacia dónde tendríamos que enfilar?

Nicotiano no contestó de inmediato. Miró la calma chicha y el cielo de nubecitas dispersas, intensamente blancas, y después miró la cara lindísima de su compañera, sus ojos vivaces y la boca que lo arrebataba.

—Tú eres mi compañera —y al dar esta respuesta, aparentemente sin ton ni son, fue como si mendigara un beso.

Ella captó la petición y él recibió el sabor de aquella lengua que lo hizo sentirse hombre hasta en la punta de los pelos.

—Cuba está en todas partes —dijo él.

—No te hagas el tonto. Si quisiéramos llegar a Cuba —insistió ella—, ¿hacia dónde tenemos que navegar?

Y al decir esto indicó varios caminos posibles hacia puntos ignotos del horizonte:

—¿Por aquí, por allí, por allá?

—Para llegar a Cuba —explicó él— cualquier otra persona tendría que navegar exactamente en aquella dirección —y fue ahora él quien apuntó hacia una zona del horizonte—; pero si soy yo el que quiere llegar a Cuba, da igual hacia dónde navegue. En cualquier dirección que lo haga siempre llegaré porque Cuba está en todas partes.

—Cuba está en todas partes —reflexionó ella—... Igual que Liberty City: a cualquier parte que me dirija, no llegaré nunca a otro sitio que al maldito gueto de negros que es Liberty City.

Y añadió:

—¿Tú sabías, Nicotiano, que en los folletos turísticos se les advierte a los visitantes de Miami que nada deben temer «si se atienen al sentido común y se abstienen de aventurarse a frecuentar las calles de Liberty City, en el noroeste de la ciudad, donde está asentada la comunidad negra más pobre y con más problemas de droga y crimen»? ¿Tú sabías que las encuestas muestran que los jóvenes de Liberty City prácticamente no se bañan en Miami Beach, y que los negros de la ciudad no se atreven, por ejemplo, a probarse las piezas de ropa en los almacenes?

Mary se mordió los labios, como para no seguir. Nicotiano quiso decirle: «No dejemos que las injusticias nos separen», pero la miró sin decir nada y ella, probablemente, leyó su pensamiento en aquella mirada, pues lo que hizo fue besarlo de nuevo con más ardor.

—Imposible imaginarse el Miami de las postrimerías del siglo pasado —dijo Nicotiano mientras conducía el yate con suaves movimientos de timón. Encendió un puro y admiró el cuerpo tornasolado de Mary.

—Quieres decir aquel Miami de Julia Tuttle —acotó ella con ironía—, de William Brickell y Henry Flagler.

—Fue Flagler el que construyó el primer hotel de Miami, el Royal Palm, que estaba en la desembocadura del río. Alguien lo describió como un oasis de civilización y lujo rodeado de naturaleza salvaje.

—Flagler hizo su fortuna junto a John D. Rockefeller en la Standard Oil. Se dice que fue Flagler el que trajo el ferrocarril a Miami, alargando la línea después hacia Cayo Hueso...

—El famoso Overseas Railroad...

—Pero la fuerza de trabajo era negra, Nicotiano. Explotada y negra. En los huracanes de 1909 y 1910, que interrumpieron los trabajos de la extensión hacia Cayo Hueso por los desoladores estragos que causaron, la mayoría de las víctimas fueron negros.

Mientras navegaban al socaire del paisaje cenagoso de mangles y canalizos que lleva a Cayo Hueso, Nicotiano intentó figurarse las durísimas condiciones de trabajo de aquellos peones (seguramente, como decía Mary, negros en su mayoría) que hicieron realidad el

Overseas Railroad, con puentes larguísimos afincados en fondos fangosos, de arena o de barreras coralinas. Ahora Mary lo miraba con cara de buen humor.

—¿Traigo unas cervezas? —y las trajo sin esperar respuesta.

Entre los cayos dispersos se abrían lagunas de agua que parecía haber estado estancada allí durante milenios, una sopa color turquí que sin transición pasaba del matiz del zafiro a verdes cremosos, como de aguacate líquido, según las fluctuaciones de las arenas del fondo, la intensidad del sol o la salinidad. Vieron largos puentes que unían las islitas, chalets desperdigados entre los cocoteros, pequeños puertos deportivos donde la buganvilla era más roja y los hibiscos más estridentes, las adelfas más gritonas y los turistas, vistos desde el mar bajo la sombra de los rojos flamboyanes, se antojaban irreales, como muñequitos en el salitre solar.

Bogaban sin prisa, a veces acompañados por otros yates, a veces casi solos. Nicotiano introdujo el *Villalona* en un diminuto archipiélago de isletas intensamente verdes y pobladas de rabihorcados, ancló e invitó a Mary a pescar. Ella no se había mareado lo más mínimo y ahora bebía ginebra y tónica e intentaba, en vano y entre risas y protestas, emular a Nicotiano en la pesca de la cubereta, cuya cantidad y voracidad parecían inextinguibles. Corría lentamente el agua cristalina, adornada de largas trenzas de algas verdeolivo que se perdían mar adentro, por entre las isletas de mangle zancudo, y Nicotiano levantaba una tras otra las cuberetas, rojas y esbeltas. De pronto Mary se enredó con algún peje pesado y violento, de momento no se supo si era un cazón o una morena, pero ella rechazó toda ayuda y se debatió con dignidad. Resultó ser una cherna más suculenta y de aspecto más indescifrable que todas las cubereticas de Nicotiano, de modo que al socaire de las islas pobladas de gaviotas y algún que otro pelícano estuvieron asando y devorando pescado a la brasa, condimentados sólo con aceite de oliva, limón, sal y perejil, mientras escanciaban largos vasos de vino blanco muy seco y frío.

A veces pasaban cerca de ellos otros yates menores, gente que miraba con envidia la esplendidez del *Villalona* y con sorpresa o sarcasmo la presencia de una negra y un blanco a bordo.

—No sé por qué —observó Mary—... pero me da la impresión de que aquel yate azul claro se ha mantenido detrás de nosotros desde que zarpamos de Miami.

Nicotiano no le hizo mucho caso y ni siquiera miró de qué yate se trataba; fue un error que le costaría muy caro, pero sencillamente se sentía demasiado feliz para introducir en su calma cualquier tipo de preocupación.

—Aquí todo el mundo viene a pescar y a turistear —bromeó, y arrancó el motor mientras Mary preparaba café. Ella estaba fascinada con el lujo del *Villalona;* al entrar en el yate era como si se convirtiera en un apartamento de varias habitaciones con todas las comodidades imaginables, e hizo un comentario al respecto.

—Según Cocorioco —dijo Nicotiano— los barcos son como las mujeres: se ensanchan cuando uno entra en ellos. Para la tía Ulalume el *Villalona* es su isla habitable, su patria chica en las corrientes del mar.

Navegaban a la altura del Seven Miles Bridge, construcción alucinante que une al Cayo Piscon con el Bahía Honda, cuando Mary volvió a hacer el comentario:

—Te repito que aquel yate, o tiene el mismo curso que nosotros, o no nos quiere perder de vista.

Entonces Nicotiano, en vez de acordarse de lo que siempre decía Hetkinen, o sea que en cuestión de persecución y vigilancia las repeticiones son siempre un signo a tener en cuenta, hizo una demostración de qué clase de barco era el *Villalona*. Con un motor capaz de alcanzar una velocidad punta de más de 80 nudos, cuando el Seven Miles Bridge llegó a su fin ya el yate «que tenía el mismo curso» que ellos se había quedado tan atrás que casi no se veía. Y cuando llegaron a Cayo Hueso, el presunto perseguidor no era más que un recuerdo.

En Cayo Hueso atracaron y dieron unas vueltas por la ciudad, hicieron la parada obligada en el Captain Tony's Saloon, que una vez fuera el Sloppy Joe's Bar de Ernest Hemingway, y Mary constató que el pescado que colgaba en el cartel de afuera era el mismo que ella había pescado antes: una cherna. Después de deambular un poco por la ciudad constataron que era limpia y como de juguete, falsona y sin gran interés. Nicotiano le contó a Mary cuán importante, sin embargo, había sido aquella ciudadela para los cubanos. De los 200 clubes políticos que José Martí fundara para recabar apoyo y fondos para la independencia de Cuba, 76 estaban en la Florida y nada menos que 61 en Cayo Hueso, donde a finales de la década de 1890 residían más de 3.000 cubanos.

Levaron anclas y Nicotiano puso proa al Golfo de México, hacia un sol inmenso que se hundía, incendiado, en un holocausto de cirros melancólicos. Ya era noche cerrada cuando Nicotiano puso el piloto automático, a ínfima velocidad, y se sentaron a cenar fiambres fríos con vino de Rioja bajo la bóveda negra y sedosa del trópico. Nicotiano percibía una tristeza de fondo en Mary; conversaban, hacían el amor, se divertían, pero siempre quedaba en ella un reducto de algo que no cuajaba en alegría.

—Mary —dijo él—, Liberty City está aquí también, ¿verdad?

—Qué ajeno me parece todo esto —respondió ella—. Es como si lo estuviera viviendo otra y no yo.

Ahora se adentraban cada vez más, sin rumbo fijo, en las aguas del Golfo de México. Las olas de la noche eran tranquilas y poderosas, estaban solos en el universo y Mary le contó de su estancia en Nicaragua y de su cariño hacia aquel paisito despedazado por la guerra de rapiña norteamericana y por los descalabros de la revolución. Nicotiano no se atrevió a hacerle preguntas que la hicieran revelar ciertos detalles, pero cuando ella le contó que había conocido a unos cubanos, sobre todo a un cubano que era dentista pero que las circunstancias de la guerra lo habían obligado a servir hasta de cirujano en algunas ocasiones, supo que se trataba de una aventura de amor y sin pensarlo dos veces dijo:

—Yo no te dejo ir sola a Cuba.

Ella lo tomó como una broma y siguió hablando de aquellos cubanos dicharacheros que a todo se acostumbraban: a la falta de comida y a las diarreas, a los tiroteos y a las picadas de bichos, y que lo mismo trabajaban veinticuatro horas sin dormir que tocaban la tumbadora o armaban y desarmaban, con los ojos vendados, una ametralladora. La envidia de Nicotiano empezó a espesarse. Se imaginó a aquel cubano como un mulato lindo y jacarandoso y combativo, uno de los hijos de la revolución como los que ya no existirían jamás en el mundo pos Guerra Fría. Se imaginó que aquel mulato dentista había bailado con ella como él jamás podría hacerlo y todo en un ambiente de solidaridad y vicisitudes que seguramente los había unido mucho.

—Por eso quieres ir a Cuba —dijo con despecho—, para buscar a tu dentista.

—Tuve el triste privilegio —se defendió ella— de ver cómo se destruía, poco a poco, la revolución en Nicaragua; ahora quiero ver cómo se va a pique la revolución en Cuba, o cómo salvan lo que salvar se pueda.

—¿Él era mulato? —se aventuró a preguntar él.

—Sí; casi negro.

—Yo también soy mestizo —dijo Nicotiano—; ningún cubano es blanco del todo y yo debo de tener mi abuela negra en algún sitio.

Después dijo:

—Yo quiero que te cases conmigo, Mary.

—No hace tanto, todavía eras capaz de llorar como un loco por la mujer que te dejó... Quizás la mujer más importante de tu vida... ¿Ya nunca piensas en ella?

—Por favor...

Y le explicó, sin usar ni una sola mentira piadosa para ganársela, lo mucho que Mireya había significado para él: nada menos que toda su vida adulta. Ella había sido la base afectiva de su existencia, pero el tratamiento desconsiderado y sin escrúpulos a que ella lo había sometido lo hizo despertar de su sueño y ahora le parecía imposible vivir de nuevo con ella. Algo se había quebrado para siempre entre él y Mireya.

—Las relaciones entre los seres humanos —dijo—, sobre todo las relaciones de amor, no son eternas ni estáticas y nosotros no supimos crecer juntos, los años nos separaron y, por lo visto, nos hicieron mutuamente ajenos. Todo se transforma...

Y añadió encogiéndose de hombros:

—Algún día se terminará también la vida.

El vino endulzó el beso y dio un brío contenido a la lasitud excitada de los cuerpos. Por primera vez ella mamó el sexo de aquel hombre, lo saboreó largamente como si lo quisiera suyo para siempre. Aquella caricia era para Mary lo más íntimo que podía ofrecer, su lengua enroscándose en aquella dureza, y la había estado guardando para el momento en que el deseo de ofrecerla le saliera desde lo más profundo de su corazón. Por eso fue un acto de cariño y de fogosa dulzura. Ella había recibido con alocado agradecimiento la boca ansiosa de Nicotiano en su propio sexo, y ahora le retribuía la caricia con todo el deseo que por él sentía. A Nicotiano, que no tenía experiencia de muchas mujeres en la cama, le pareció ahora que a Mary sólo podía compararla con Mireya y jamás con la Pájara Pinta; esto era amor, caray, esto era algo hondo como el mar oscuro en el que flotaban, esto no era sólo atracción, en el fondo siempre mezquina, ni sexo crudo por el sexo; entonces Mary asió el miembro de Nicotiano con ambas manos, como un cetro, y lo besó primero varias veces para después guiarlo ella misma hasta sus adentros bajo la opalescencia obsesiva del firmamento del trópico. Nicotiano entró en ella con los ojos cerrados, totalmente arrobado por una ternura que no sentía desde los tiempos de Mireya, y se sintió como un pez que entra en un palacio sumergido para ya no salir jamás.

Después del acto de amor estaban más despiertos que nunca y Nicotiano, presa de una actividad alegre y febril, hizo algo incomprensible para Mary: cogió una hoja de papel, escribió unas cortas líneas en ella con un rotulador, metió el papel enrollado en la última botella de vino que se habían bebido, la tapó herméticamente con un corcho y, sin dar explicaciones, la lanzó a la nada, porque la oscuridad cerrada en la que se balanceaban era un sinónimo de la Nada.

—¿Has tirado un mensaje al mar, como los náufragos?

—Es un mensaje de esperanza —dijo Nicotiano.

—Y quieres que llegue a Cuba, supongo.

—Sí; quiero que llegue a todas partes. ¿Sabes qué dice el mensaje?

Ella le acarició la cara.

—Que me quieres —adivinó ella y recibió un aguacero tropical de besos, chupones, apretones y caricias desproporcionadas.

—Eres como un niño —dijo ella.

Entonces él quiso darle una sorpresa. «Cierra los ojos», le dijo, y cuando ella los abrió él tenía en sus manos, graciosamente, una ametralladora.

—¡Pero qué es eso, Nicotiano!

Él le explicó que el *Villalona* era, en realidad, un pequeño arsenal, ya que el yate servía para «ciertas misiones» de la Crabb Company, y ante los ojos estupefactos de la muchacha Nicotiano desarmó el arma, se hizo vendar los ojos y en unos minutos la armó de nuevo a ciegas.

—Es el mismo tipo de ametralladora —dijo ella sin atreverse a tocarla— que los muchachos tenían en Nicaragua.

—Es una AK-47, una pequeña joya. Por su eficacia, su simplicidad y su altísimo rendimiento de fuego, la AK es el fusil de asalto más usado en los tiempos modernos. Fue un comandante de tanques ruso, Kalashnikov, el que la diseñó. Según nos contó Hetkinen, Kalashnikov quedó inválido durante la Segunda Guerra Mundial, creo que en la batalla de Briansk, por lo que a partir de ese momento se dedicó a la industria bélica. En 1959 los rusos sacaron una AK más ligera y todavía mejor, la AKM. En el *Villalona* hay cuatro, además de dos ametralladoras calibre cincuenta que están escondidas en sendas escotillas debajo de la proa y de la popa. Comparada con el M 16 norteamericano —que es un arma magnífica— la AK es más fácil de manejar y de reparar y, en algunos puntos, superior como fusil de asalto.

—Mira —y sacó la calibre cincuenta de la popa, una ametralladora adosada en bípode con un largo cañón fino y brillante—, es una Barrett. Le dicen Licht-Fifty Model 82 A-1. Allí están las cajas con los cargadores.

—¿Cuánto puede costar un arma de ésas, Nicotiano?

—Seis mil dólares o algo así.

A Mary le pareció una aberración que aquel hombre sensible y extraordinariamente suave de carácter supiera tanto de aquellos artefactos de muerte.

—¿Y por qué te desmayaste aquel día en que Maribarbola hirió al atracador?

—Porque soy incapaz de ver sangre —dijo él con una sonrisa—, desde chiquito he padecido de ese defecto.

—De esa virtud, diría yo; nadie nunca debería ver correr la sangre sin desmayarse.

Un letargo placentero los estaba invitando a meterse en la cama cuando Mary descubrió, hacia babor, una insólita bola luminosa que pasaba a relativa distancia. Era un lujoso crucero que semejaba un *cake* merengoso de lucecitas de neón en la oscuridad cerrada del Golfo. Ella se desperezó, tomó los poderosos binoculares y vio gente bailando y comiendo, hombres de frac y mujeres con elegantes vestidos de noche servidos por camareros que vertían el champán con reverencias en cámara lenta, mientras una orquesta fantasmagórica de músicos encorbatados tocaba, se imaginó ella, bonitos valses con trompetas y violines que para ella eran mudos hasta que aquella visión oceánica, distante como un sueño de borrachera, se fue perdiendo en las tinieblas del mar.

Después, de nuevo la soledad cóncava del abismo del cielo, sobre la soledad terrible de las profundidades de un mar que ahora sólo se insinuaba con la pesada respiración de las olas: ni una sola luz en ningún punto de la oscuridad, a no ser la harina fosforescente de las constelaciones del Trópico de Cáncer. Y la luna, la tremendísima luna, ahora de un poder ensoñador trazando un camino caliente de reflejos rosado-plomizos sobre el paisaje ondulante de las olas negras, pausadas y sin espuma.

Nicotiano se había rendido ante el sopor, dejó el *Villalona* a la deriva y se acostó a dormir. Ella permaneció despierta un rato más, inquieta y fascinada por aquel paisaje astral que no parecía de este mundo. Hasta que se acurrucó ella también junto a Nicotiano, totalmente rendida por el sueño pero sin entender cómo podían quedarse toda la noche así, flotando en las vastedades marinas como un corcho en la tiniebla, a merced de las corrientes y los vientos y de todos los peligros del mar de la noche. Mary sentía una mezcla de miedo y de seguridad. Ella no tenía la más mínima idea de cuáles podrían ser los riesgos y los peligros que podían amenazarlos, pero por fuerza tendría que haberlos, un barco solo en la inmensidad... Pero Nicotiano le inspiraba confianza y se abrazó a él, como para cerciorarse de que no la dejaría sola ni siquiera durante las horas de sueño.

Pensando en eso se durmió, hasta que al golpe del alba los despertó el cortante pitido del aparato de comunicación del *Villalona*.

Era Hetkinen. Con la parsimonia que le era habitual cuando comunicaba noticias catastróficas, Hetkinen le explicó que a bordo del *Villalona* había, probablemente, unos 150 kilogramos de heroína pura.

—¿De qué?

—De heroína; es cosa de Bartolo.

Durante cierto tiempo Bartolo se había dedicado a introducir droga en Miami, en contubernio con una banda de traficantes y en flagrante traición a la Crabb Company. Con el pretexto de sacar a su familia al mar, había usado el *Villalona,* que era un barco «limpio», para su tráfico vergonzoso. Bartolo les había robado a sus compinches el envío que ahora estaba escondido en el yate, después de inventar la historia de que se había visto obligado a botar el cargamento, en alta mar, ante el peligro de ser registrado por una unidad antidroga de la defensa costera.

—¿Y cómo sabes todo eso, Hetkinen?

—Bartolo se vino abajo ante las presiones nuestras. Se lo confesó todo a Sikitrake y a Guarapito. Bartolo sabía que la banda sospecha que él miente y que el cargamento, o está en La Isla del Cundeamor, o está aún a bordo del *Villalona.* Demás está decirte que Bartolo ha sido expulsado de la Crabb y que es, hoy por hoy, un hombre muerto. Los traficantes sólo aguardan saber qué pasó con el cargamento.

—Qué hago, Hetkinen.

—Sabemos que te están buscando en el mar.

—Ay, coño.

—Escucha bien: registra el barco; si encuentras la droga, tíralo todo inmediatamente al mar y regresa lo más rápidamente que las condiciones meteorológicas te lo permitan. No dejes, bajo ninguna circunstancia, que ningún barco se te acerque. Te lo repito: ninguno. Prepara las ametralladoras y no escatimes municiones. Que Mary no salga a cubierta. Ya sabes dónde está el lanzagranadas, creo que hay dos cajas de proyectiles. Cuídate.

—Me cago en Dios —dijo Nicotiano y, por unos instantes, no atinó a hacer nada. Cuando le contó a Mary lo que sucedía, ella dijo:

—¿Ya ves, Nicotiano? Liberty City está en todas partes.

Bartolo ni siquiera se había esforzado por esconder la mercancía. Los paquetes estaban en las despensas. A Mary le costaba trabajo coordinar sus movimientos, no sabía si esconderse o tirarse al mar, y no era capaz de poner en orden sus pensamientos. ¿En qué trampa había caído? ¿Qué era verdad y qué era mentira en aquella versión de los hechos? ¿Qué era, en realidad, la Crabb Company? ¿Quién era Hetkinen, un agente de la policía secreta, un maleante de alta calificación, un asesino? ¿Y esa señora afable pero enigmática a quien todos llamaban «la tía»? No le cabía en la cabeza que Nicotiano, aquel muchacho sincero y humano, se dedicara al tráfico de estupefacientes...

Nicotiano estableció la posición en que se encontraban y puso rumbo, a todo motor, hacia Miami. Mary no dejaba de otear el horizonte de la mañana con los binoculares, mientras Nicotiano no apartaba la vista de un punto que se acercaba en la pantalla del radar. No habían desayunado; la velocidad sobre una mar de cierto oleaje producía en el *Villalona* un movimiento de choques insistentes que habían revuelto las entrañas de Mary.

Al cabo de una hora de navegación se dieron cuenta de que el idílico viaje marítimo se había convertido, ya, en un peligro de muerte. Un yate tenía el rumbo puesto hacia ellos. Era azul claro.

—¡Es el mismo barco —dijo Mary aterrorizada— que te dije que nos estaba persiguiendo!

—Perdieron la pista en Cayo Hueso; no se imaginaron que atracaríamos.

Nicotiano apagó el motor, y a Mary le dio un ataque de furia, casi de histeria; le gritó que huyesen, que los iban a matar como a puercos sin que nadie se enterara jamás, sin que nadie los pudiera ayudar en la soledad de aquellos mares, pero Nicotiano la abrazó con violencia y le dijo, con una voz que la aterró porque era la voz de un hombre sin escrúpulos y no la de su Nicotiano-niño, de su Nicotiano ingenuo capaz de llorar por el amor de una mujer:

—Baja al camarote, escóndete y déjame actuar a mí. No quiero verte aquí.

Ella no le hizo caso, pero se calmó un poco. Vio cómo Nicotiano sacaba un lanzagranadas y una caja de municiones que tenían el aspecto atroz de pequeños cohetes o bombas. Mary divisó algo que le pareció un hombre, quizás dos, portando armas largas en el yate que se acercaba. Entonces Nicotiano, increíblemente, después de sacar las dos Barrett enfiló el *Villalona* a toda velocidad hacia el barco presuntamente hostil, dejándolo en esa dirección con el piloto automático. Desde la ventanilla de la caseta del timón apuntó con el lanzagranadas y realizó el primer disparo, que levantó un surtidor de agua a unos quince metros a la izquierda del yate que ya se veía peligrosamente cerca. Nicotiano siguió disparando las granadas una a una, concentrado, sin pronunciar palabra alguna, de modo que las explosiones se producían cada vez más cerca del yate, del que ahora salían disparos de por lo menos cuatro M-16. Entonces Nicotiano logró colocar una granada tan próxima a la proa del contrario, que el yate cambió bruscamente de rumbo ante el peligro de ser alcanzado de lleno. El *Villalona* seguía acercándose intrépidamente, agresivamente, y ya los disparos de fusil hacían estragos en la cristalería y los costados del *Villalona,* cuando Nicotiano bajó a proa y empezó a disparar como un loco, sin pausa, manteniendo un volumen de fuego que destrozó prácticamente al barco que los asediaba y silenció totalmente los disparos de los atacantes. Entonces Nicotiano, que estaba como en trance, cambió de rumbo a toda velocidad, poniendo agua entre ellos, mientras disparaba de modo igualmente masivo con la ametralladora de popa hasta que gastó todos los cargadores.

El barco no se atrevió a seguirlos.

—Colorín colorado —dijo Nicotiano, lívido y con la boca llena de una saliva malsana, y empezó a temblar sin poder dominarse, se orinó en el short que llevaba puesto y vomitó por la borda hasta que Mary logró calmarlo un poco a golpe de abrazos y con un trago de ron añejo que él pidió y que, por supuesto, vomitó de inmediato. Ahora «el héroe del *Villalona*», como lo llamaría después Guarapito muerto de la risa, tenía diarreas.

Hetkinen, Maribarbola y Sikitrake se habían hecho a la mar en un gran yate alquilado, la comunicación funcionó bien y a unas cuantas millas al oeste de Cayo Hueso se encontraron. Juntos estaban a salvo de cualquier peligro.

Esta aventura dejó a Nicotiano tan maltrecho que por tres días consecutivos fue incapaz de retener comida alguna en el estómago. Casi no se levantó de la cama y Mary tuvo que quedarse en La Isla del Cundeamor, para asistirlo con su ternura y cuidarlo con sus conocimientos de enfermera como si se tratara de un bebé con serios trastornos estomacales.

—¿Cómo anda el héroe del *Villalona?* —preguntaba amigablemente Guarapito.

Sólo unos días más tarde asesinaron a Bartolo en el Salsipuedes. Tomándose una cerveza estaba cuando un hombre entró y le preguntó:

—¿Tú te crees que nosotros somos unos comemierdas?

Y le disparó con un magnum 357 en plena cara. Bartolo cayó echando sangre por la boca y las orejas y la Pájara Pinta, chillando, empezó a clamar:

—¡Llamen una ambulancia que está vivo, todavía está vivo!

La pierna derecha de Bartolo se movía acalambradamente en el último espasmo de la muerte, y ese triste signo hizo que la pobre Pájara, en medio de su horror y de su histeria, pensara que aún había una esperanza para Bartolo. Pero cuando el asesino, que se retiraba parsimoniosamente sin hacer el menor esfuerzo por ocultarse, oyó la voz de la Pájara aullando «... que está vivo, todavía está vivo», volvió sobre sus pasos ante la estupefacción de los pocos clientes que se encontraban esa tarde en el Salsipuedes y remató a Bartolo de un tiro en la sien.

—¿Tú te crees que nosotros somos unos comemierdas?

Tales fueron las únicas palabras que el asesino repitió antes de marcharse, sin prisa, como el que evita sudar innecesariamente al caminar.

Alma Rosa y yo...

—Es mejor que Betty haya estado ausente. Que no se entere de la muerte atroz de Nicotiano.

—Ella es su mejor amiga, tía, y usted hubiera necesitado su consuelo.

—Es verdad. Pero déjala que sea feliz.

—Tía... no llore más, se lo ruego.

—¡Qué suerte tenerte cerca, Alma Rosa!

—Tía...

—Dame más ron, carajo, que me voy a emborrachar.

—Tía, cálmese; ahora que esta especie de novela ya está escrita, necesitamos ponerle un título.

—Lo mataron como a una bestia, y yo no pude evitarlo.

—Mire la calma total de la bahía, tía... el verdeazul del agua, el solecito que se levanta... Qué sensación tan rara. Es como si no hubiera pasado nada.

—¿Qué es lo que se llevan de uno los muertos queridos, Alma?

—Un montón de cosas vivas, tía.

—Y dejan en su lugar otras. Cosas vivas, cosas muertas.

—Nicotiano deja sus esculturas...

—¡Despojos, coño, andrajos!

—Usted es la tía Ulalume... Usted no rehuyó nunca una pelea... Ha sido astuta, noble, amiga fiel y como una madre no sólo para Nicotiano, sino para cada uno de los muchachos de la Crabb Company... Su única derrota ha sido la muerte de Nicotiano.

—¡Qué muerte tan grande, niña! No nos va a caber en los años que nos quedan por vivir.

—Ahora... ya no me quedan dudas de que usted ha hecho bien en escribir este libro. Mientras Nicotiano aún estaba entre nosotros me parecía absurdo, un capricho estúpido de una tía orgullosa de su sobrino.

—Una ridiculez, ¿verdad? Recuerdo que me dijiste: «Tía, Miami no se merece una novela.»

—Y usted me replicó: «Miami no, Alma, pero Nicotiano sí.»

—Ahora, para serte sincera, ni siquiera sé si Nicotiano se merecía esta novela paródica y burlona. Quizá él fuera más digno de otra cosa.

—No sólo nuestro Nicotiano se merecía este libro tal y como es; usted también se lo merecía, y Betty y Maribarbola, y Hetkinen y los muchachos, y la Bag Lady... y Mireya y Mary también se lo merecen. Incluso yo, como testigo de la realidad de La Isla del Cundeamor...

—Pero espera, tú dijiste... ¿nuestro Nicotiano? Alma, yo siempre pensé que él te era absolutamente indiferente.

—Hay algunas cosas que usted no sabe, tía... vamos, terminemos de una vez de escribir este libro. Va a ser duro terminar el último capítulo.

—En realidad, esta novela la has escrito tú.

—Las palabras son suyas. Allí está su voz grabada en esos cassettes. Yo lo único que he hecho es transcribirlas en ese montón de cuartillas. Nada más.

—¿Qué es lo que yo no sé, Alma Rosa, qué me ocultas? ¿Y por qué lloras tanto, hija, por mí, o acaso por Nicotiano? Dame más ron.

—Me dan ganas de regresar a mi madre.

—Por más que se quiera, nunca se regresa a la madre.

—Al vientre de mi madre. Me dan ganas de desnudarla, tirarla de un empujón en una cama, abrirle las piernas y meterme violentamente dentro, por la vagina.

—Niña, no digas barbaridades. No podemos perder el juicio.

—Y obligarla a que me tenga otra vez en su seno nueve jodidos meses, para que después me dé a luz muerta. Eso: que me para muerta.

—Dios mío, estamos llorando como dos niñas huérfa- nas, y tú estás desvariando horriblemente. ¿Por qué dices eso?

—Porque a veces me arrepiento de haber nacido... como ahora, que Nicotiano ha muerto.

—Alma Rosa, será que tú y Nicotiano...

—Desde hacía un tiempo... Nicotiano y yo teníamos una relación de amor.

—¿Te acostaste con él?

—Muchas veces.

—¡Y todo mientras él se deshacía por Mary! Pero niña, y tú no eras...

—¿Lesbiana? No; yo mentí para que Guarapito y Sikitrake me dejaran tranquila, pues no vine a La Isla del Cundeamor a complicarme la vida con amoríos. Pero en cuanto conocí a Nicotiano... Ahora terminemos, tía; tenemos que ponerle un título a esto.

—Ponle lo que tú quieras. El sueño de Miami, por ejemplo. A mí me da igual.

—No está mal. Miami es un sueño cubano soñado por el sueño americano.

—Quita eso, olvídalo, inventa otra cosa.

—El sueño cubano aplatanó al sueño americano. Lo hizo supersticioso y ostentoso y bocón, lo hizo más ramplón de lo que ya es.

—Otro título, busquemos otro título, y dame más ron.

—El sueño de Miami hizo todavía más patético, vul- gar, fanático y chillón al sueño americano. ¿Por qué siente uno siempre, tía, que Miami no le pertenece, que uno tampoco perte- nece a este espejismo?

—Porque Miami es la imagen de un algo que ya no existe.

—¿Pero por qué siente uno amor por esta mierda? ¿Y por qué siempre, irremediablemente, queremos volver al sue- ño de Miami?

—Para obligarlo a que nos tenga nueve meses dentro de él, y luego nos dé a luz muertos.

—Como en todos los sueños, tía, uno no se da cuenta de que ha estado dentro de él hasta que no se despierta. Es peligroso despertarse del sueño de Miami.

—Nicotiano se despertó muerto.

—Deme más ron, tía.

—Busquemos otro título. Ponle Páginas para el mar, por ejemplo.

—¿Para el mar?

—Sí. Para el mar. Ahora, Alma, yo estoy serena y tú sigues llorando.

—Tía, le quiero pedir un favor: déjeme elegir el título de este libro.

—Bien, hija, que así sea. Pero una vez terminado el último capítulo y antes de abandonar para siempre esta casa y esta isla, que ya no tengo ni fuerzas ni razones para defender, ayúdame a meter en decenas de botellas las cuartillas con los fragmentos que conforman esta novela.

—¿Para echarlas al mar como hacen los náufragos?

—Para que el mar las lleve, lo mejor que pueda, a todas partes o a ningún lugar.

14.

Un día antes de que lo mataran, Mary le dijo a Nicotiano:

—No sé si lo sabías, pero hoy es el Festival de la Calle Ocho.

—No, la verdad es que no lo sabía —respondió él.

—Por prejuicios o por mil trabas mentales, nunca he ido. Si no te molesta, vayamos juntos. Quiero ver qué es eso.

A Nicotiano le encantó la idea; Guarapito lo había invitado alguna vez y Mireya también, pero a él esas cosas multitudinarias más bien lo importunaban. Por eso todos nos asombramos un poco de que Mary lo animara con tanta facilidad, y antes de que se fueran Hetkinen le dijo:

—Nicotiano, cuídense en el gentío; el caso de Bartolo y la puñetera droga podría seguir teniendo consecuencias.

—No pierdas de vista a Nicotiano y a Mary —le pedí yo a Maribarbola—; síguele los pasos por donde quiera que vayan.

La Calle Ocho estaba irreconocible. Aquello, le pareció a Mary, era más digno de una ciudad como Río de Janeiro o La Habana que de Miami, y demostraba hasta qué punto la presencia de sus hermanos negros era opacada por la de los latinos, sobre todo por la tremenda influencia cubana. Nicotiano, por su parte, de entrada asoció aquel ambiente de fiesta al aire libre con los carnavales de su niñez en Villalona.

Decenas de miles de personas sudorosas y exaltadas atiborraban la Calle Ocho desde la cuarta avenida hasta la 27 de la Sagüesera, en un tramo de colorido, bullicio ensordecedor y desaforado júbilo. Recios olores a sofritos y carne asada, a churros y pescado frito, a alcohol y empanadas, a tamales y croquetas, se densificaban en una salsa de transpiración masiva en la que se identificaban condimentos de las más estridentes aguas de colonia y los más indiscretos desodorantes. Nada menos que setenta y ocho tarimas, cada una con una orquesta diferente, amenizaba aquella fiesta que a fuerza de abigarrada, apoteósica y desproporcionada, se extraviaba en su propio desparpajo. Allí había latinos de todos los países de nuestra América y la música, la comida y el meneo delirante de los culos los unía en un frenesí que a los ojos de Mary era casi histeria pero que, sin duda, los hacía sentirse vivos, hasta un poco más reales quizá que en los días normales de trabajo, pertenecientes a una raza indefinible pero vibrante. Pese a las insalvables diferencias de estatus social, filiación política, color de piel y procedencia, aquel ambiente de parranda los nivelaba, los anonimizaba mezclándolos en una sola oleada humana dispuesta a embriagarse, a vociferar y a divertirse. Los ritmos contagiosos de los corridos mexicanos, los merengues dominicanos, las cumbias colombianas, las sambas, los calipsos, las lambadas y todas las trabazones sonoras del son cubano, eso que por comodidad comercial llaman salsa, tenían en ebullición a miles y miles de bailadores que pasaban de un escenario a otro presas del mismo delirio. Era como si aquella ocasión preciosa hubiera que aprovecharla hasta el último buchito y con una intensidad que excluía cualquier inhibición.

En una esquina había un grupo de cubanos —blancos y negros— vestidos con unas camisas de chorreras y grandes vuelos rosados, amarillos y azules en las mangas, tocando un guaguancó que se imponía a pesar del ruido con su pleamar de tumbadoras, claves y chekerés. Una señora enjuta, de cabellera oxigenada ya muy rala y de edad indescifrable pero muy cerca del siglo de vida, se contoneaba en pasos sensuales y con los ojos en blanco como si el guaguancó la estuviera poseyendo con su vaivén lascivo. La gente le había hecho un corro y la ágil anciana, con talante de adolescente soñadora, se movía procazmente abriendo y cerrando las piernas, ondulando los flacos brazos carcomidos por las locuras del siglo, y no se sabía si se iba a elevar con el ritmo o si se desplomaría en trance, vencida por su propia felicidad. Ahora la vieja se apoyaba delicadamente una mano en la sien mientras movía en redondo la cintura y hacía vibrar mansamente sus hombros, al son que ahora se antojaba casi vegetal de los tambores cuyo obsesivo flujo de golpes acendrados, rituales, repetitivos, parecía engrasar las articulaciones de la anciana. La otra mano, que daba la impresión de tener muchísimos dedos, todos flacos y volátiles como flecos, dibujaba arabescos en la salsa congestionada del aire. De repente se produjo un cambio de ritmo, el oleaje se hizo más insistente y los tambores se desbocaron provocando un estremecimiento en el cuerpecillo de la anciana:

Anabacoa coa coa
Anabacoa coa ca
Que yo me voy a Guanabacoa...
Patikimbombo, patikimbó
Arroz con picadillo, yucá
Sal de la cueva, majá
Que yo me voy a Guanabacoa...

En medio del fervor festivo había un señor con una pancarta que corría de un lado a otro, como si lo hubiera picado un alacrán, gritando: *¡Cuba sin Fidel Castro, Cuba sin Fidel Castro!* Mary y Nicotiano, siempre vigilados por el atento Maribarbola, pasaron por un lugar donde había unas mesas adornadas con banderas cubanas en las que un llamado «Centro de la Democracia Cubana» recogía firmas para la celebración de un plebiscito en La Habana. Un señor bañado en sudor, pero que no por ello se zafaba el nudo de la corbata, y que chillaba con la ayuda de un magnetófono más estridente que la voz de Celia Cruz, arengaba a la multitud ebria y desfilante que lo ignoraba y seguía: *¡Acérquense señoras y señores, apoyen la campaña cívica de todos los cubanos decentes y patriotas para la celebración de un plebiscito que devuelva la libertad a nuestra isla de Cuba!*

La competencia política, por lo visto, se había disfrazado de carnavalera pero era igualmente encarnizada a pesar de las dulzuras melódicas, rítmicas y gastronómicas del Festival, y la Transacción Cubano Americana, siempre acuciosa, había armado una plataforma rodeada de mesas aparatosamente cubiertas con la gloriosa bandera cubana. En la plataforma había un quejumbroso grupo de viejos cuya edad promedio oscilaba entre los 75 y 79 años y que constituían «el núcleo más puro de los cubanos afectados por las expropiaciones del comunismo en la isla», según vociferaba otro activista con megáfono, que emulaba en floripondios verbales a su vecino más cercano mientras explicaba el contenido de las listas que, como largos papiros egipcios, estaban en las mesas: todo el que antes de 1959 hubiera poseído en Cuba bienes raíces, tierras o propiedades de cualquiera índole, debía apuntarse inmediatamente en las listas para que cuando Fidel Castro se cayera y empezara a funcionar en La Habana un *Ministerio de Bienes Malversados* auspiciado por la Transacción, todas sus antiguas propiedades les fueran devueltas legalmente. El activista entrevistó uno a uno a la caterva de despojos vivientes que a duras penas se mantenían en pie sobre la plataforma, uno de los cuales se quejó amargamente de que, «Allá en la provincia de Pinar del Río», en el lugar donde una vez estuvieran su residencia y «sus tierritas», ahora había una escuela gigante para alumnos minusválidos.

—¿Qué voy a hacer yo con esas instalaciones? —se quejaba el anciano, casi inaudiblemente a causa de los bucles y las floraciones del solo de flauta de la charanga vecina.

No lejos de los politiqueros estaba el tinglado de los religiosos, no menos inspirados y frenéticos, que vendían camisetas, sombreritos, globos y bermudas con esta inscripción insondable:

¡CRISTO TE HA RESERVADO UN LUGAR
EN EL OASIS DE LA VERDADERA FELICIDAD!

Entonces Mary, muerta de la risa, se preguntó qué lugar sería el más apetecido por los bienaventurados en aquel «oasis», si debajo de un cocotero, como en la propaganda turística de las agencias de viajes, o a la vera de algún arroyo de Dios. Nicotiano dijo que no valía la pena preocuparse, pues los mejores sitios ya estarían reservados por los que tenían medios para conseguir un pasaje de primera, incluso con ida y vuelta. Pero la risa los dobló de veras en medio del apogeo de la música, los empujones, el lechón asado, los pisotones y los culos ondulando en el calor ora perfumado ora hediondo, cuando vieron a un grupo de no menos de doscientos jóvenes que, abriéndose paso como un cardumen de extraños peces con prisa, repartían pasquines religiosos portando grandes carteles de cartón que les cubrían el pecho y la espalda. Con unas letras remotamente góticas de un dorado fosforescente los carteles proclamaban:

CRISTO AMA LA CALLE OCHO

Una conga pasó arrollando, y el cardumen de peces religiosos tuvo que desparramarse un poco. Era una camarilla de negros con camisas blancas y pañuelos rojos al cuello que tocaban bombos hechos a mano y como cuatro trompetas, dos trombones e infinidad de gangarrias y tumbadoras-quinto a la altura de la cintura. El ritmo que producían, de marcha imparable, estrepitosa y disonante, pero irresistible como una bocanada de humo narcotizante, arrastró a Nicotiano y a Mary un buen trecho sin que pudieran, ni quisieran, separarse de aquel deslumbramiento. No lejos de ellos, en medio de la marejada humana, un grupo de turistas seguramente escandinavos a juzgar por el despellejamiento solar de sus narices rosadas y por el acalambramiento ruborizado de sus esfuerzos de danza bajo el rigor de la conga, traídos quizás por algún guía turístico de los hoteles-chárter de Fort Lauderdale o de Miami Beach, intentaban mantener un mínimo de decencia en el toqueteo y el apelmazamiento de aquel guateque sin leyes mientras mordisqueaban algún tamal y la conga se arremolinaba en torno a ellos como un ciclón de música y miembros excitados. Sonaban las trompetas a todo dar y seguidamente el coro de arrolladores bramaba: *Ay... Malembe, la Sagüesera ni se rinde ni se vende... ¡Malembe!*

De pronto, como si alguien abriera la cortina de un sueño imposible, en la esquina de la 14 Ave. vieron un enjambre de niños halando las cintas de colorines de una piñata criolla de tres pisos y 30 pies de ancho que tenía la forma de un gigantesco sombrero de yarey. Una infinidad de golosinas, juguetes y globos salió de la piñata y el alegre tumulto de los niños habría absorbido la atención de la pareja si Nicotiano no hubiera descubierto en la esquina, impávido y ligero como un corcho que la marea lleva y trae y ausente de sí mismo y del olvido de la muchedumbre gracias a la borrachera que amenazaba con derribarlo al suelo, nada menos que al ex expedicionario de la gloriosa Brigada de Asalto 2506, el semiparacaidista diabético Curro Pérez. Llevaba Curro unas cartulinas que, a modo de sándwich y muy similares a las de los religiosos pero de modesta confección casera, le colgaban en el pecho y en la espalda y decían, en letras disparejas pintadas con acuarela:

¡LOS MERCENARIOS
DE PLAYA GIRÓN
NOS MERECEMOS
UNA PENSIÓN
COMO SOLDADOS
REGULARES
DE LAS FUERZAS
ARMADAS DE LOS ESTADOS
UNIDOS DE AMÉRICA,
COJONES!

—Si no fuera por lo borracho que está —se lamentó Nicotiano— y por el aspecto de loco que tiene, ya lo habrían descalabrado al pobre Curro.

La observación fue muy certera, pues a cada rato pasaba alguien y le propinaba un cocotazo al otrora aguerrido y admirado mercenario, como si no fuera más que un niño descarriado que jamás aprendió bien las lecciones del colegio. Nicotiano intentó llevárselo para que durmiera la curda en La Isla del Cundeamor, pero casi no logró establecer contacto con él.

—Estoy haciendo usufructo —eructó y explicó con grandilocuencia el ex mercenario sin reconocer a Nicotiano— de mis sagrados derechos democráticos, ¡cojones!

Y siguió parado en su esquina, terco y lastimoso: varado, como el esqueleto oxidado y carcomido de una lancha de desembarco en la playa solitaria de las ruines traiciones de la era que le tocó vivir, mientras el feliz gentío lo zarandeaba y, en medio de burlas humillantes, lo salpicaban con Budweiser o con ron.

—¡Llévatelo viento de agua! —gritaba alguien y lo empujaba.

La Reina del Festival era Celia Cruz. A pesar de que Mary ya estaba harta de todo aquello y quería irse, Nicotiano la retuvo un momento para ver a aquella fuerza natural de la tierra y del sol de Cuba, el vozarrón sincopado de los ramilletes de islas bajo el viento. Cantaba

Celia con la Orquesta de Tito Puente y le rendían homenaje nada menos que al «Bárbaro del Ritmo», Benny Moré. Era tal la multitud que se electrizaba y se apelmazaba ante el escenario de Celia y Tito Puente, que era imposible abrirse paso. Fue allí donde Maribarbola le perdió el rastro a la pareja.

Hasta ese momento los había seguido sin grandes dificultades, a pesar del remolino humano en que estaban sumergidos. Pero de pronto Maribarbola se encontró ante la evidencia de una traición en cuya posibilidad ni siquiera había pensado nunca: prácticamente delante de él, vestido con pantalones blancos y una camisa estampada con hibiscos de todos los colores, portando unas picúas gafas negras el muy hijoeputa para que no lo reconocieran y con un somberito pachanga para diluirse idóneamente en el ambiente *latin* del Festival, iba Doublestein abrazado a un muchachito que se curvaba al andar como esas bailarinas aculebradas que practican la danza del vientre. Por momentos se detenían y, totalmente indiferentes a las miradas y los griticos de «¡Eh, locas, a satear a la oscuridad!», se daban besitos sandungueros y giraban divertidamente al socaire del son. El delicado muchachito-culebra iba devorando un pan con lechón. Maribarbola, habituado a contener sus emociones y a restringir su agresividad de modo que pudiera dirigirla contundentemente hacia el objeto elegido, no logró esta vez contener nada, ni restringir nada, ni sus emociones ni sus manos. Junto a él avanzaba una pareja portando sendos platos de croquetas de bacalao y Maribarbola, a velocidad que dejó sin capacidad de reacción a la pareja, les arrebató las croquetas y sin mediar palabra se plantó delante de Doublestein y su frágil efebo y le aplastó las croquetas en la cara a los dos. La pareja descroquetada iba a protestar, a golpes tal vez, pero al ver el uso veloz e inaudito que Maribarbola hacía de las croquetas se desgañitaron de la risa, «¡Eh, caballeros, miren cómo se fajan los maricones!», mientras Celia Cruz arruinaba miserablemente el embrujo de su salero caribeño cantando *Cuando salí de Cuba* y Maribarbola le quitaba las gafas a Doublestein, las tiraba al suelo cubierto de desperdicios y le propinaba un golpe de puño cerrado exactamente diseñado para descalabrarle un ojo y dejárselo del aspecto y la consistencia de esos platos de potaje de frijoles negros que a veces se enfrían en la mesa porque a nadie le gustó. El revolico que se armó fue como un minitumulto pasajero en el seno del tumulto constante y mayor de la fiesta callejera. El mariconcito se agitó como una areca bajo un vendaval y Doublestein se desmayó, no sin antes pedir mil perdones a Maribarbola que no oyó nada porque se alejó a codazos entre el gentío tratando de divisar de nuevo, en vano, a Mary y a Nicotiano.

Al día siguiente, contento y lleno de energía, Nicotiano dejó a Mary en la cama y se levantó, al amanecer, para trabajar con sus esculturas. Anonadado por tantas impresiones, no sabía si lo había soñado todo o si de veras había estado buceando en aquel estanque de locura. Serían las nueve o diez de la mañana cuando Mary, ya bañada y desayunada, entró al taller y dijo que se iba a casa; Nicotiano la recogería esa noche para salir a cenar a algún sitio agradable.

Esa cena ya nunca se realizaría.

A las dos de la tarde, exactamente, llegó Mireya a La Isla del Cundeamor.

La muchacha rehusó entrar y no quiso hablar conmigo; pidió ver un momento a Nicotiano y lo esperó junto a la verja de entrada. Él estaba enfrascado en el trabajo y se puso muy nervioso cuando supo que Mireya había venido a verlo. ¿Mireya, hablar con él? Primero, sin saber si era por orgullo o por miedo, tuvo deseos de negarse a verla.

—Sal y pregúntale qué quiere, muchacho —se aventuró a decir Cocorioco—, después de todo es la mujer de tantos años...

Nicotiano encendió un Cohiba, ese tabaco cubano tan bueno, quizá uno de los mejores puros del mundo (Hetkinen los recibía de los elementos que burlaban el embargo económico contra Cuba), y fumando para mitigar el desorden afectivo que llevaba dentro se dirigió hacia la entrada.

Mireya se veía muy desmejorada; había adelgazado de modo preocupante, tenía grandes ojeras y unas arrugas de vieja que Nicotiano no le recordaba. Al verla, pensó que él mismo debería de tener también ese aspecto destrozado.

—Has envejecido, Nicotiano —dijo ella sin saludarlo.

—Sí, Mireya, cuando tú te fuiste, pasé mucho tiempo sin dormir, casi sin vivir. Uno no envejece poco a poco, sino a golpes.

—Así es —dijo ella en un cuchicheo—... *a golpes.* Después dijo:

—Sólo quedan ustedes en La Isla del Cundeamor.

—La tía no quiere mudarse. Tú sabes cómo es ella. Pero a la larga tendremos que entregárselo todo a la Transacción.

—Nicotiano... —había una tristeza densa en la voz de la muchacha; parecía que las palabras se le iban a trabar en la garganta antes de alcanzar a pronunciarlas. Y al hablar no lo miraba, sino que mantenía la vista puesta en las palmas que flanqueaban el camino de acceso a la casa.

—Nicotiano...

Él sí la miraba: Mireya, *su* Mireya estaba como empequeñecida, estrujada por dentro y por fuera. Otra vez: ¿aquello era la vida? Lo que había vivido antes, ¿qué era? Extraña le pareció su Mireya al mismo tiempo que entrañable, y ajenas las palmas irreales de la alameda que conducía a la casa en la que habían sido felices.

—¿Fuimos felices nosotros, Mireya?

—Claro que sí pero uno comete errores, yo perdí de vista lo que tenía en la mano, el enorme valor de tu per-

sona, de tu amor, y lo tiré todo a un basurero... Nicotiano...
he sufrido mucho, yo sé que tú también. Te he tratado mal,
te he humillado, he pisoteado tu hombría, soy consciente
de todo eso... Pero he comprendido que tú eres lo único
que tengo. Contigo he sido feliz, puedes estar seguro, sólo
contigo he sido feliz de verdad en mi puerca vida...

—Basta, Mireya, no te denigres: has preferido a
otro y ya está. Ya me acostumbré a ese horror, está bueno
ya de hurgar en las heridas. Dime ahora, por favor, qué
quieres.

—Volver, Nicotiano —y alzó la vista de los
penachos de las palmas y la fijó en el cielo radiante,
como tragándose un acceso de llanto. Él no atinó a responder nada y entonces ella lo miró de frente. No estaba
llorando; estaba hecha trizas por dentro.

—Demasiado tarde, Mireya.

—Es como si me hubiera caído contra la tierra,
Nicotiano. Desde lo alto de un árbol, desde un jodido globo. Siento que me inflé, sobrevaloré todo lo que no eras tú
ni era yo... ¿Qué soy yo sin ti? Nada, coño, nada: tú has
sido lo mejor de mi vida... Y yo sé que significo mucho
para ti... Lo de ese hombre... fue una atracción, no sé, me
enamoré de él como una chiquilla pero en el fondo yo no
quería, en el fondo yo sabía que allí no había nada para
mí... Y del enamoramiento ya no queda nada, se acabó, ese
hombre está muerto y enterrado. Porque quiero que sepas
que no me dio nada, ni en lo sexual ni en un plano humano
más general, nada, si apenas teníamos de qué hablar...

—Basta, Mireya, que no te creo. Le diste tu
cuerpo y él lo usó como le dio la gana, tú también te diste gusto con el cuerpo de él. Nada de lo que estás diciendo tiene sentido. Porque para mí lo importante no es lo
que él te dio o te dejó de dar, sino lo que tú buscabas en
él, *y lo que le diste*.

—Nada, que no le di nada... Nicotiano, ese hombre es un saco de ñames, hacer el amor con él era como...
como singar con un huevo frito.

Él sonrió, lúgubremente, casi por deber, pero ella no.

—Lo importante no es nada de eso —continuó ella con la voz entrecortada—, sino *las causas.* Esto ha sido una crisis total de mi identidad. ¡Yo soy una mujer que no puede tener hijos, Nicotiano! —y ahora sí se echó a llorar.

—Frustrada por mil razones —añadió—; tú no estabas presente en mi vida, Cocorioco y los cangrejos de piedra eran para ti más reales que yo. Y cuando a una la dejan sola... afectivamente sola... busca otra cosa, una válvula de escape, alguien a quien contarle los problemas, buscar perspectiva y huir de la situación que habíamos creado en casa, un modo de vida que era insostenible... Adoptemos un niño, Nicotiano... Estoy desesperada por tener un niño aunque no sea mío, aunque no pueda tenerlo nueve meses dentro de mí y parirlo con dolor. Que se lo robe Hetkinen dondequiera y nos lo dé, yo sé que él puede, que lo compre, un bebé, tú se lo pides a la tía y ella se lo ordena a Hetkinen y se acabó... Ay, déjame regresar, Nicotiano, te lo ruego, acepta mi amor, sentémonos a conversar e intentemos crear una vida nueva, más *para los dos,* hacer cosas que nos satisfagan a ti y a mí, no sólo las esculturas, la Crabb Company, por favor, tenemos toda una vida por delante...

—Tú me has herido de una manera, Mireya, que hace imposible cualquier reconciliación.

—Pégame entonces, dame una mano de golpes, rómpeme la cara, haz lo que quieras conmigo, desahógate, sácame un ojo, dame una mano de piñazos... ¿Qué quieres, que coma tierra, que arrastre la lengua por las calles? Él no me dio nada, aunque no lo creas, así es; pero en casa tú tampoco me dabas nada... yo para ti era un espectro, no valía nada, era una pobre burundanga. Entonces... fue un acto de desesperación. Él me dio excitación, la tensión de lo prohibido y la sensación de que era un acto de libertad mía, algo que yo era capaz de hacer sola, a tus espaldas, contra tu voluntad... Eso, de algún modo, me engrandeció por dentro pero al mismo tiempo me cubrió de oprobio. No por el qué dirán, que me importa un pito; por mi integridad, Nicotiano, porque ese tipo es un cínico que no vale ni un gargajo.

—Yo estoy enamorado de otra.

Los ojos de Mireya brillaron como un estilete que alguien abre sin previo aviso.

—¿De quién?

—De una muchacha de Liberty City. Nos vamos a casar, nos vamos de vacaciones a Cuba. Estamos preparando los papeles... Vamos a tener hijos.

—¿Estás enamorado de una negra de Liberty City? ¿Vas a tener hijos con ella?

—Así es.

—Nicotiano, eso no tiene sentido, eso es un espejismo... y es una venganza cruel en contra mía. Mírame, coño, mírame y dime la verdad: ¿no sientes que me quieres todavía?

Él le contestó con toda la sinceridad que lo caracterizaba:

—Sí, Mireya, siento que te quiero muchísimo. Y creo que te seguiré amando mientras viva.

Mireya no lo dejó hablar más. Se abrazó a él y lo cubrió de besos en el cuello, en la cabeza, en el pecho, en los ojos y finalmente le tapó la boca violentamente con la suya. Él hizo un débil intento de apartarla pero ella, sin dejar de besarlo, le suplicó que no la rechazara, que aceptara su arrepentimiento y su amor.

Fue ésta la escena que vio Mary desde su auto.

Venía a toda prisa para contarle a Nicotiano lo que estaba sucediendo en Liberty City, pero al verlo besando a otra mujer, detuvo el auto a distancia. Una mujer blanca. Una cubana. Probablemente su mujer. La mujer a la que él había dado una serenata.

El día anterior, mientras ellos se divertían de lo lindo en el Festival de la Calle Ocho, tres policías de origen cubano habían matado a un comerciante negro en Liberty City al intentar llevárselo preso. Uno de los policías implicados era Johnny Rodríguez, el oficial que acudiera a La Isla del Cundeamor para investigar el misterio de los tiroteos de McIntire. Una oleada de protesta se desató entonces en toda la comunidad negra de Miami y ahora la violencia se había intensificado: vandalismo, tiroteos, muertos y heridos, saqueos, autos quemados en las calles, batallas campales entre la policía y los negros que pedían justicia ante el brutal homicidio.

Nicotiano vio el auto de Mary mientras ella, atropelladamente, daba marcha atrás, viraba a toda velocidad y se alejaba como una fulguración. Mireya lo vio también.

—Es ella, ¿verdad? ¡Es ella, coño!

De momento, Nicotiano se quedó paralizado, con Mireya que ahora se colgaba a su cuello y lo besaba con más ímpetu. La vida, así era la vida de los adultos: mal siempre y en todas partes. Porque ahora él era un hombre adulto, ¿no? Había salido, tarde y a golpes, de la era imaginaria de su niñez y el amor se le presentaba como un cuchillo de dos filos, filos hasta en el cabo. ¿O acaso seguía siendo el niño escultor, incapaz de entender los vericuetos de las pasiones? En cualquier caso, el amor era un eterno malentendido. Y el amor era un polvorín, pensó Nicotiano. Uno se olvidaba de que estaba dentro de él, tosía demasiado fuerte y explotaba. Uno se quedaba dormido, se despertaba un poco soñoliento, prendía un tabaco sin darse cuenta y todo volaba por los aires. Cualquier cosa que uno hiciera, se dijo, por bienintencionada que fuera, forzosamente tendría que resultar dañina *para alguien.* ¿Pero acaso no había gente feliz en el mundo? ¿Cómo eran las gentes felices? Porque sin amor la vida era imposible, sin entregarse a una mujer al menos él no veía la forma de abrirse paso en la vida.

—Mary, ¡Mary! —gritó.

Tuvo que empujar ásperamente a Mireya para deshacerse de ella.

—¡Adónde vas, Nicotiano, dime adónde vas! —gritó ella.

Él se volvió.

—A todas partes —dijo con una voz que le dio miedo a Mireya—: a todas partes.

Mireya entró y nos abrazamos. Me dijo mil cosas inconexas acerca de su fracaso y de su determinación de volver con Nicotiano, antes de contarme lo sucedido y darme la información que me dejó el cuerpo sin sangre: Nicotiano había partido a toda velocidad detrás de Mary. Yo me desesperé de miedo y de impotencia, porque aquello no podía haber ocurrido en un día más aciago: Hetkinen, Maribarbola y Sikitrake estaban fuera de Miami, en Tampa, custodiando un transporte de fondos bancarios. Yo estaba enterada de los disturbios de Liberty City, que ahora se habían extendido a partes del *downtown* y Coconut Grove. La situación era tan explosiva que prácticamente era una guerra civil. Con la brutal injusticia de los policías de origen cubano, todas las frustraciones de la comunidad negra salieron a flote como un monstruo destructor.

Mientras conducía, Nicotiano pensó, en medio de su ofuscación, que el vórtice de aquel ciclón que había afectado su vida tenía un nombre: la traición.

—La traición se parece al fuego en lo mismo que se parece al mármol: en su interior, la vida es imposible.

Sin embargo, en virtud de alguna razón que por lo visto no había que comprender sino aceptar, todos estaban siempre dispuestos a traicionar, esa disponibilidad execrable existía en todos los seres y sólo se requerían ciertas condiciones para que surgiera, sin ningún tipo de escrúpulo: Mireya, el ex mercenario Curro Pérez y los que lo metieron en aquel atolladero, la Pájara Pinta, Bartolo, el exilio entero, él mismo. Era como si la traición no le importara tanto al ser humano, claro, ésa era la lección, en el fondo la falsedad, la felonía, la perfidia, la infidelidad y la intriga eran, para los seres humanos, como la hierba para las bestias y desde la noche de los tiempos todos habían traicionado siempre a todos y Caín seguiría asesinando a su hermano Abel siempre y en todas partes. La lealtad y la consideración eran cosas raras, incluso la fidelidad al ser que más se ama: ¡todo eso eran pamplinas! Ingenuidad infantil suya, del tiempo imaginario en que allá en Cuba, en su pueblecito de nacimiento, un amigo inolvidable era capaz de cualquier cosa por el valor de su amistad. Lejos, lejos quedaba todo eso; ahora se había hecho adulto, al fin, carajo, al fin; ahora no sólo había madurado sino que había envejecido, y madurar significaba aprender a traicionar.

—Ya no echaré más botellas con mensajes al mar.

Nicotiano burló el cerco de la policía, que lanzaba gases lacrimógenos para poder abrirse paso, y entró a pie en Liberty City para tratar de llegar a casa de Mary, pedirle disculpas, explicarle lo que había sucedido.

Las calles ardían. Por todas partes se oían disparos que, por momentos, eran verdaderas andanadas. Hordas de ciudadanos negros asolaban todo lo que encontraban a su paso, y Nicotiano pensó: «Son parias en su propio país, un país capaz de los despilfarros más colosales y criminales con tal de colocar a un hombre en la luna, o para derrocar un gobierno al otro lado del mar, pero incapaz de brindarles una vida mínimamente digna a sus hijos de piel oscura.» Mientras corría en medio de los gases tapándose la boca y la nariz con la camisa, que se había quitado, pensó que los negros de Miami no tenían nada que perder salvo su indignidad, y quiso unirse a ellos en su rebeldía y en su reacción destructora.

Pero Nicotiano no era negro, Nicotiano era cubano, quizás negro y blanco en su corazón pero no en su piel, y la muerte estaba suelta por las calles. En ese momento, sin preguntarse por qué, el escultor buscó absurdamente en sus bolsillos el pequeño caracol que los niños le regalaran en la playa aquel día que lanzó la penúltima botella al mar, y al no encontrarlo sintió la misma desesperación que lo embargó cuando descubrió que lo había perdido.

Dos hombres lo agarraron por los pelos y lo lanzaron contra una pared. Cuando se arrojaron de nuevo contra él Nicotiano intentó explicarse, convencerlos de que él era uno de ellos, que lo dejaran pasar, que su novia vivía muy cerca de allí y que él se identificaba con su lucha, con su locura, con su furia, pero lo atacaron y Nicotiano no tuvo otro remedio que rechazarlos con unos golpes terribles en el bajo vientre. Un tercero se le abalanzó entonces por detrás y lo empujó hacia la calle, donde dos muchachos muy jóvenes, casi unos niños, lo golpearon fieramente en la cabeza con unas cabillas de acero.

Nicotiano se tambaleó todo ensangrentado, alcanzó todavía a balbucear que por favor, que él no era un enemigo o tal vez pronunciara el nombre de Mary, pero otro salvaje golpe en la cabeza le hizo saltar la masa encefálica y allí mismo se desplomó el exiliado, el hombre infeliz y el escultor, con todo el cuerpo agitado por una rabiosa convulsión que no cesó en las extremidades inferiores hasta que un Chevrolet enorme le pasó por encima.

Allí permaneció olvidado unas horas, desangrado, junto a una camioneta volcada e incendiada, hasta que una pandilla, cargada con un botín de saqueo en el que se veían artículos electrodomésticos, comida y ropas, pasó junto a él huyendo de la policía que avanzaba para imponer el orden y un hombre, que incomprensiblemente llevaba entre las cosas robadas un enorme ramo de rosas de varios colores, se detuvo con mucha prisa para no quedarse atrás, arrancó una rosa blanca del ramo y la metió en la boca macabramente desfigurada del cadáver de Nicotiano.

Alma Rosa y yo...

—*Ya se le ve un poco más repuesta. Hubo un momento en que creí que el dolor la iba a consumir.*

—*Jamás volveré a ser la misma de antes. Pero nuestro primer deber es no dejarnos matar.*

—*¿Qué va a pasar ahora, tía?*

—*Abandonamos la isla a merced de la Transacción Cubano Americana y nos mudamos para España, que después de todo es la Madre Patria. Ya Hetkinen, Cocorioco y los muchachos encontraron una casona en las lomas de Málaga, cerca del campo y del mar. Según Cocorioco, allí también se dará muy bien el cundeamor. Invertiremos nuestro dinero en Cuba. Construiremos, en joint venture con una empresa española y el gobierno de Fidel Castro, un hotel de cinco estrellas en la playa de Villalona.*

—*Pero tía, el pueblo se va a indignar, y no sin razón, cuando la vean regresar en plan de reina hotelera, a usted, una presunta gusana enriquecida en el exilio mientras los habitantes de Villalona permanecieron pobres y sujetos a las más horribles privaciones por no haber querido abandonar a la Revolución.*

—*Si alguien me dice eso yo me limitaré a responderle:* «*Decían que yo no venía, y aquí usted me ve.*»

—*¿Cómo se va a llamar su hotel?*

—*Hotel Salsipuedes, quizás.*

—*Pero tía, un hotel de cinco estrellas no puede llamarse así.*

—*Todo es posible en una isla.*

—*¿Y qué va a hacer con los perros?*

—*Gotero y Montaver pasarán el resto de sus días en una pensión de perros.*

—¿Y Kafka?

—Irá donde vayamos nosotros porque es eterno.

—¿Y las esculturas que dejó Nicotiano?

—Hemos donado la mayoría al Museo Nacional de Cuba. Como el energúmeno bloqueo norteamericano impide incluso hacer ese tipo de cosas, nos pusimos de acuerdo con las autoridades cubanas e introdujimos los cangrejos por mar, con la ayuda del viejo Santiago y en el mayor de los secretos.

—¿Qué será de nosotros los cubanos, tía?

—Luchar y callar. Malos son los tiempos para profecías.

—Allá en Cuba la gente sufre y calla; afuera erramos como esas botellas en el agua. Mire, tía, cómo se pierden entre las olas los fragmentos de nuestra novela. Mire cómo el sol produce reflejos en las botellas...

—La corriente se las lleva. Son jirones de nuestras vidas.

—Tía, usted fue dichosa en Miami, ¿verdad?

—En Miami no; en La Isla del Cundeamor. Pero una dicha envilecida es más dañina que la peor de las desdichas.

—Tía... ¡Lléveme con usted! Yo quisiera compartir su destino.

—Bienvenida, Alma. Buena falta que me harás.

—Todavía queda una botella, pero ya hemos tirado al mar el libro entero. ¿Echo a flotar la botella vacía?

—No. Coge un papel en blanco, reproduce esta última conversación y escribe lo que voy a dictarte. Ése será mi último mensaje desde este lado del mar.

—Usted dirá, tía.

Malmö, 1989-1992.

Este libro
se terminó de imprimir
en los Talleres Gráficos
de Unigraf, S. A.
Móstoles (Madrid)
en el mes de julio de 1995